खंड-खंड पाखंड

कांटे की बात-8

कांटे की बात-1

न लिखने का कारण

कांटे की बात-2

अनपढ़ बनाये रखने की साज़िश

कांटे की बात-3

गुलामी का आनंद और स्वतंत्रता के ख़तरे

कांटे की बात-4

आगे रास्ता बंद है

कांटे की बात-5

खामोश, चिंतन चालू आहे !

कांटे की बात-6

स्थगित यात्राएँ

कांटे की बात-7

अँधेरों से उठती गुहार

कांटे की बात-8

खंड-खंड पाखंड

कांटे की बात-9

शब्द का भविष्य

पिछले 30 वर्षों में लिखी गयी समीक्षाओं, टिप्पणियों, अनुवीक्षाओं, 'हंस' के संपादकीयों से चुनाव

कांटे की बात-8

खंड-खंड पाखंड

राजेन्द्र यादव

समायोजन

वाणी प्रकाशन

वाणी प्रकाशन
4695, 21-ए, दरियागंज, नयी दिल्ली 110 002

शाखा

अशोक राजपथ, पटना 800 004

फ़ोन : +91 11 23273167 फ़ैक्स : +91 11 23275710

www.vaniprakashan.in
vaniprakashan@gmail.com
sales@vaniprakashan.in

(KANTE KI BAAT-8)
KHAND-KHAND PAKHAND
by Rajendra Yadav

ISBN : 978-93-5000-341-1
Kante Ki Baat

संस्करण 2000
आवृत्ति 2017

मूल्य : ₹395

बालाजी ऑफ़सेट प्रेस, दिल्ली-110 093 में मुद्रित

वाणी प्रकाशन का लोगो मक़बूल फ़िदा हुसेन की कूची से

भूमिका

'खंड-खंड-पाखंड' काँटे की बात का आठवाँ खंड है, जिसमें बीसवीं सदी के पाखंडों और षड्यंत्रों का लेखक ने विस्तार से लेखा-ब्यौरा प्रस्तुत किया है। स्वतंत्रता, लोकतंत्र, मानवतावाद, मार्क्सवाद—शायद इस सदी के हमारे सबसे बड़े पाखंड थे, जिनका कीर्तन हम बड़े 'सात्त्विक' भाव से करते रहे। न तो हमने ज़मीन और किसान के रिश्ते बदले, न औरत और परिवार के। हम भी बिलकुल नहीं बदले, हमने सिर्फ मोर्चे बदल लिए।

यह सदी न तो इतिहास का अंत है और न भविष्य का। यह उस मरणासन्न मध्यवर्ग का अंत ज़रूर है जो अप्रासंगिक तो हो ही चुका है, शीघ्र इतिहास भी होने जा रहा है। सदी का यह अंत इसी **'मध्यवर्गीय स्वप्न का मर्सिया'** लिख रहा है।

एक तरफ मुक्ति की नई परिभाषाएँ तलाशते उपेक्षित, वंचित, अल्पसंख्यक वर्ग हाशियों से उठकर **'सिंहासन खाली करो कि...'** का नारा बुलंद कर रहे हैं, तो दूसरी तरफ आत्मरक्षा की सिद्धांतहीन लड़ाइयाँ लड़ते साधन-संपन्न वर्ग **'डूबते जहाज के चूहे'** बनकर नए किनारे ढूँढ़ रहे हैं। इसके लिए वे परिवर्तन का पाखंड करते हैं, जबकि चाहते सिर्फ सामाजिक पुनर्गठन हैं, गतिशीलता का पाखंड रचाते हैं, जबकि जड़ता के मारे हैं। सत्ता की बंदरबाँट में नई सामाजिक शक्तियों को थोड़ा-सा हिस्सा देकर वे अपना वर्चस्व कायम रखना चाहते हैं। इसलिए साधनहीनों को यही नेक सलाह देते हैं कि **'वे केक क्यों नहीं खाते।'** विडंबना तो यह है कि इस सलाह को मानकर अल्पसंख्यक वर्ग भी मौकापरस्त राजनीति में अपने-अपने ठौर खोज रहे हैं।

और इस सदी को **'बिजूकों और शुतुरमुर्गों के देश'** यानी हिंदी प्रदेश का साहित्यिक योगदान क्या है ? पिछले कई दशकों में यहाँ पिलपिला, हवाई, प्रतिरोधहीन और यथास्थितिवादी साहित्य ही रचा जाता रहा है। उसमें न तो दलित आए हैं, न स्त्री, न मुसलमान, यानी अल्पसंख्यकों का प्रवेश निषिद्ध ही रहा है। उसमें न तो

सामाजिक आंदोलन आए हैं, न नायक पैदा हुए हैं, न संस्थान और मंच ही बने हैं, इसलिए वैचारिक रूप से उसमें दरिद्रता ही है। हाँ, सचाई को छिपाने के लिए उसने अपना विशिष्ट सौंदर्यशास्त्र अवश्य विकसित कर लिया है। शास्त्र, परंपरा, संस्कृति, राष्ट्रीयता, स्वायत्तता के आस्वाद-मूल्य उसकी **'कलात्मकता के प्रस्थान-बिंदु'** हैं। उसकी अस्तित्व-रक्षा के निरपेक्ष, स्वयंभू, 'बौद्धिक कवच।'

देखें, इस बार राजेन्द्र जी ने मधुमक्खियों और बर्रों के किस छत्ते में हाथ दे दिया है।

–विद्यानिधि

क्रम

डूबते जहाज़ के चूहे

वर्ष की शुरुआत ही 'मृत्यु-विमर्श' से की जाए, यह मेरे संस्कारी मन को झटका देता है। 'शुभ-शुभ बोलो', कोई टोकता है। मगर क्या करूँ : कभी एक किताब पढ़ी थी–'प्लेज़र ऑफ़ डाईंग'। हो सकता है, 'आर्ट ऑफ़ डाईंग' हो। हिंदी में शायद अनुवाद हो–'मरने के मज़े'। लेखक-वेखक का नाम याद रहने का सवाल ही नहीं है। वैसे भी, विदेशी नाम किस कमबख्त को याद रहते हैं ? उस किताब को सचमुच, बड़े मज़े लेकर ही पढ़ा था, इतना ध्यान है। उसमें एक अध्याय था 'अंतिम शब्दों की महिमा'। उसमें प्रसिद्ध व्यक्तियों के मृत्यु-पूर्व कहे गए शब्दों/वाक्यों का रोचक विवरण था। गाँधी जी ने 'हे राम' कहा और चलते बने, सीज़र ने 'यी टू ब्रटस' कहा और गुड़प...कुछ शब्द तो ऐसे थे कि लगता है उन्हें कहने के लिए ही नायकों ने मृत्यु का वरण किया हो !

अब विडंबना देखिए, ये सब मुझे अनायास ही याद आ रहे हैं। 16-17 नवंबर को लखनऊ में हुए 'कथा-क्रम' के सिलसिले में तीसरा क्रम था और घाट-घाट के लेखक-संत गोमती-तट पर 'भीड़ित' हुए। सब मिलाकर पचास-साठ तो होंगे ही। बाकी कथा-प्रेमी। विषय था–'इक्कीसवीं शताब्दी की दहलीज़ पर हिंदी कहानी'। जाहिर है, सभी ने भावी खतरों पर विचार करते हुए भी ज्योतिषी बनने से इनकार किया और समाप्त होती बींसवी शताब्दी के जायज़े पर ही केंद्रित रहे। वह भी पिछले दो-तीन वर्षों की कहानियों पर। संयोग से उनमें अधिकांश 'हंस' में छपी थीं। इसलिए याद करने में भी खास दिक्कत नहीं हुई। 'राम सजीवन की प्रेमकथा' और 'और अंत में प्रार्थना' या 'पाल गोमरा का स्कूटर' (तीनों उदय प्रकाश), 'सूखा' (निर्मल वर्मा), जलडमरूमध्य (अखिलेश), कॉमरेड का कोट (सृंजय)। ऐसा स्वर्ण अवसर हो और नामवर जी कोई नई स्थापना न दें, यह कैसे हो सकता था। शायद ही कोई साहित्य-विधा बची हो, जिस पर हर दस वर्ष में वे एक नई और मौलिक स्थापना न देते रहे हों (अगली गोष्ठी में खुद को काटने के लिए)। आलोचक यानी 'बाहरी'

आदमी (घुसपैठिया), इसलिए 'कलात्मक दूरी' का लाभ उठाकर भीड़ में चूहा फेंकने और फिर हड़बोंग पैदा करने का मोह छोड़ सकना भी मुश्किल है। यहाँ भी उन्होंने दो स्थापनाएँ दीं–'लंबी कहानी' नाम के एक कथा-रूप के जन्म की सूचना और यह कि कहानी में कलात्मक-गठन ही सब कुछ है। विषय-वस्तु की बात बंद कर देनी चाहिए...'निजता' होनी चाहिए। (भोगे हुए यथार्थ और अनुभूति की प्रामाणिकता की अनुगूँज ?)

और तभी मुझे मृत्यु की याद आई–आलोचक, लेखक और अधिकांश पात्रों के संदर्भ में यह सही है कि अनेक रचनाकारों के लिए मृत्यु बहुत बड़ा ऑब्सेशन रहा है–उस बिंदु पर वे बार-बार जीवन को तॉल्सतोय की तरह परिभाषित करते हैं। वह कवियों के लिए लगभग विचारोत्सव, आत्मदया या दार्शनिक प्रतिपत्तियों का प्रस्थान-बिंदु बनकर उभरती है। उधर कथाकारों के लिए एक तरकीब (डिवाइस) करुणा, दया या हाय-हाय का भाव जगाने के लिए मृत्यु का इस्तेमाल भावुकता जगाता है–उस समय लेखक और पाठक–दोनों ही रो रहे होते हैं। 'उसने कहा था' के लहना सिंह और 'शेखर' की तरह मृत्यु, जीवन के सिंहावलोकन का झरोखा भी है और स्थितियों, मूल्यों और अर्थों के पुनःपरीक्षण का माध्यम भी। वह जूलियस फ्यूचिक और भगत सिंह की तरह जीवन का संकल्प भी है। तो सार्त्र की 'दीवार' की तरह प्रश्न-बिद्ध एब्सर्ड का साक्षात्कार भी, 'मुट्ठी बाँधे आया बंदे, हाथ पसारे जाएगा' का भारतीय व्यर्थता-बोध भी।

लेकिन इधर जिन कहानियों का जिक्र बार-बार होता रहा है, उनमें मृत्यु या मृत्यु जैसी स्थितियों के प्रति झुकाव दूसरी तरह के सवाल उठाता है। एक सदी जिन मूल्यों, मान्यताओं और आदर्शों को लेकर जीती रही है। क्या यह उन सबकी समाप्ति से पैदा हुई मृत्यु-कामना है ? 'सूखा' की मृत्यु मुझे एक ईमानदार कन्फैशन जैसी लगती है, जबकि उदय प्रकाश की अधिकांश चर्चित कहानियों में वह लगभग नियति बनकर आती है। निश्चय ही वह बेचैनी पैदा करने और इसीलिए याद रखी जाने वाली कहानियाँ हैं। मगर क्या वे निरुपायता का ऐसा भाव नहीं छोड़तीं कि स्थितियाँ ही ऐसी दमघोंटू बन रही हैं, जहाँ व्यक्ति की मृत्यु ही अनिवार्य परिणति है ? मार्क्सवादी-विमर्श के युग में हम इन्हीं स्थितियों को 'सिस्टम' कहा करते थे–और दोनों ही लगभग भगवान या प्रारब्ध बनकर आदमी की यातना का कारण बनती थी। हल अगले समय को सौंप दिया जाता था कि जब सिस्टम बदलेगा, तो सब ठीक हो जाएगा। सदी समाप्त होने के दो-तीन दशक पहले से ही पश्चिम में जो एक के बाद एक मृत्युओं की घोषणाएँ हो रही हैं, क्या हमारी कहानी और उसके पीछे की मानसिकता उसी की गिरफ़्त में आ गई है ? चूँकि हम सब लोगों की सोच पश्चिम से ही निर्धारित-संचालित और लगभग नियंत्रित होती है। इसलिए विचारधारा, इतिहास, मनुष्य के अंतों की चिंता से यहाँ के प्रबुद्ध भी दुबले न हों, यह असंभव

है। विज्ञान और टैक्नॉलॉजी का सान्निपातिक विकास एक ऐसे स्वायत्त, निरंकुश डायनासोर का रूप ले चुका है, जो उत्थान के नाम पर अब तक के मनुष्य को उसकी सारी वैचारिक उपलब्धियों सहित निर्द्वंद्व होकर चबा रहा है। वहाँ तो सब कुछ को मरना ही है। मगर हमें यह भी नहीं भूलना चाहिए कि पश्चिम में आज जो कुछ मृत्यु के कगार पर है, या मर चुका है—अपने ऊर्जावान दिनों में उसी 'आधुनिकता' ने हमारी तीसरी दुनिया को मुक्ति के रास्ते भी दिखाए हैं।

यही हमारी मृत्यु-कामना और पश्चिम के समाप्ति-आतंक में आधारभूत अंतर है : अपनी सदी के निर्माण के लिए हमने यूरोप के आदर्श, विचारधारा, मॉडल और संस्थान तो ले लिए, मगर अपने यहाँ के सामंती समाज-विधान को भी बरकरार रखा—यानी व्यापक समाज में आदमी, जमीन, परिवार या उत्पादन के रिश्ते वही सामंती बने रहे—'भारतीय संस्कृति' के नाम पर इसी व्यवस्था में और अधिक झालर-पन्नियाँ लगाई जाती रहीं, हठपूर्वक बिना भीतर से बदले हम बाहर का सब कुछ लेते और भकोसते रहे। मृत-जीवित हर सामंती मूल्य की समर्थक भारतीय-संस्कृति हमें बदलने ही नहीं दे रही थी। वहाँ सब कुछ 'शाश्वत' था। नतीजे में हमने जो कुछ भी बाहर से लिया, उसे अपनी सुविधा और स्वार्थ के हिसाब से तोड़मरोड़ डाला। उदाहरण के लिए लोकतंत्र को ही लें—न हमने उसकी आत्मा को लिया, न स्वरूप को ही। जातिवाद, सांप्रदायिकता, गैर-बराबरी, विषमता सब कुछ वही सामंती बने रहे और हम 'लोकतंत्र' हो गए। हिंदी की अधिकांश कथा-मृत्युएँ, सदियों से चली आती इसी सामंती परिवार-व्यवस्था और नई औद्योगिक स्थितियों के संघर्ष के बीच घटित हुई हैं—"हाय, वो कैसे लोग थे" के ईमानदार और तकलीफदेह अनुस्मरण के रूप में।

मगर ये प्रायः सभी 'नई कहानी' युग के रिश्तों की मृत्युएँ थीं—पारिवारिक संदर्भों में व्यर्थ और अप्रासंगिक होते हुए 'बूढ़ों' की मृत्युएँ। इधर की मृत्यु के संदर्भ दूसरे हैं। उदारीकरण, बहुराष्ट्रीयतावाद, तकनीकी क्रांति और मीडिया-विस्फोट, व्यवसाय के बुलडोजरों में पिसते उस मध्य-वर्ग की समाप्ति, जो कल तक केंद्र में था और आज़ हाशियों पर मरने के लिए फेंक दिया गया है। इसकी स्वाभाविक और प्राकृतिक एकात्मकता उन झुग्गी-झोंपड़ी वालों के साथ होनी चाहिए थी, जिन्हें बहुमंजिली इमारतों के लिए विस्थापित और समाप्त किया जा रहा है। मगर मध्यवर्गीय सुविधाजीवी मानसिकता उन्हें ऊँची व्यावसायिक दौड़ में शामिल न हो पाने की दयनीयता में हाराकिरी (आत्महत्या) करा रही है। जिन आदर्शों के लिए ये लोग पिछले परिवारों से टूटे थे—इस नई दुनिया में अब उनकी कोई जगह नहीं है। नई राजनीति में न डॉ. वाकंकरों जैसे निष्ठावानों की कोई जगह है, न काव्यकला के प्रति समर्पित पॉल गोमराओं की। सब पागल होकर ही मरेंगे...वे राम सजीवन और टेपचू की तरह 'ऑडमैन आउट' (इन ऊटपटाँगों को हटाओ) की नियति जिएँगे...हमने जिस नई पॉप पीढ़ी को जन्म दिया है, वह अब इन्हें पहचानती भी नहीं है।

यह उस मध्य वर्ग की मृत्यु है जो कल तक किन्हीं विचारों, आदर्शों, परिवर्तन के स्वप्नों और मानवीय समानता इत्यादि के भविष्य को लेकर आंदोलित-प्रतिश्रुत रहता था। आज वह विवश है और उसके घरों में टी.वी., फ्रिज, कार, चिप्स, चॉकलेट, शेयर कॉस्मेटिक्स, आइसक्रीम और विश्व-सुंदरियाँ खिड़कियाँ-दरवाजे तोड़कर भड़भड़ाती उन्मत्त भीड़ की तरह घुस आई हैं और कानफोड़ नाच-गानों में मस्त हैं। हम किससे कहें और कहाँ छिपें ? पिछले पचास वर्षों में हममें से जो रसूख वाले और प्रभावशाली रहे, उन्होंने सत्ता, शासन और व्यवस्था पर कब्जा करके इसी नई पीढ़ी के लिए करोड़ों-अरबों रुपए लूटे हैं—राजनेता, नौकरशाह, व्यवसायी—सभी मिलकर या तो खुद लूट रहे हैं या देश को बड़े व्यवसायियों के हाथों गिरवी रख रहे हैं। लगता है, हमारे हाथ में कुछ नहीं है। कहीं कोई दूसरे हैं, जो हमारी डोरें अँगुलियों में लिये नचा रहे हैं। पहले सरकार अंधाधुंध कर्ज़े लेती थीं और ये सरकारें घर-मकान, खेत-खलिहान, उद्योग-धंधे विदेशियों के हाथों बेच रही हैं। कौन-सा ऐसा अपराध, घोटाला है, जो एक के बाद एक सामने नहीं आ रहा ? जिनके नहीं आए हैं, वे कल आ जाएँगे, 'नहीं भी आएँगे' का मतलब उनका न होना नहीं है। लूट के माल पर लड़ने वाले डाकुओं की तरह सब एक-दूसरे को फाड़े-चबाए जा रहे हैं। न्यायपालिका, कार्यपालिका से लेकर पत्रकारिता तक कोई ऐसा सरकारी, गैर-सरकारी महकमा नहीं है, जहाँ यह लूट राष्ट्रीय और अंतर्राष्ट्रीय स्तर पर चालू नहीं है और इनमें नब्बे प्रतिशत लोग वे हैं, जो मेरिट, दक्षता, योग्यता, अनुभव के नाम पर यथास्थिति को बनाए रखना चाहते हैं—मंडल या किसी भी परिवर्तन के हमेशा विरोधी रहे हैं। कोई भी आसानी से अपने विशेषाधिकार क्यों छोड़े ? लूट और घोटालों को आज वे ही 'विकास की अनिवार्य परिणति' और 'भ्रष्टाचार कहाँ नहीं है' की दार्शनिकता दे रहे हैं। आज इन विशेषाधिकारों को या तो धर्म-संस्कृति बचाए रख सकती है या अपराध और राजनीति, यह वस्तुतः सारे नैतिक, सामाजिक, मानवीय विचारधारा यानी भविष्य के मूल्यों की मृत्यु है। इसी मरण-कामना की गिरफ्त में आ फँसा है हमारा सारा मध्य वर्ग...दार्शनिक स्तर पर इसकी एकमात्र चिंता है मृत्यु...सामाजिक स्तर पर आध्यात्मिक...दूसरों की छीन-झपट से बचाते हुए या थोड़े-बहुत टुकड़े फेंककर सारा लूट का माल लेकर भागने का एकमात्र रास्ता बचा है अतीत, विदेश हत्या या आत्महत्या ...इन परोपजीवियों का जीवंत दस्तावेज है मनोहर श्याम जोशी का 'हमज़ाद'...इनका एकमात्र डर वे पिछड़े और निचले लोग हैं, जो इन्हें हटाने या सत्ता में हिस्सा माँगने के लिए गोलबंद हो रहे हैं। देखा नहीं आपने कुलीन मीडिया किस एकनिष्ठ भाव से इनके अत्याचारों, भ्रष्टाचारों और कुत्साचरणों की पोलें खोलने में लगा है जो खुद देश को डकार/बेच चुके हैं। वे ही पूछ रहे हैं कि ये जाहिल लोग देश को कहाँ ले जाएँगे ?

हजारों बार कही और दुहराई गई इन बातों को, जो अब बेहद उबाऊ और

बासी हो चुकी हैं, मैं इसलिए नहीं कह रहा कि मैं ही इस मरण-कामना का पहला आविष्कर्त्ता या गवाह हूँ या वर्चस्व की लड़ाई पहली बार हो रही है। कहना ज़ोर देकर मैं यह चाहता हूँ कि इस परिदृश्य को समझे बिना या निगाह में रखे बिना कहानियों को समझना असंभव है। कला-रूप होने से पहले कहानी सामाजिक अनुभवों से बँधी और उसमें गहरे धँसी यानी सबसे 'रूटेड' विधा है। वह अपने स्रोत से लेकर परिणति तक देश-काल से जुड़ी है। उसे सिर्फ दिए गए पाठ के रूप में पढ़ना, अधूरा पढ़ना है–वह अपने संदर्भों के साथ ही संपूर्ण है। इन संदर्भों से काट कर अब अशोक वाजपेयी और नामवर जैसे लोग कहानी को सिर्फ एक कला-रूप की तरह देखने का आग्रह करते हैं, तो आश्चर्य होता है। निश्चय ही वह 'दूर बैठे का दुख' ही हो सकता है। उनकी कुछ स्थापनाएँ मनोरंजक हैं : चूँकि कहानी का इतिहास केवल सौ सालों का भी नहीं है, इसलिए उसमें समाज-वमाज जैसी चीजें ज्यादा हैं–उधर कविता सैकड़ों वर्षों से इतनी छन-निथर गई है कि वहाँ जीवन के आधारभूत और आध्यात्मिक सवालों से टकराया जा सकता है। आधारभूत और आध्यात्मिक सवालों को फिलहाल छोड़ दें, तो जिस कविता की बात अशोक वाजपेयी कह रहे हैं, हिंदी में तो वह सौ साल पुरानी भी नहीं है। उस दलील से तो कहानी और भी पुरानी विधा सिद्ध की जा सकती है। कहानी हो या कविता, वस्तुस्थिति यह है कि पश्चिमी-प्रभावों में इनका यह बदला हुआ रूप हिंदी में, सौ वर्षों में ही ढला है। निरंतरता साबित करने के अलावा न इंशा अल्ला खाँ की कहानी से आज की हिंदी कहानी को न कुछ लेना है, न देव-मतिराम से कविता को...बल्कि आश्चर्य है कि पूरी 19वीं शताब्दी में भारतेंदु तक कविता सिर्फ एक ही ज़मीन पर कदमताल करती है–प्रायः वह उपस्थित भी नहीं है। जिसकी बात अशोक कह रहे हैं, हिंदी में वह छायावाद से शुरू होती है–हाँ, उर्दू को भी हिंदी-मुख्य धारा में शामिल करने की उदारता बरतें, तो मीर-ग़ालिब से...(क्योंकि वहाँ 'व्यक्तित्व चेतना' हिंदी से सौ साल पुरानी है) बल्कि हिंदी कविता के अप्रासंगिक और दिमागी हो जाने का कारण ही यह है कि वह बेहद पश्चिम-केंद्रित रही है–अशोक जी के मन में उसी के इतिहास में पाँचवाँ सवार बनने की कामनाएँ रही होंगी। आज भी उसके कथ्य, भाषा स्वरूप को यूरोप-अमेरिका के कवि ही तय कर रहे हैं। कहानी अपने समाज से नाभि-नाल बद्ध होने के चलते, चाहते हुए भी बहुत दूर तक वैसा नहीं कर सकती, क्योंकि सचाई यह है कि हमारे समाज की भीतरी बनावट और संस्कार मूलतः उतनी तेजी से बदल ही नहीं रहे, जितनी तेजी से समाज-निरपेक्ष कविता बदलती दिखाई देती है। कविता के 'तनतंत्र' और कला की 'स्वायत्तता' की मूल ट्रेजेडी ही यही है कि वह यूरोप-अमेरिका से मुक्त होकर 'स्वायत्तता' की माँग नहीं कर रही, वह कट रही है उन सारे दुष्प्रभावों से, जो उसे अपने समाज के प्रति जवाबदेह बनाते हैं। विश्व-कविता और विश्व-नागरिकता में 'विश्व' वही यूरोप-अमेरिका है, जो 'आधुनिकता' के युग में था–उपनिवेशी गोरों

की अपनी चिंताओं और अपनी दुनिया तक सीमित, जिनकी नागरिकता, जनतंत्र, मानवता या स्वायत्तता के मंत्र उपनिवेशों या तीसरी दुनिया के 'अर्ध मानवों' के लिए नहीं बनाए गए थे। अशोक वाजपेयी-मंडल के भी नहीं हैं। अमेरिकी विश्वविद्यालयों के विमर्श ही उनके अपने विमर्श हैं, क्योंकि 'विश्व' तो आज वहीं है। ईमानदारी से अशोक बताएँ कि उनके 'स्वायत्त' गणतंत्र में तीसरी दुनिया भी कहीं है ?

क्या यह संयोग है कि रिटायर्ड सिविल सर्वेंट्स (मानसिक या भौतिक) अपराधियों, निरंकुश व्यवसायियों और राजनेताओं की यानी एक अनुत्पादक वर्ग की मूलभूत चिंताएँ आध्यात्मिक होने लगती हैं। पर्याप्त आर्थिक-भौतिक निश्चिंतताओं के बाद जीवन की अर्थहीनता, मृत्यु या 'हम कौन हैं' के दार्शनिक सवाल उन्हें आतंकित और विचलित किए रखते हैं। निश्चय ही ये सारे सवाल उनके भीतर अंतरात्मा से ही उठते होंगे, मगर वे उठें—इसके कारण और दबाव अनिवार्यतः बाहरी यानी सामाजिक होते हैं। जो जितना ही अपने समय और समाज से मुक्त होगा, वह उतना ही आध्यात्मिक होगा। अशोक के हिसाब से 'आज' (यानी उनकी) कविता में जो अध्यात्म है, वह कहानी में एक सिरे से गायब है। (अपवाद निर्मल वर्मा) कविता उन्हें वह अवकाश (प्राप्ति) या स्पेस देती है कि वे छूटती हुई देह (या देहों) की दिग्विजयों के स्मृति-चित्रों को ललक (ठरक ?) के साथ फिर-फिर जी सकें, ताकि जीवन-मृत्यु के मूलभूत सवालों में रमण किया जा सके। जाहिर है कहानी न तो स्थगित हो जाने का इतना अवकाश दे सकती है, न दीन-दुनिया से मुक्ति—वह अंततः भी समाज ही है। भाषा चाहे जितनी नई हो, अशोक वाजपेयी कविता-कहानी के संदर्भ में वही पुराना ब्रह्म और माया का सवाल उठा रहे हैं। कविता ब्रह्म है, कहानी माया, आत्मा जितना ही माया से मुक्त होगी, उतनी ही ब्रह्म में लीन होगी। कविता के विमर्श में उनके यहाँ 'अध्यात्म' शब्द अनायास ही नहीं आ रहा। हाँ, उन्हें 'माया' यानी भौतिक-सामाजिक प्रदूषण; विश्लेषण ही लेना होगा, तो पश्चिम से लेंगे—आज अपना इतना सार्थक कहाँ ? भारतीय अध्यात्म और पश्चिमी भौतिकता का वही पुराना सामंजस्य...

स्थितिगत साक्ष्य के बावजूद हमें यह मानने में शर्म क्यों है कि कहानी, कविता और समीक्षाएँ—तीनों ही हमने पश्चिम से ली हैं और तीनों की ही हमारी अपनी परंपराएँ इनके वर्तमान स्वरूप को न समझने में सहायक हैं, न उपादेय (नाटक फिलहाल इसमें शामिल नहीं है)। यहाँ भी समीक्षा की अवधारणाएँ और औजार—दोनों ही पश्चिमी हैं। कविता अमूर्तन का अंतरिक्षी खेल है। इसलिए उदारीकरण (वैश्विकीकरण ?) और बहुराष्ट्रीय उद्यमों से उपकृत समृद्ध होने के लिए बाध्य वेध्य है—इस अर्थ में सारे पश्चिमी प्रभाव के बावजूद कहानी ज्यादा 'स्वदेशी' है और अपने समाज के एक वर्ग की 'मरण-कामना' को अधिक सचाई से सामने रख रही है। मगर सवाल यही है कि कहाँ से आ रही है यह मरण-कामना और क्या हमारे समाज की यही एकमात्र सचाई है ? दलित, पिछड़े, स्त्रीवादी लेखक के नाम पर जो कुछ आ रहा

है, उसे साहित्य मानने में भी हमें संकोच होता है। आचार्य रामचंद्र शुक्ल ने कबीर और उन जैसे लोगों को यही कहकर खरिज किया था कि न उनके पास भाषा है; न कला–सुनी-सुनाई बातों को सतही ढंग से, गँवारों को प्रभावित करने के दंभ से ही कोई कवि नहीं बन जाता। मानक हैं तुलसी, सूर, जायसी। ठीक यही बात रवींद्र वर्मा जैसे लोग इधर की कहानियों को लेकर कह रहे हैं कि ये दलित-फलित लोग फूहड़, अधकचरी, कला, भाषा-हीन आत्मकथाओं को ही कहानी-उपन्यास मनवाने पर तुले हैं–कहीं तो कुछ बात हो कि हमारी उन्नत मानसिकता को अपील करे, (जनसत्ता, 10 दिसंबर, 96) इस उन्नासिक (स्नॉब) आभिजात्य का एक कारण मैं यह भी मानता हूँ कि जिस तरह कांग्रेस के युवतम नेता की उम्र साठ या इससे ऊपर है, उसी तरह हिंदी की सबसे युवा पीढ़ी चालीस या उससे ऊपर है। वहाँ अभिरुचियाँ और आस्वाद अब तक बन चुके हैं, जबकि भारतेंदु से लेकर रांगेय राघव इस उम्र तक अपना सर्वश्रेष्ठ दे चुके थे। थके हुए लोगों के लिए न तो यह संभव है कि अपने 'उत्कृष्ट' से बाहर निकलें, न इतनी निर्ममता है कि 'उत्कृष्ट' के मिथ, उसके स्रोत, इतिहास, स्वरूप और तह-दर-तह अपने 'बोध' पर इसके हावी होने की शल्यक्रिया कर सकें। चूँकि मानव-संस्कृति ने लंबी परंपरा में 'उत्कृष्ट' को अर्जित किया है। इसलिए वह पूज्य और प्रश्नातीत यानी स्वयंसिद्ध है। अब इस आस्था के सामने यह सवाल पूछना भी गुस्ताखी है कि वह मानव-संस्कृति क्या है, किनकी है और उस अभिजात के विरुद्ध प्रतिरोध और संघर्ष उसी 'मानव-संस्कृति' में आता है या नहीं ?

किसी ने नादिन गार्डीमर के जीवन की एक घटना का उल्लेख किया था। लड़ाई के दौरान दो घायल सैनिक अफ्रीकी कैंप में लाए गए, उनमें एक गोरा था और एक काला, दोनों को ही तत्काल उपचार की जरूरत थी। जाहिर है, गोरे के लिए ऐंटीसेप्टिक्स पेनकिलर, साफ-सुथरी पट्टियाँ–सभी कुछ साफ-सफाई और 'दक्षता' से सुलभ था। उधर पहले तो काले की तरफ ध्यान ही नहीं दिया गया, फिर उलटी-सीधी दवाओं के साथ फटी-पुरानी पट्टियाँ बाँध दी गईं। नर्स नादिन ने इस दुभाँत का कारण पूछा, तो डॉक्टर का जवाब मिला कि "नहीं, वे तकलीफ को उस तरह महसूस नहीं करते, जैसे हम करते हैं। उन्हें आदत है।"

"क्या सचमुच ?" नादिन ने अपने-आप से सवाल किया और उस दिन से ज़िंदगी और लेखन की तरफ उसका दृष्टिकोण बदलने लगा। एक विशेष सामाजिक बनावट, माहौल या मैल्यू में जो अपने-आपको वंचित, दमित, दलित और 'मुख्य धारा' से निष्कासित महसूस करते हैं, उनके लिए हमारे 'कलाग्रही' कह सकते हैं कि वे कला की ऊँचाइयों और सांस्कृतिक गहराइयों को हमारी तरह महसूस नहीं कर सकते–उन्हें कुत्सा, फूहड़पन और रोज-मर्राइयत में रहने की आदत है। शायद यह असुविधाजनक सवाल भी उनके लिए अप्रासंगिक और फालतू है कि ये फैसले वे

किन आसनों पर बैठकर कर रहे हैं ? उनके सारे सांस्कृतिक और आध्यात्मिक सवाल किन लोगों की चिंताओं से आए हैं ? उनका क्रूर और मुँहफट जवाब यह भी हो सकता है कि कला, संस्कृति और अध्यात्म का विकास उन्हीं लोगों ने किया है, जो फुर्सत में थे, दुनियादारी से निश्चिंत थे—दूसरे शब्दों में कुलीन और अभिजात थे। यहाँ मैं सैकड़ों बार कही गई बात को ही दुहराऊँगा कि इस तर्क से तो हमें भारतीय संदर्भ में न सिद्धों की बात करनी चाहिए, न संतों की, क्योंकि इन दोनों आंदोलनों को जब हम भारतीय समाज के सबसे बड़े पुनर्जागरणों के रूप में महिमान्वित करते हैं, तो यह भूल जाते हैं, कि सिद्धों और संतों के इस उभार के एकमात्र संवाहक दलित, वंचित, शूद्र और स्त्रियाँ थे और वह कुलीन सांस्कृतिक वर्चस्ववाद के खिलाफ खुला विद्रोह था। आज वह 'विद्रोह' हमारे यहाँ भी घटित हो रहा है या नहीं और उसके संवाहक कौन हैं ? चाहें तो यहाँ भी 'कलाग्रही' पुरानी अदा के साथ इन सबको खारिज कर सकते हैं कि "अजी, कोई विद्रोह-फिद्रोह नहीं सब बकवास और फूहड़पना है। अपने-आप ठंडा हो जाएगा, बरसों लगेंगे उन्हें साहित्य-कला की बारीकियाँ समझने में..." यानी हमारी 'बारीकियाँ' समझने में।

मैं यह नहीं कहता कि कहानी सिर्फ समाज-विमर्श है—निश्चय ही वह कला भी है। इसलिए उसे एक ऐसी कला के रूप में भी देखा जाना चाहिए, जिसकी अपनी परंपरा है। सामाजिक दबावों और प्रभावों में उसके रूप बदले भी हैं—उसमें प्रयोग भी हुए हैं, मगर कथ्य और कथानक तो उसकी मौलिक शर्तें हैं ही। हर कला के नियम भी होते हैं और शर्तें भी—वे बदलते भी हैं। सौ वर्षों में भले ही 'क्रिकेट' वह नहीं रह गया हो, जो पहले था—मगर वह है तो क्रिकेट ही। क्रिकेट के नाम पर आप हॉकी नहीं खेल सकते। 'कहानी' को पहले 'कहानी' ही होना होगा—समाज-विमर्श को भी वहाँ कहानी की शर्तों पर ही प्रवेश मिलेगा। हाँ, यह सही है कि यह समाज-विमर्श ही कहानी के स्वरूप को भी बदलेगा और शर्तों को भी।

जिस कहानी के स्वरूप और संस्कार के हम अभ्यस्त हैं, वह सिर्फ उपभोक्ता मध्यवर्गीय मरण-कामना से ही नहीं जूझ रही, कला के रूप में पत्रकारिता और दृश्य माध्यम भी उसे मार रहे हैं। वह अपने बचाव की लड़ाई में है। रवींद्र वर्मा इसे पत्रकारी फूहड़पन से बचा रहे हैं, तो पंकज बिष्ट मीडिया के सतही व्यवसायीकरण से...दोनों की परेशानी कहानी-कला को लेकर है। कभी-कभी टी.वी. पर आने वाले कुछ विज्ञापनों को देखकर लगता है कि जिस जादुई यथार्थवाद, फैंटेसी और यथार्थ को तोड़कर जटिल और संश्लिष्ट प्रभाव की बात कुछ उत्तर-आधुनिक कहानीकार करते हैं—वह सब तो कहीं अधिक प्रभावशाली ढंग से इन विज्ञापनों ने पहले ही ले डाला है। इस होड़ या दौड़ में कहानी कैसे बचेगी ?

नहीं, वह निश्चय ही बचेगी। जहाँ सिर्फ कलात्मक अनुभव के बौद्धिक विमर्श में नहीं, दैनिक जीवन-संघर्षों के बीच वह उग रही है। जहाँ अभी भी केंद्र में यातनाओं

के नरक जीने वाला आदमी है—यानी आदमी के बचे रहने की आकांक्षा या सपना है। मजबूरी भी कह सकते हैं कि हो सकता है, यहाँ हम 'कहानी' को बचाने की जद्दोजहद में ही हलकान होते रहें और कहानी वहाँ साँस लेने लगी हो, जहाँ श्रम और उत्पादन से जुड़े आदमी को बचाने की लड़ाई चल रही हो। हम माधुरी दीक्षित, सुष्मिता सेन के रूप और रूपक (मेटाफ़र) के बारीक बौद्धिक विश्लेषण में ही उलझे रहें और मेधा पाटकर जैसे लोग नए रूप और रूपक रच रहे हों। (दुनिया की सबसे हसीन औरत ?) सवाल फिर वही है कि 'यथार्थ' को हम कहाँ बैठकर देख रहे हैं ? किस दिशा से देख रहे हैं ? अभी हमारा मध्य वर्ग उन लोगों को भुलाने और मिटाने में ही लगा है, जिन्हें कभी चुनावों-प्रदर्शनों, सूखा-भुखमरी के समाचारों के रूप में देखना पड़ता है। कहाँ हैं ये लोग ? क्यों हैं ? हम क्यों अपने साधन, समय, श्रम इन लोगों के कल्याण के नाम पर बर्बाद कर रहे हैं ? क्या ऐसा नहीं हो सकता कि हम अपने आरामदेह ड्राइंगरूमों में बैठकर विज्ञापनों या अध्यात्म का आनंद लेते रहें और इन्हें इनकी मौत मरने के लिए छोड़ दें ?

मरण-कामना सिर्फ, अपने-आपको मारना ही नहीं होता, वह हमें हत्या के लिए भी उकसाती है। चलिए, अरुण कमल की एक कविता, (जिसे संजीव ने सुनाया था) के भाव से ही बात समाप्त की जाए—

"आकाश नीला साफ सुंदर है, मौसम खुशगवार। ऐसे में चिड़ियों का उड़ना अच्छा लगता है, उनके पंखों की सरसराहट संगीतमय है—और यह सब मैं देख रहा हूँ, तनी हुई गुलेल के पीछे की एक बंद आँख से..."

मेरी तेरी उसकी बात, 'हंस', जनवरी 97

हम सब सहमत

पिछले वर्ष 26 दिसंबर को 'पहल' ने कवि मंगलेश डबराल का सम्मान किया, दिल्ली के त्रिवेणी सभागार में। कम ही साहित्यिक आयोजनों में इतनी भीड़ होती है। सभी कुछ बहुत गरिमामय, संतुलित और व्यवस्थित था। इसके पीछे ज्ञानरंजन की लगन, जनसंपर्की कुशलता और सहज ढंग से सब कुछ व्यवस्थित कर लेने की क्षमता थी—'पहल' की प्रतिष्ठा और पच्चीस वर्षों का इतिहास तो था ही। हम दिल्ली में रहते हुए भी 'हंस' के आयोजन इतने सलीके से नहीं कर पाते। जिस रचनाकार का सम्मान किया जाता है, 'पहल' उसी के नगर में जाकर आयोजन करता है। निश्चय ही वह उस नगर की एक 'घटना' होती है। रचनाकार का चुनाव ज्ञान स्वयं करते हैं। यहाँ भी ज्ञान के अपने वक्तव्य में लेखकीय संवेदनशीलता और सफलताजन्य आत्मविश्वास तो था ही—एक दंभ और कुंठा भी थी, "हम औरों की तरह अर्थाभाव का रोना नहीं रोते..." जाहिर है, संकेत 'हंस' की तरफ ही था। मुझे लगा कि अब इस तरह के प्रयासों, घोषित उद्देश्यों, उनके लिए अपनाए गए तरीकों और साधनों पर खुलकर बात होनी चाहिए, क्योंकि यह समस्या सिर्फ 'हंस', 'पहल', 'संबोधन' या ऐसे ही अन्य प्रयासों की नहीं, साध्य और साधन की पुरानी है। प्रश्न नैतिक भी है और व्यावहारिक भी, क्योंकि प्रायः उन सभी प्रयासों के साथ जुड़ा है, जो आदर्शों या वैचारिक प्रतिबद्धता का लक्ष्य लेकर शुरू किए गए हैं और जिन्हें साधन इधर-उधर से ही जुटाने पड़ते हैं। छोटे-मोटे रूप में ये भी एन.जी.ओ. (नॉन गवर्नमेंट ऑर्गेनाइजेशन) या स्वयंसेवी प्रयास भी हैं। मैं इन्हें ऐसे गैर-व्यावसायिक प्रयास कहना ज्यादा पसंद करूँगा, जो विचार या आदर्श को केंद्र में रखकर प्रारंभ किए जाते हैं।

प्रारंभ में पत्रिकाओं की बात हो : यहाँ हमारे सामने न तो 'कल्पना' जैसी पत्रिका है, न 'आजकल', 'ज्ञानोदय', 'साक्षात्कार', 'पूर्वग्रह', 'अक्षरा' या 'वागर्थ' जैसी पत्रिकाएँ। इनके पीछे या तो एक व्यक्ति के साधन रहे हैं या दूसरी संस्थाएँ। साधनों की सीधी समस्या उन पत्रिकाओं को भी नहीं है, जो सरकारी, कॉरपोरेट सेक्टर,

गैर-सरकारी उपक्रमों, व्यावसायिक घरानों, बड़े पत्रिका-प्रतिष्ठानों या व्यापक जनाधार वाले संगठनों की ओर से निकाली जाती हैं। वहाँ उनके उद्देश्यों, स्वरूप और अस्तित्व को निर्धारित करने वाले कारक-तत्त्व दूसरे होते हैं। समस्या उन पत्रिकाओं की है, जिनके पीछे न तो राजनीतिक-सामजिक संगठन हैं, न व्यावसायिक घराने और न ही साहित्य-संस्कृति के लिए कुछ करने वाला कोई साधन-संपन्न व्यक्ति। पहली बात तो, यह सभी को सुलभ नहीं है और जहाँ है भी, वहाँ उनकी अपनी नीतियाँ हैं, जो दूसरे लिहाजों-दबावों से नियंत्रित-निर्धारित होती हैं। संपादक उनसे एकात्म होकर ही अपनी 'स्वतंत्रता' बनाए रख सकता है। द्वंद्व की स्थितियाँ वहाँ आती हैं, जहाँ या तो ऊपरी दबाव संपादकीय दृष्टि को प्रभावित करने लगते हैं या संपादक ही इतना 'स्वतंत्र' हो जाता है कि संचालकों को असुविधा होने लगती है। 'विशाल भारत' इन दोनों के सामंजस्य का सुखद उदाहरण है।

मुख्य समस्या उन साहित्यिक-सांस्कृतिक प्रयासों की है, जो व्यक्तिगत महत्त्वाकांक्षाओं से चलाए जाते हैं और साधन बाहर के होते हैं। इसमें न 'पहल' अपवाद है, न 'हंस'। अपनी और दोस्तों की थोड़ी-बहुत जमा-पूँजी और आश्वासनों के आधार पर हम सभी सोचते हैं कि कुछ ही समय में पाठकों या दूसरे स्रोतों के बल पर आत्मनिर्भर हो जाएँगे और खुलकर वह कर या कह सकेंगे, जिसके लिए ये सब कर रहे हैं। अपनी प्रतिबद्धता, उद्देश्य के महत्त्व और विचार की शक्ति से हम आत्मनिर्भरता का स्वप्न लेकर व्यावसायिकता की दुनिया में सेंध लगाना चाहते हैं, मगर यह प्रायः होता नहीं है। व्यक्तिगत कोशिशों और बाहरी सहयोग के बावजूद शीघ्र ही ऐसी स्थितियाँ आने लगती हैं कि या तो साँस टूट जाती है या पत्रिका की मृत्यु को महीनों के हिसाब से टाले रखना पड़ता है। आधी शक्ति अपने संपर्कों और सहयोग से विज्ञापन आदि का जुगाड़ करके निरंतरता बनाए रखने में सर्फ होती है। प्रलोभन या दबाव ये भी बने रहते हैं कि दृष्टि और नीतियों को लचीला बनाकर जीवित रहा जा सके। अपनी जिद पर कायम रहकर सिर्फ पाठकों के बल पर न पत्रिका आत्मनिर्भर हो सकती है, न दर्शकों के बल पर नाटक। आपको अपने 'सहयोगी' तलाश करने ही होते हैं। प्रायः ये 'सहयोग' बिना शर्त नहीं होते। 'सहयोग' देने वाला कभी विचारों की सहमति चाहता है, तो कभी अपना प्रोजेक्शन...विकल्प यही रह जाता है कि प्रत्रिका को बचाए रखने के नाम पर आप उसे चूं-चूं का मुरब्बा बना दें या फिर अपनी शर्तो पर सहयोग लें। अगर आप सचमुच अपने 'आदर्श' को लेकर दृढ़ हैं तो व्यक्तिगत 'ऊँचाइयों' से समझौते भी करने पड़ते हैं। यानी अपनी इमेज का निवेश करना पड़ता है, क्योंकि वही एकमात्र विश्वसनीय पूँजी आपके पास बची रहती है। चाहे 'इप्टा' के बलराज साहनी हों या 'पृथ्वी थियेटर' के पृथ्वीराज कपूर, शो के अंत में झोली फैलाकर पैसा जमा करना, व्यक्तिगत इमेज का निवेश ही है। हो सकता है, ज्ञानरंजन इतने सौभाग्यशाली हों कि बिना कहे ही उन्हें 'पहल' में 20-30 पृष्ठों

के विज्ञापन मिल जाते हों और 'इंडिया टुडे' की तरह विज्ञापनदाता लाइन लगाए खड़े रहते हों, उनके विभिन्न आयोजनों के भार उठाने के लिए आतुर रहते हों—या फिर उन्हें कोई ऐसा गुप्त धन मिल गया हो कि दंभ से कह सकें—'हम किसी से सहयोग नहीं माँगते'। अपने अनुभव से मैं कह सकता हूँ कि ज्ञान चाहे साल में दो-चार अंक ही निकालते हों, मगर करना उन्हें भी 'पहल' के लिए वही पड़ता है। अच्छी-खासी नौकरी का सहारा तो है ही। मुख्य यह नहीं है कि आप साधन कहाँ से और कैसे लाते हैं, महत्त्वपूर्ण यह है कि क्या आप पत्रिका को वही बना रहे हैं, जो आप चाहते हैं ? सचाई यह भी है कि अपनी-अपनी पत्रिका के लिए माँगते हम दोनों ही हैं। मगर यह अपने व्यक्तित्व, स्थिति और जरूरत पर है कि कौन खुलकर अपनी ज़रूरत बताता है और कौन बिना एहसान माने दंभ से घोषणा करता है कि उसे किसी की मदद की जरूरत नहीं है। वैसे भी, मध्यप्रदेश में अशोक वाजपेयी का विकल्प बनने की उठा-पटक ज्ञान को कम दयनीय नहीं बनाती।

राज थापर ने 'ऑल दीज़ ईयर्स' में 'सेमिनार' के जन्म की कहानी बताई है। रोमेश और राज—दोनों ही जनरल-ब्रिगेडियरनुमा (उस समय के) बहुत बड़े परिवारों से आए थे और रजनी पामदत्त आदि के साथ कम्युनिस्ट पार्टी के संस्थापकों में थे। हिंदुस्तान आकर काम भले ही मजदूरों में करते थे, मगर रहन-सहन वही आई.सी. एस. वर्ग का था—नाश्ते-खाने पर कभी हक्सरों के यहाँ जा रहे हैं, तो कभी नेहरू परिवारों में। उतनी ही बेतकल्लुफी से वे भी इनके यहाँ आते-जाते थे। उनमें कोई एयर-इंडिया का चेयरमैन था, तो कोई इंडियन ऑयल का। जब 'सेमिनार' निकालने की बात हुई, तो साल-भर के लिए बीस पृष्ठों के विज्ञापन हाथ में थे। कनॉट प्लेस में एयरकंडीशंड दफ्तर था। बाकी सारे झंझटों से मुक्त होकर पूरे बौद्धिक तेवर के साथ 'सेमिनार' निकला—हर अंक एक मुद्दे पर केंद्रित। 'सेमिनार' आज भी अपने ढंग की अकेली और अनिवार्य पत्रिका है, मगर सभी रोमेश थापर जैसे विशिष्ट नहीं होते, न हमारा वर्ग वह है, न भाषा। वह शासक वर्ग था—संबंधों, संपर्कों और व्यक्तिगत हैसियत में। इसलिए विनोद मेहता करोड़ों की आधार-पूँजी और हर अंक में लाखों के देशी-विदेशी विज्ञापनों के साथ आज भी 'आउट-लुक' साप्ताहिक निकाल सकते हैं। हम लोग चाहें, तब भी ऐसा नहीं कर सकते...हमारी शर्तों पर कौन लगाएगा इतने पैसे और जुटाएगा ऐसे साधन ? वह भी दरिद्र-भाषा के लिए...यह सचाई है।

समस्या साध्य और साधनों की है और हर समय उठती रही है। साध्य के लिए 'संघर्ष' के दौरान हम सब परिस्थितियों के तर्क के चलते देर-सबेर उस मुकाम पर आ जाते हैं, जहाँ हर साधन सही लगता है। कॉज हर साधन को नैतिक बना देता है। गाँधी जी अपने आंदोलनों के लिए चवन्नी-मेम्बरशिप पर निर्भर करने की बात जरूर करते थे, मगर बिड़ला, बजाज या और भी न जाने किन-किन से पैसे तो उन्होंने लिए ही। उनकी यात्राओं, आश्रमों और जगह-जगह ठहरने के लिए प्रबंध

सिर्फ कांग्रेस के चंदे से नहीं होते थे। बड़े से बड़ा धर्माचार्य यह नहीं पूछता कि उसके पास जो पैसा आ रहा है, वह काला-सफेद है या पाप-पुण्य का, बल्कि इन आचार्यों की आध्यात्मिक हैसियत इतनी पूज्य और पवित्र हो जाती है कि लोग अपने मन का पाप और अपराध-बोध धोने के लिए दान-पुण्य करते हैं। गाँधी जी ने भी राष्ट्रीय साध्य को लगभग यही दर्जा दे दिया था—इस्लामी जकात की तरह, मगर मामला इतना आसान नहीं है कि आप महान् उद्देश्य (कॉज़) के लिए साधन नैतिक-अनैतिक कैसे भी इस्तेमाल करते रहें और स्वयं अप्रभावित बने रहें। कालांतर में साधन स्वयं साध्य को निर्धारित करने लगते हैं। राष्ट्रीय, अंतर्राष्ट्रीय स्तर का कौन-सा ऐसा अपराध या घोटाला है, जिसमें चंद्रास्वामी का अपना हिस्सा न हो। हत्या, बलात्कार, स्मगलिंग, आतंकवाद—सभी तो उनके नाम के साथ जुड़े हैं। राजीव गाँधी हत्याकांड से लेकर पॉमेला बॉर्डेस तक। कहाँ है आज उनकी घोषित आध्यात्मिक साधना और विश्व-कल्याण के महान् उद्देश्य ? उनकी तस्वीर एक भयानक और खूँखार माफिया डॉन या सुपर दलाल की ज्यादा है।

विडंबना यह है कि नितांत अधार्मिक साधन ही धर्म की रक्षा करते हैं, मानवता को बचाए रखने के लिए निरंकुश अमानवीयता का इस्तेमाल करना पड़ता है, नैतिकता की शुचिता बनाए रखने के लिए न जाने कितनी अनैतिकताओं का सहारा लेना पड़ता है। गाँधी जी की 'गरीबी' कितनी महँगी पड़ती थी—इसे खुद सुशीला नैयर ने बताया है। समाजशास्त्री कहते हैं कि वेश्याएँ न हों, तो घर-परिवार टूटकर बिखर जाएँ। सही है, कि साध्य ही साधनों को 'जस्टिफाई' करता है, मगर साध्य स्वयं इतना 'महान्' है कि उसके लिए हर तरह का साधन सही है, तो सवाल उठेगा कि साध्य की महानता तय करने वाले कौन हैं ? रावण गलत है, राम सही है या कौरव अधार्मिक हैं, पांडव धार्मिक—यह तय करने वाले राम और पांडव ही हैं न, बल्कि उनसे भी ज्यादा उनकी विजय उन्हें सही बनाती है। यानी सफलता और विजय हर तरीके को 'जस्टिफाई' कर देती है। सत्य और धर्म सिर्फ विजयी के साथ होते हैं। मुझे लगता है, लड़ाई सही और ग़लत के बीच नहीं—दो सही के बीच ही होती है। एक ही धर्म के दो संप्रदाय एक-दूसरे के खून के प्यासे हो जाते हैं, क्योंकि दोनों अपने-अपने कॉज़ के प्रति सच्चे हैं। धर्म के क्षेत्र में सही होने का प्रमाण-पत्र या तो ईश्वर देता है या उसके आदेशों की व्याख्या करने वाले पैगंबर और धर्म-गुरु। सामाजिक क्षेत्र में निर्णायक 'जनता' होती है या राष्ट्र और उसके हर प्रतिनिधि को 'जनादेश' मिला होता है। सभी अपने 'कॉज़' की महानता से इतने आश्वस्त होते हैं कि सही-गलत साधनों का भेद देखते-देखते या तो एकदम ही मिट जाता है या महत्त्व नहीं रखता।

अगर हम साध्य और साधन के सवाल को सिर्फ नैतिक या बौद्धिक स्तर पर ही रखेंगे, तो शायद कहीं नहीं पहुँच पाएँगे। या तो साध्य (कॉज़) ही हवाई लगने लगेगा या सारे साधन अनैतिक। जहाँ से बात शुरू हुई थी, वहीं पहुँचें, अगर 'हंस'

या 'पहल' अभी तक सही हैं, तो उन्हें बनाए रखने के साधन किस हद तक नैतिक या अनैतिक हों ? इसी बहस को एक व्यापक धरातल पर मुद्दा बनाया है इधर 'सहमत' को लेकर उठे विवाद ने...इससे पहले 'सहमत' को लेकर दूसरे सवाल उठे थे, तब भी मैंने अपने ढंग से प्रतिक्रिया दी थी ('हंस', सितंबर 93—उन्माद का गणित)।

1 जनवरी, 1989 को 'जनम' (जन नाट्य मंच) की ओर से 'हल्लाबोल' नुक्कड़ नाटक करते हुए दिल्ली के निकट झंडापुर (साहिबाबाद) में सफदर हाशमी और उसके मजूदर साथी रामबहादुर राय की हत्या कांग्रेस के गुंडों ने दिन-दहाड़े कर दी। सफदर बेहद कर्मठ, प्रतिभाशाली, प्रतिबद्ध युवक था—मार्क्सवादी कम्युनिस्ट पार्टी का कार्यकर्ता था और खूबसूरत, मिलनसार इन्सान था। उसकी हत्या ने सारे संस्कृतिकर्मियों को झकझोर कर रख दिया। हजारों लोग सड़कों पर निकल आए—उनमें लेखक, पत्रकार, रंगकर्मी, चित्रकार, संगीतकार सभी थे। सभी इस धक्के से त्रस्त थे। देशभर में हजारों आयोजन हुए। देखते-देखते सफदर कला की रक्षा और अभिव्यक्ति की स्वतंत्रता का 'प्रतीक' बन गया। तभी 'सहमत' (सफदर हाशमी मेमोरियल ट्रस्ट) की स्थापना हुई और इसमें लेखक, रंगकर्मी, चित्रकार, संगीतज्ञ शामिल हुए। हुसैन, शबाना आजमी आदि लोगों ने मुक्त सहयोग दिया और चित्रों की नीलामी, नुक्कड़ नाटकों, प्रदर्शनियों और संगीत आयोजनों से रुपए इकट्ठे किए गए। टीशर्ट, पुस्तकें, पोस्टर और पैंफलेट बेचे गए, लेकिन कुछ ही समय बाद 'जनम' और 'सहमत' में दूरी आने लगी और सफदर की पत्नी मलयश्री हाशमी अलग हो गईं—अब वे सिर्फ 'जनम' के साथ हैं। सफदर की बहन शबनम हाशमी 'सहमत' में ही रहीं। माला (मलयश्री) का कहना था कि जिस प्रतिबद्धता और रंगकर्म के लिए सफदर शहीद हुआ—'सहमत' उससे दूर जा रहा है—उस पर कुलीन और अभिजात वर्ग छाया हुआ है—वहाँ मजदूरों और गरीबों के हित की बात नहीं होती, 'ऊँचे' सांस्कृतिक आयोजन होते हैं। वहाँ सफदर की आत्मा नहीं है, सिर्फ कर्मकांड है और प्रतीक भुनाया जा रहा है।

'सहमत' सबसे पहले विवाद में आया 'हम सब अयोध्या' के आयोजन को लेकर। बाबरी मस्जिद वाले तनाव के दिन थे। मुलायम सरकार ने पहले हमले को सख्ती से दबा दिया था और सारे बी.जे.पी.नेता गैर-जिम्मेदार बयान देकर भयंकर उन्माद का माहौल बना रहे थे—जे.के.जैन आदि लोग प्रशासनिक अत्याचारों और बलिदान की मनगढ़ंत फिल्में दिखा रहे थे। बिहार में 'रामरथ' रोका जा चुका था और आडवानी गिरफ्तार किए जा चुके थे। ऐसे में सांप्रदयिक सद्भाव के लिए 'सहमत' ने अयोध्या में विराट संगीत समारोह का आयोजन किया। राम-कथा की प्रदर्शनी लगाई। देशभर से लेखक-कलाकार बुलाए गए। सुनते हैं इस आयोजन के लिए 'सहमत' ने सरकार से पच्चीस लाख रुपए लिए। प्रदर्शनी में राम-कथा के परंपरागत रूपों में बौद्ध-धर्म के अनुसार, सीता को राम की बहन बताने वाले चित्र और उद्धरण थे। बी.जे.पी. वालों ने अपने चरित्र के अनुरूप ही इसे 'हिंदू-भावनाओं का अपमान'

बताते हुए हंगामा खड़ा कर दिया--प्रदर्शनी पर हमला हुआ और संसद में सरकार को सफाई देनी पड़ी। इस राजनीतिक 'गलती' के लिए बी.जे.पी. ने ही 'सहमत' की खाल नहीं खींची, अपने लोग भी तीखी आलोचना पर उतर आए। इसके बाद 'सहमत' की ओर से 'मुक्तनाद', 'अनहद गरजै' आदि भव्य आयोजन हुए और 'सहमत' खुद अपने ही लोगों के बीच तीखी बहसों में आ गया। सबसे बड़ा झटका तब लगा, जब दिल्ली पुलिस के लिए 'सहमत' ने 'क़ौमी-एकता' पर बड़ा मुशायरा करा डाला ...क्षुब्ध होकर 'सहमत' के स्थापक ट्रस्टी मराठी नाटककार जी.पी.देशपांडे ने इस्तीफा दे दिया, सुधन्वा देशपांडे ने ई.पी.डब्लू. में लंबा आरोप-पत्र लिखा। उधर शबनम हाशमी ने अपनी आलोचना के कारण पार्टी सदस्यता छोड़ दी। सारे अखबार 'सहमत' के इस भटकाव से भर गए। 'शबनम' का बयान छपा कि 'अपने उद्देश्य की खातिर साधन जमा करने के लिए हम सरकार से ही नहीं, शैतान से भी हाथ मिलाने को तैयार हैं।'

हरेक के सामने सवाल था कि क्या सफदर की शहादत को यहीं पहुँचना था ? उसकी शहादत ने जिस ऊर्जा का उन्मोचन किया और सारे कलाकारों-बुद्धिजीवियों को एक मंच पर इकट्ठा कर दिया। क्या वह मंच अपनी आदर्श निष्ठा के नाम पर यहीं आने के लिए अभिशप्त था ? वहाँ न मजदूर हैं न गरीब। सफदर तो कला और संस्कृति को बंद संभ्रांत कमरों से निकालकर सामान्य-जन में राजनीतिक चेतना जगाते हुए शहीद हुआ था। उसी के नाम पर आज 'सहमत' हाई-कल्चर का मनोरंजन क्लब होकर रह गया है।

'उद्भावना' ने अपने नए अंक में इन्हीं मुद्दों पर एक परिचर्चा दी है। मूल प्रश्न है कि सफदर की शहादत का अर्थ क्या है और हम किस हद तक उसके प्रति ईमानदार हैं ? जिस कांग्रेस के गुंडों ने सफदर की हत्या की, क्या उसी के साथ मिलकर, उसके ही आर्थिक सहयोग से अयोध्या में आयोजन करना सही है ? बी.जे.पी. जैसी सांप्रदायिक पार्टी की दिल्ली सरकार और दिल्ली पुलिस के लिए क़ौमी-एकता के मुशायरे का आयोजन क्या धर्म-निरपेक्ष ताकतों से हाथ मिलाना नहीं है ? साधन-संग्रह के उच्च मध्यवर्गीय उत्साह ने 'सहमत' को विभिन्न प्रायोजकों के लिए क्या सिर्फ एक इंप्रेसारियो (प्रबंधक) संस्था में बदल डाला है ? इस सबके लिए पार्टी द्वारा सहयोगी और सरपस्ती का रुख क्या पार्टी की नीतियों के अनुरूप है ? 'उद्भावना' की इस परिचर्चा में सुधन्वा देशपांडे, राजेन्द्र शर्मा, सुधीश पचौरी और स्वयं अजेय कुमार (संपादक) हैं। ये सभी लोग पार्टी के पूर्व या वर्तमान सदस्य हैं। सभी की माँग है कि पार्टी 'सहमत' के बहाने अपनी सांस्कृतिक नीति का खुलासा करे। उधर पार्टी के महासचिव कॉमरेड सुरजीत का कहना है कि 'उद्भावना' पार्टी की पत्रिका नहीं है, इसलिए पार्टी उसकी जवाबदेही नहीं लेती। सुधीश पूछते हैं कि फिर पार्टी, 'सहमत' को मौन/मुखर समर्थन क्यों देती है, क्यों अपना एक कमरा 'सहमत' कार्यालय

के लिए दिया हुआ है ? सारी बहस में बार-बार सवाल किए गए हैं कि पार्टी और 'सहमत' का रिश्ता क्या है, सफदर की मौत से जन्मे 'सहमत' और उसके आदर्शों या जीवन-मृत्यु के केंद्र 'जनम' आपस में क्यों इतने दूर चले गए हैं ? क्या सहमत को हाई-कल्चर के कुछ अभिनेताओं के हाथों में भ्रष्ट होने के लिए छोड़कर पल्ला झाड़ा जा सकता है ? वस्तुतः सारा विवाद सफदर-रामबहादुर की शहादत, पार्टी के आदर्शों के लिए प्रतिबद्धता और उसकी विरासत के प्रति निष्ठा के बरअक्स 'सहमत' द्वारा उसके प्रतीक का हाईजैक (अगवा) कर लेने को लेकर ही है।

उधर 'सहमत' के समर्थकों का कहना है कि आज की स्थिति में न साधनों की नैतिकता को लेकर उस शास्त्रीय (एकेडमिक) मुहावरे में बहस की जा सकती है, न 'सहमत' को पार्टी का सांस्कृतिक मंच बनाया जा सकता है। 'सहमत' या उसके आयोजनों में शामिल सभी कलाकर्मी न पार्टी के सदस्य हैं, न उसकी नीतियों से प्रेरित होकर आए हैं। उनके लिए ऐसी शर्त भी नहीं लगाई जा सकती। अगर फिल्मकार, संगीत और चित्रकार साधनों की ऐसी शुद्धता का आग्रह करेंगे, तो एक दिन जीवित नहीं रह सकेंगे। हमें उस पुरानी नैतिक कुंठा से मुक्त होना होगा, जब बेकार व्यक्ति ही सबसे बड़ा क्रांतिकारी होता था और सामान्य क्लर्क को भी 'बुर्जुआ' या 'पैटी-बुर्जुआ' कहता था। स्थिति बदली, तो प्राध्यापकों, पत्रकारों, वकीलों और छोटे-मोटे उद्यमियों को भी इस क्रांतिकारी वर्ग में शामिल कर लिया गया और बड़े अफसर, उद्योगपति या व्यापार संदिग्ध हो गए। उधर फिर बदली हुई आर्थिक स्थितियों, बहुराष्ट्रीय कंपनियों के हमलों या खुले बाजार की लूट में हमारे शत्रु अंतर्राष्ट्रीय हो गए हैं—अपने लोग नहीं। आज नैतिक-आर्थिक भ्रष्टाचार की सारी परिभाषाएँ बदल गई हैं। वह प्रगति और विकास का हमज़ाद है और आज बहुत बड़ा वर्ग ऐसे लोगों का है, जो इस मुक्त-बाजार का भरपूर लाभ लेने के बावजूद इसका शिकार है। उन्हें भी संस्कृति चाहिए। हर पार्टी या वर्ग में उन्हीं का वर्चस्व है और हमें उन्हीं में घुसपैठ करनी है। जाहिर है, साधन भी उन्हीं के पास हैं और वहीं से लेने होंगे। वहाँ पार्टी का शोषक-शोषित वाला सिद्धांत या गरीबों-मेहनतकशों का पुराना दर्शन ही काम नहीं देगा। इधर बीस-तीस सालों में जो नया संपन्न वर्ग आया है, वह निरपवाद रूप से बी.जे.पी. जैसी सांप्रदायिक पार्टियों का भी आधार है। अब वह सिर्फ छोटे-मोटे अनपढ़ दुकानदारनुमा लोगों की ही पार्टी नहीं रह गई है। पूँजीवादी अपसंस्कृति में यही 'सांप्रदायिकता' उन्हें राष्ट्रीय संस्कृति का सहारा देती है। ये ही लोग हैं, जो मंदिरों, जुलूसों, यज्ञ-हवनों को साधन देने के साथ-साथ कला-संस्कृति के भी संरक्षक हैं—बेशक 'कला' के नाम पर इन्हें सौंदर्य-प्रतियोगिताओं और माइकल जैक्सन, दलेर मेंहदी या क्रिकेट मैचों से भी परहेज नहीं है। इन्हीं के बीच काम करना चाहता है 'सहमत' और बाकी मुद्दों को छोड़कर 'सांप्रदायिक-सद्भाव' ही उसे ऐसा केंद्र लगता है, जहाँ अधिक-से-अधिक कलाकर्मियों को जोड़ कर 'वैकल्पिक-संस्कृति' और बौद्धिक

उत्तेजना दी जा सके। उधर बी.जे.पी. के पास भी एकमात्र नारा 'सांप्रदायिकता' का ही है—यानी राष्ट्रीय संस्कृति के नाम पर सामंतवादी पोंगापंथी, मनुवादी हिंदू वर्चस्व का दर्शन; न किसी आर्थिक-औद्योगिक-वैदेशिक नीति पर विचार-विमर्श की जरूरत महसूस करता है न किसी खुले बौद्धिक वाद-विवाद की। वे 'तारा', 'स्वाभिमान', 'बे-वॉच', 'बोल्ड एंड ब्यूटीफुल' और 'जय हनुमान', 'श्रीकृष्ण', 'रामायण', 'महाभारत' को समान निष्ठा से भकोसने वाले लोग हैं। संयोग से वहाँ देश-विदेश में चलने वाली बौद्धिक बहसों को समझने वाले, पढ़े-लिखे बुद्धिजीवी भी नहीं हैं। यही बंजर 'सहमत' जैसी संस्थाओं के लिए बहुत बड़ा सुअवसर हो सकता है, बशर्ते धार्मिक भावनाओं को आघात न पहुँचाने की सावधानी में अजेय सिंह जैसे लोग बी.जे.पी. की ही भाषा में 'हम सब अयोध्या' और हुसैन की सरस्वती को लताड़ने की सुविधापरस्ती के शिकार न हो जाएँ। समझ में नहीं आता कि दुनिया का कौन-सा सुधार है, जो भावनात्मक आघात नहीं पहुँचाता ? सती और नर-बलि का विरोध कुछ लोगों को अपने धार्मिक मामलों में हस्तक्षेप और 'भावनात्मक आघात' लग सकता है। तब क्या अजेय सिंह उधर से आँखें मूँद लेंगे ? या इन्हें बात करने लायक विषय ही नहीं मानेंगे ?

बहरहाल, 'सहमत' अब उस खतरनाक मोड़ पर आ गया है, जहाँ हो सकता है, कल वह शिवसेना द्वारा आयोजित 'माइकल जैक्सन शो' का विरोध कर सकने की वैधता भी खो दे—उस्ताद देबू तो उसके 'पाँचवें चिराग' में आने ही लगे हैं। हमें नहीं भूलना चाहिए कि वहाँ बहुमत उन्हीं कॉन्वेंटी लोगों का है, जो 'विदेशी' होने के अपराध-बोध से प्रेरित, स्वदेशी या अपनी बहु-सांस्कृतिक परंपराओं से जुड़ना चाहते हैं—जाहिर है, अपने जैसों को अपील करने के लिए लटके-झटके और मुहावरे भी वही लेने पड़ेंगे, मगर सब मिलाकर यह चुनाव 'सहमत' का अपना विवेक है—बहुत दूर तक हम सफदर या पार्टी की नीतियों के नाम पर उनकी नैतिक भर्त्सना नहीं कर पाएँगे। कोई भी संस्था अपना कार्यक्षेत्र, नीतियाँ या साधन चुने—यह अंततः उसे अपने सदस्यों पर ही छोड़ना पड़ता है। अगर सफदर की शहादत की पृष्ठभूमि न होती, तो मैं कहता कि 'सहमत' ने अपना कार्यक्षेत्र चुन लिया है। वह कुछ मुलायम और विवादहीन मुद्दों की सांस्कृतिक गतिविधियों से मध्य और उच्च-मध्यवर्ग का संस्कार कर रहा है—वह बहुराष्ट्रीय अपसंस्कृति और जड़ हिंदुत्व का विकल्प एक साथ ही बनना चाहता है।

लेकिन सवाल तो दूसरे भी पूछेंगे कि फिर सफदर की शहादत और उससे पैदा हुई एकजुटता का क्या हुआ ? खासतौर से वे, जो कल तक 'सहमत' के हिस्से थे या वे हजारों, जिन्होंने अपना भावनात्मक समर्थन 'सहमत' को दिया था। इसलिए 'हंस' के इस अंक में दी गई बहस न 'बाहरी' और विरोधी लोगों के तोड़-फोड़वादी इरादों से दी जा रही है और न इसका उद्देश्य अंदरूनी लड़ाइयों को खुले में लाकर

कीचड़ उछालना है। इसके पीछे देश की सांस्कृतिक दुनिया के गहरे सरोकार और वैकल्पिक मोर्चों को बल देने की सद्भावना ही है। क्योंकि इससे जुड़े सवाल सिर्फ 'सहमत' और पार्टी के रिश्तों के ही नहीं, और भी गहरे हैं। यहाँ समस्या अभिव्यक्ति की स्वतंत्रता भी है, पार्टी की सांस्कृतिक नीति भी है, बदलते आर्थिक नक्शे और बहुराष्ट्रीय पूँजी के बीच अपने स्टैण्ड की भी है, आज के बुर्जुआ समाज की सांस्कृतिक जरूरतों और उन्हें पूरा करने के प्रयासों की भी है। अगली बार हमारी कोशिश होगी कि 'सहमत' के पक्ष को भी इसी सम्मान और प्रामाणिकता से सामने लाया जा सके ...यहाँ यह देखना दिलचस्प है कि साधन किस तरह साध्य को बदलते और इस बदलाव के लिए तर्क तलाश लेते हैं।

मेरी तेरी उसकी बात, 'हंस', फरवरी 97

बिजूकों और शुतुरमुर्ग़ों का देश

और वही हुआ, जिसका मुझे डर था—यानी 'उत्तर-भारत के हिंदी क्षेत्र का वैचारिक-संकट' अपने असली रूप में सारे नक़ाब झाड़कर हमारे सामने है। आराम से बैठा या आत्म-मुग्ध इत्मिनान में सोता एक पूरा (साहित्यिक) वर्ग झुँझलाकर दहाड़ उठा, यह कौन है, जो हमारी शांति में खलल डाल रहा है ? मैंने 'हिंदी क्षेत्र के वैचारिक संकट' की बात उठाई, तो मेरे सात पुरखों के परखचे उड़ा दिए गए—रहन-सहन से लेकर व्यक्तिगत कुंठाओं और भड़काऊ बातें कहने के कच्चे चिट्ठे खोले जाने लगे—दुःस्वप्नों की बर्राहट में किसी को अहीर-भैरव दिखाई दिया, तो कोई मियाँ की टोड़ी घिघियाने लगा, बड़े-बड़े भीम-पलासी बिरहा रिरियाने में जुट गए। सब मिलाकर 'कबीर' गाने का माहौल यानी माँ की बात की, तो नानी याद आई...नहीं कहीं कोई संकट-वंकट नहीं है। सब सुख-शांति है और नवीनतम 'सूचना के अनुसार हालात काबू' में हैं।

मगर नहीं, बात मुद्दों पर भी हुई और गंभीर-मंथन की पृष्ठभूमि भी बनी। 'हंस' की ओर से अगस्त, 95 में सारे दिन की गोष्ठी रखी गयी थी—'उत्तर भारत का वैचारिक संकट' जिसमें इतिहास, समाजशास्त्र, राजनीति, शिक्षा-शास्त्र और विज्ञान के क्षेत्रों के उद्‌भट विद्वानों ने मुद्दों से मुठभेड़ की। इसके बाद जगह-जगह छोटी-मोटी गोष्ठियों के अलावा बड़ी परिचर्चाओं का जो सिलसिला शुरू हुआ, तो आज तक जारी है। 1996 में जवाहर लाल नेहरू विश्वविद्यालय में इसी समस्या पर दो दिनों का सेमिनार रखा गया। अभी फरवरी, 97 में 'अखिल भारतीय जनवादी लेखक संघ' के कलकत्ता अधिवेशन का भी यही विषय था। दोनों जगहों पर अंतर्राष्ट्रीय विद्वान एजाज़ अहमद, इरफ़ान हबीब, पी.सी.जोशी, जी.पी. देशपांडे, कृष्ण कुमार, हरवंश मुखिया, नामवर सिंह, मैनेजर पांडे, अशोक मित्र आदि ने अपने गंभीर विश्लेषण दिए। प्रत्याशित ही था कि वैचारिक संकट का सबसे दरिद्र और दयनीय प्रदर्शन संस्कृति और साहित्य के झंडाबरदार हिंदी वालों ने ही किया। उनका एक-सूत्री निष्कर्ष यही था कि राजेन्द्र यादव नामक आदमी कुंठित, बदमाश और सनसनीबाज़ है।

ठीक उन्हीं दिनों विश्व के दो-चार दिग्गज चिंतकों में से एक, दरीदा 'सत्ता का झूठ और झूठ की सत्ता' पर दिल्ली-कलकत्ता में अपने विचारोत्तेजक गंभीर व्याख्यान दे रहे थे। मैंने भी शायद हिंदी-प्रदेश में व्याप्त ऐसे झूठ की सचाई को अनजाने ही उघाड़ दिया था, जिसने हम सबको बौखला दिया। यद्यपि मैं अपनी मूल स्थापनाएँ अगस्त, 1995 के संपादकीय में रख चुका हूँ, फिर भी कुछ और खुलासा यहाँ जरूरी है।

हजारों वर्षों से पूरे आर्यावर्त की मानसिकता निर्धारित करने वाले विचार क्षेत्र उत्तर प्रदेश और बिहार ही रहे हैं। कहा जाता है कि वेद-पुराणों की रचना भी यहीं हुई। भौगोलिक रूप से तीर्थों की जितनी बड़ी श्रृंखला यहाँ है, वैसी शायद भारत के किसी प्रदेश में नहीं है। कहने को तो तीर्थ-स्थान गुजरात, कन्याकुमारी, मद्रास से लेकर आसाम, उड़ीसा तक फैले हैं, मगर हिंदुओं के तीनों बड़े अवतारों–राम, कृष्ण और शिव की जन्मभूमियाँ, कर्मस्थलियाँ प्रायः यहीं हैं। भारतीय इतिहास और संस्कृति को आकार देने वाला गंगा-यमुना का दुआबा, बौद्ध-जैन धर्मों का भी केंद्र यहीं रहा है। शंकराचार्य, रामानुजाचार्य आदि बौद्धिक दिग्गज आए भले ही दक्षिण से हों, मगर सगुण-निर्गुण के दार्शनिक धार्मिक विमर्शों के पीठ यहीं थे। इसे रांगेय राघव आदि विद्वान, 'उत्तर पर दक्षिण की सांस्कृतिक विजय' भी कहते हैं। विजय या साम्राज्य की भाषा में बात न की जाए, तो भी दोनों में द्वंद्व जरूर रहा होगा, जिसकी एक अभिव्यक्ति रामकथा है। इन तीनों देवताओं में सबसे कम 'दार्शनिकता' रामकथा को प्राप्त है। राम निश्चित उद्देश्य लेकर अवतरित हुए लगभग एकायामी अवतार हैं ('योग-वासिष्ठ' की 'दार्शनिकता' वसिष्ठ की ही अधिक है, राम की नहीं) विद्वान रावण को शौर्य-पुरुष राम ने समाप्त किया। शायद यह दक्षिण के सांस्कृतिक आक्रमण का, उत्तर की ओर से जवाब हो। कभी-कभी मुझे लगता है कि मौलिक चिंतन और दार्शनिक मीमांसाओं के खिलाफ, लगभग 'हल्लाबोल' के संस्कार हमने 'रामकथा' से ही तो नहीं लिए, जिसका नवीनतम प्रदर्शन लालकृष्ण आडवानी ने राम-रथ के प्रयोग में किया ?

पहले मुसलमानों के आक्रमण और फिर मुग़ल-साम्राज्य की स्थापना, इसी हिंदी-प्रदेश पर दूसरा ऐसा आक्रमण था, जिसने यहाँ की मानसिकता को मूलभूत रूप में बदल डाला। निश्चय ही इस्लाम ज्यादा आक्रामक, डायनैमिक और समतावादी धर्म था–इसलिए वर्ण-व्यवस्था से खंड-खंड में बँटे ऊर्जाहीन समाज को आसानी से जीतता चला गया। भौतिक पराजय को आध्यात्मिक स्तर पर झेलने के सिवा हिंदू-समाज के पास दूसरा चारा भी नहीं था। पराभव के इन क्षणों में आत्मविश्लेषण और समाज-व्यवस्था में अपेक्षित परिवर्तन लाने की बजाय हिंदू-धर्म आत्मरक्षा के दबाव में अधिक-से-अधिक आत्मकेंद्रित और हवाई होता गया। भौतिक पराजय की क्षतिपूर्ति एक ओर तो आध्यात्मिक श्रेष्ठता के झूठे-सच्चे चमत्कारी आख्यानों के रूप में हुई,

तो दूसरी ओर धार्मिक रूढ़िवादिता और वर्ण-व्यवस्था को और मजबूत करने की ज़िद के रूप में। माना गया कि पराजय का कारण धर्म के प्रति अपेक्षित आस्था का न होना है—और धर्म का अर्थ है विश्व-विजयी होने का भ्रम देने वाले अपौरुषेय वेद-पुराण, अवतार-कथाएँ और देवी-देवताओं के चमत्कार। सामाजिक मर्यादाओं के नाम पर सदियों तक गैर-बराबरी या ऊँच-नीच के धार्मिक आधारों में विश्वास को और भी अधिक पुख्ता किया जाता रहा, जिसका परिणाम यह हुआ कि आधी से अधिक आबादी किसी भी सामाजिक निर्णय से बाहर कर दी गई—उसका धर्म केवल श्रेष्ठ वर्णों की गुलामी करते रहना तय किया गया। वर्णाश्रम व्यवस्था ने सारी सामाजिक गतिशीलता का गला घोंट दिया। सामंती-समाज अपनी वैधता धर्म से ही प्राप्त करता है और बदले में उसे संरक्षण प्रदान करता है।

यहाँ यह ध्यान रखने की बात है कि उत्तर-भारत के इस समाज को दो धर्म-सत्ताओं के द्वंद्व में हजार साल गुजारने पड़े हैं। अपनी राजनीतिक और प्रशासनिक सत्ता को मुसलमान शासक मुल्ला-मौलिवियों के आदेशों और फ़तवों से सही-गलत सिद्ध करते हैं। तो हिंदू-राजाओं को भी अपने धर्माचार्यों से 'व्यवस्थाएँ' लेनी पड़ती हैं। शिवाजी को जब तक बनारस के धर्माचार्यों ने क्लियरेन्स नहीं दी, तब तक वे राजगद्दी के अधिकारी नहीं हुए। बहरहाल, हजार सालों के हिंदी-प्रदेश का नक्शा यह था कि शासन-सत्ता मुसलमानों के पास है और हिंदू धर्म ने मंदिरों-मठों को स्वतंत्र गढ़ बना लिया था। दोनों के संबंध खासे असहज और द्वंद्वात्मक थे, कभी झड़पें होती थीं तो कभी सहअस्तित्व। मूलतः यह धर्मों का नहीं, दो समानांतर राजनीतिक सत्ताओं का द्वंद्व था। इसलिए जब अकबर के बुलावे पर कुंभनदास 'संतन कहा सीकरी सों काम' की घोषणा कर रहे थे, तो यह एक चिंतक या कवि की व्यक्तिगत स्वतंत्रता का उद्घोष नहीं था; एक सत्ता का प्रतिनिधि दूसरी सत्ता की हुक्म-उदूली कर रहा था। कुंभन ही नहीं, सरमद आदि न जाने कितने पीर-फकीरों ने राज-दरबारों में हाज़िरी देने से इनकार कर दिया था। आज भी देश का राष्ट्रपति किसी शंकराचार्य को अपने दरबार में बुलाने की गुस्ताखी नहीं कर सकता। शायद वे आएँगे भी नहीं।

मैंने अपने **'इतना कायर हूँ कि उत्तर प्रदेश हूँ'** और **'हिंदी प्रदेश का वैचारिक संकट'** के संपादकीयों में इसी धर्म-प्राण क्षेत्र की मुर्दानगी को अपने ढंग से समझने की कोशिश की थी कि कैसे हिंदू-धर्म के बड़े तीर्थों का केंद्र होने के चलते यहाँ की मानसिक ऊर्जा समाप्त होती गई। दुनिया-भर से आने वाले तीर्थ-यात्रियों ने यहाँ के लोगों को जहाँ एक ओर लूट-खसोट की संस्कृति दी, वहीं उन्हें फँसाए रखने की चालबाजियों ने ढोंग और धार्मिक आडंबरों को यहाँ का प्रमुख उद्योग बिना दिया। ज्ञान-विज्ञान के नाम पर सिर्फ पुराणों की व्याख्याएँ, तोतारटंत, उनके पुनःकथन और चमत्कारी अवतार-कथाएँ ही यहाँ का बौद्धिक-विमर्श बने। जिन महंतों, पुजारियों, आचार्यों के चरणों में रोज हजारों भक्त और तीर्थ-यात्री माथा रगड़ते हों, उनमें जगद्गुरु

होने का अहंकार पैदा होना स्वाभाविक है, अपनी महानता स्थापित करने के लिए वे या तो भगवान के निकट होने के दावे करते थे या भगवान की ओर से उनके 'वचन' बोलते थे। गुरु को ईश्वर से बड़ा सिद्ध करने का पराक्रम इन्हीं दिनों किया गया। सामाजिक रूप से ये श्रद्धालुओं या गौ-ब्राह्मण पालक समाज का ही निर्माण करते रहे। इस लूट-खसोट, हत्या, बलात्कार, अपहरण और दान-दक्षिणा की कमाई को स्थायित्व देने के लिए आध्यात्मिक फैक्टरियों का निर्माण करने वाला पूरा एक उच्च वर्ग, परिश्रम और उत्पादन-कर्म से घृणा करता और शोषण पर फूलता-फलता रहा। पिछले जन्मों के कर्मों और प्रारब्ध के अभिशाप ढोते दलित, शूद्र, श्रमिक, औरतें स्थायी गुलाम थे ही, बाद में इन्हीं के सामाजिक विद्रोह ने सिद्ध और संत-साहित्य के रूप में अभिव्यक्ति पायी।

हो सकता है मेरी सोच एकांगी हो, मगर मुझे लगता है कि इस प्रदेश में किसी भी अध्यवसाय, उद्योग-धंधे का न पनपना, मौलिक चिंतन की अनुपस्थिति और बड़े सामाजिक आंदोलन के न होने के पीछे यही धर्म-प्राण संस्कृति है, जो भाग्य भगवान, अवतारों में लौ लगाने और भौतिकता से घृणा सिखाती है—जो जहाँ है, वहीं उसका धर्म है, उसी का पालन श्रेयस्कर है और संतोष-धन पाने पर सब धन 'धूरि समान' होता है, का उपदेश ही एक विशाल वर्ग की 'बौद्धिक' खुराक रही है। विडंबना यह भी है कि हलुआ-पूरी की डकारें छोड़ते, सोने के खड़ाऊँ, सिंहासनों पर विराजमान जगद्गुरु ही ये उपदेश देते रहे हैं। श्रमहीन कमाई किस तरह की विकृतियों, अपराधों और अमानुषिकताओं को जन्म देती है—यह हम लॉटरी-शेयर बाजार और काले धन पर पनपते मध्य और उच्च वर्ग की दो पीढ़ियों में ही अपनी आँखों से देख रहे हैं—फिर उनकी कल्पना कीजिए, जो सैकड़ों पीढ़ियों से इसी लूट पर फूलते-फलते रहे हैं। लोग जागरूक न हो जाएँ—इसलिए सारे विद्या और ज्ञान को इन्होंने तिरस्कार ही दिया है। गैर-बराबरी को इन्होंने न सिर्फ अपना विश्वास बनाया है, बल्कि सभी वर्गों और वर्णों में इसके संस्कार बना दिए हैं। बहरहाल, जिसे सोशल मोबिलिटी (सामाजिक गतिशीलता) कहते हैं, उसकी हर गुंजाइश को यहाँ कुचल दिया गया। शायद हिंदू-धर्म में विद्रोह और असंतोष के नाम पर प्रतिरोधियों को धर्मच्युत और बहिष्कृत ही किया जाता रहा, बाहर के किसी व्यक्ति या समुदाय को अपनी व्यवस्था में शामिल किए जाने के उदाहरण प्रायः नहीं हैं। हाँ, यदि अपने ही समाज का कोई व्यक्ति पाप कर दे, तो भयानक प्रायश्चित्त के बाद उसे पुनः स्वीकार कर लिया जाता है। इस जड़ता और यथास्थितिवाद को श्रमिक जातियों ने तोड़ा, गुरु नानक और गुरु गोविंद सिंह ने सभी को अमृत चखाया और सिख बनाया, वरना आर्य-समाज से पहले दूसरे धर्म का व्यक्ति 'वैदिक' रूप से प्रवेश नहीं पा सकता था, जबकि बौद्ध, इस्लाम और क्रिश्चियन-धर्म बाहरी लोगों का खुले दिल से स्वागत करते रहे हैं।

हिंदी-प्रदेश की इसी जड़ता के परिप्रेक्ष्य में मैंने सौ वर्षों के हिंदी-साहित्य का

जायज़ा लेने की कोशिश की थी—समय निर्धारित किया 1850 से 1950 तक। मैं मानता हूँ कि साहित्य सिर्फ साहित्य नहीं होता। न तो वह स्वायत्त और संप्रभुतासंपन्न स्वतंत्र द्वीप होता है, न जड़ प्रतिक्रियाहीन दर्पण। वह सामाजिक चेतना का दुतरफा (द्वंद्वात्मक) रोज़नामचा होता है। इस संदर्भ में पहली आपत्ति तो सौ साल की सीमा और 1850 से 1950 की अवधि को लेकर ही हुई। हम सब जानते हैं कि साहित्य या संस्कृतियाँ तिथियों और तारीखों से तय नहीं होतीं। न जाने कितनी परंपराएँ और प्रवृत्तियाँ लंबे समय तक सुगबुगाती रहती हैं। और फिर एक या अनेक घटनाओं और रचनाओं के रूप में 'प्रगट' होकर अचानक ध्यान खींचने लगती हैं—इसे हम साहित्य में कहते हैं—युग-परिवर्तन। जिसे हम आधुनिकता या आधुनिक-युग कहते हैं। हिंदी-प्रदेश में उसकी निर्माण-प्रक्रिया इन्हीं सौ वर्षों में सक्रिय रही है। 1850 वह समय है, जब 'ईस्ट इंडिया कंपनी' अपना उपनिवेश बाकायदा ब्रिटिश-सिंहासन को हस्तांतरित करती है। विलियम-बैंटिक के समय से अंग्रेज सक्रिय सामाजिक हस्तक्षेप ही नहीं कर रहे थे, बल्कि मैकॉले जैसे लोग नई शिक्षा-नीतियाँ और 'ताजीरातेहिंद' (इण्डियन पीनल कोड) भी बना रहे थे—यानी 1850 से पहले तक अंग्रेज अपने प्रशासन के लिए बाकायदा एक संवैधानिक ढाँचा तैयार कर चुके हैं और इसी क्रम में राज्यों, रजवाड़ों, जमींदारों और किसानों का पुनर्गठन हो रहा है, जमीनों की मिल्कियत और लगान बदले और तय किए जा रहे हैं। 'अंग्रेजी राज्य में सब बराबर हैं' के आश्वासन के बावजूद विदेशी आकाओं का वर्चस्व 'इस्तमरारी बंदोबस्त' (परमानेंट सेटिलमेंट) के रूप में किसानों और जमींदारों के भाग्य बना-बिगाड़ रहा है। जाहिर है, राजा-नवाबों से लेकर जमींदारों किसानों में भयानक असंतोष है—यही असंतोष आगे जाकर फूटता है 'सिपाही-विद्रोह' में। सदियों से चली आ रही एक प्रशासनिक व्यवस्था समाप्त की जा रही है और छल-बल से दूसरी नई व्यवस्था थोप दी गई है। मोटे रूप में कहें, तो लखनऊ की नवाबी और दिल्ली का साम्राज्य बीते इतिहास की घटनाएँ होने जा रही हैं। फ़ौजों की भर्ती चूँकि किसान-वर्ग से ही होती है, इसलिए असंतोष और क्षोभ वहीं सबसे अधिक है। जो भोले-भावुक 1857 के विद्रोह का श्रेय मंगल पांडे या सूअर-गाय की चर्बी के कारतूसों यानी धार्मिक-भावना को देते हैं—वे इस पृष्ठभूमि को प्रायः नजरअंदाज़ कर देते हैं। भीतरी गुस्सा इस विस्फोटक बिंदु पर आ गया था कि चर्बी न होती, तो दूसरा कोई बहाना मिल जाता। यही कारण था कि मैंने अपना प्रस्थान-बिंदु 1857 न लेकर 1850 लिया है, क्योंकि तब तक परिवर्तन की स्थितियाँ पूरी तरह पक चुकी थीं। ठीक उसी तरह 1950 में भारत को नए संविधान के साथ स्वतंत्र गणतंत्र घोषित किया गया। अंग्रेजों के राज्य में 'सब समान थे', मगर सामाजिक ढाँचा वही सामंती था। लोकतंत्र सिर्फ उनके अपने लिए था। पहली बार हमने मुक्ति और विकास के समान अवसर देने का आश्वासन दिया, क्षेत्रों और व्यक्तियों को बंधुत्व, स्वतंत्रता और समानता के सपने सच होते लगे। रियासतें, रजवाड़ों

के विलय के साथ जमींदारी-प्रथा समाप्त करने की कम-से-कम घोषणाएँ तो कर ही दी गईं। संसद और चुनावों की शुरुआत हुई। कह सकते हैं कि 1950 वह बिंदु है, जहाँ हर क्षेत्र में और परिणामतः साहित्य में भी, नई सामाजिक शक्तियों का उन्मोचन हुआ। इसके बावजूद अगर नए युग की ये यात्राएँ स्थगित हो गईं, तो इसका कारण था कि प्रशासनिक नौकरशाही को बहुत अधिक नहीं छेड़ा गया और उसका ढाँचा हमने वही उपनिवेशी ही ले लिया। परिणामतः सारी सद्भावी घोषणाओं का लाभ जनता तक पहुँच ही नहीं पाया, उसे बीच में ही सोख लिया गया। संक्षेप में 1950 के बाद भारत की राजनीतिक-सामाजिक स्थिति वह नहीं रही, जो पिछले सौ वर्षों से थी। आसानी से इन तिथियों में दो-चार साल आगे-पीछे भी किए जा सकते हैं। चली आती व्यवस्था के लिए 1850 और 1950 सबसे बड़े झटके थे।

इन सौ वर्षों के साहित्य पर दृष्टि डालते हुए सबसे पहले जिस बात पर ध्यान जाता है, वह है एक ही क्षेत्र और एक ही समाज में हिंदी और उर्दू दो अलग समांतर मानसिक धरातलों पर विकसित होती हैं। आश्चर्य इस पर भी है कि हिंदी के प्रायः सारे साहित्यकार उर्दू-फारसी के शिक्षा-संस्कार लेकर आए हैं—आपस में पारिवारिक और सामाजिक मिलना-जुलना आज के मुकाबले कहीं अधिक घनिष्ठ है। मगर मूलतः वे हिंदू हैं। अवधी, ब्रज, भोजपुरी, राजस्थानी सब अपने साहित्य की भाषाएँ हैं। मगर उर्दू को इस रसोई में प्रवेश नहीं है। प्रेरणा भी वे बंगाली पुनर्जागरण से ले रहे हैं, जहाँ हिंदू गरिमा और अतीत-महिमा प्रायः राष्ट्रीयता के पर्याय हैं। उधर बंगाल में उस 'पूरब' को सामाजिक-सांस्कृतिक स्वीकृति मिल चुकी है, जिसका आविष्कार और निर्माण (एडवर्ड सईद के अनुसार) फ्रेंच, जर्मन, अंग्रेज यानी यूरोप सौ-डेढ़ सौ वर्षों से हमारे लिए करता रहा है। इस 'ओरियेंटलिज्म' का एकमात्र उद्देश्य ऐसे मनोविज्ञान का विकास है कि हम हिंदू, महान् अतीत के स्वामी हैं। हमारे यहाँ वेद-पुराण जैसी विरासतें और उपनिषद् जैसे अद्वितीय दर्शन-ग्रंथ हैं—हम भौतिकता के शिकार कभी नहीं हुए, बल्कि आध्यात्मिक-दार्शनिक ऊँचाइयाँ ही हमारे वास्तविक विचरण क्षेत्र हैं। भौतिकता की दरिद्रता तो इतिहासहीन यूरोप की नियति है। हमें चाहिए कि लंगोटी लगाकर अपनी मूल-प्रवृत्ति यानी आध्यात्मिक दुनिया और सामाजिक वैराग्य की ऊँचाइयों में विहार करें और शासन-प्रशासन जैसे दुनियादारी के काम अंग्रेज साम्राज्यवादियों के हाथों सौंप कर निश्चिंत हो जाएँ। मैक्समूलर इत्यादि की भारत-मुग्धता का विश्लेषण करते हुए रामविलास शर्मा, श्यामाचरण दुबे इस षड्यंत्र को बहुत पहले पहचान चुके थे—एडवर्ड सईद की पुस्तक से लगभग तीस साल पहले। 'पूरब की महानता' की निर्माण-प्रक्रिया का व्यापक और गंभीर अध्ययन, विभिन्न यूरोपीय और साम्राज्यवादी स्रोतों को एक स्थापना के रूप में व्यवस्थित करते हुए एडवर्ड सईद ने जरूर किया। हिंदी में यह 'राष्ट्रीय गौरव' सीधा साम्राज्यवादी अंग्रेजों से नहीं, बंगाल के उन कुलीन घरानों और अभिजात वर्ग से आ रहा था, जिसे बाद में 'नेशनल बोर्जुआज़ी' कहा

गया : राजा-रईस, जमींदार, संपन्न वकील, डॉक्टर ही बंगाली पुनरुत्थानवाद और नव जागरण के केंद्र थे और कलकत्ता से बनारस तक छाए थे। ये अंग्रेजी एलिट-वर्ग की कॉर्बन कॉपी थे, शुरू में इनकी राष्ट्रीयता का अर्थ, समाज-सुधार और हिंदू महानता की स्थापना ही अधिक था। जाहिर है, न ये किसी सामाजिक परिवर्तन की बात सोच सकते थे—न वर्ण और वर्ग-व्यवस्था बदलने पर जोर दे सकते थे। ये कुछ कुरीतियों को सुधार कर ही अपने समाज को आधुनिक और मानुषिक बना सकते थे। घरों और समाज में ये प्रायः यथास्थितिवादी ही थे। इसी से विद्रोह करके बना था ब्रह्म-समाज और युवा विद्रोहियों की क्रांतिकारी गतिविधियाँ। बंगाली पुनर्जागरण लगभग संपन्न मध्यवर्ग के उन लोगों की बौद्धिक जागृति थी, जो अंग्रेजों की छत्र-छाया में उनके समर्थन से राष्ट्रीय होने का संघर्ष कर रहे थे। उदय प्रकाश ने इन स्थितियों का बेहद खूबसूरत चित्रण किया है अपनी नई कहानी 'वारेन हेस्टिंग्स का साँड' में।

चूँकि कलकत्ता से लेकर इलाहाबाद तक अंग्रेजों की दूसरी रक्षा-पंक्ति के रूप में बंगाली संपन्न मध्यवर्गीय बुद्धिजीवी ही छाए थे (वकील, डॉक्टर, प्रोफेसर, प्रशासक)। इसलिए द्वितीय महायुद्ध तक हिंदी का सारा शिष्ट साहित्य इसी प्रभाव के नीचे पनपता और अपनी स्वतंत्र अस्मिता के लिए संघर्ष करता रहा। यहाँ एक ही भौगोलिक क्षेत्र के हिंदू और मुसलमान समाज में मुझे यह अंतर भी महत्त्वपूर्ण लगता है कि देश की सत्ता मुख्यतः मुसलमानों से छीनी गई थी। इसलिए वे अधिक विक्षुब्ध, पस्त और डिस्टर्ब्ड थे, जबकि हिंदू मध्यवर्ग शुरू से ही यथास्थितिवादी या राज्य प्रशासन को लेकर उदासीन और अप्रतिरोधी रहा। 'कोउ नृप होहि हमें का हानि' शासक मुसलमान हों या अंग्रेज, हमें तो अच्छी प्रजा बने रहना है—बस, हमारे धर्म, रोजी-रोटी और समाज-व्यवस्था पर आँच न आए। हिंदी के दो प्रारंभिक उपन्यास 'आदर्श हिंदू' और 'परीक्षा गुरु' इस मनोविज्ञान को सबसे सही ढंग से उजागर करते हैं। उस समय का हिंदी लेखक अपनी अस्मिता आदर्श परंपरागत हिंदुत्व में ही नहीं खोज रहा था। वह नए प्रशासन में अपनी जगह पाने के लिए भी व्याकुल था। वह 'ब्राह्मण' और 'बनिया' एक साथ था। उधर इसी समय में गुज़िश्ता लखनऊ की यादें हैं—ग़ालिब की पस्ती-भरी डायरियाँ है, उमराव जान अदा की सामाजिक उथल-पुथल है और नए के सामने पुराने को हास्यास्पद साबित करता फ़सानाए आज़ाद है...सब मिलाकर वहाँ इतिहास के दबाव, साहित्य-संस्कृति को ढाल रहे हैं। जबकि हिंदी मानसिकता इन सबसे उदासीन और लगभग शाश्वत है। कभी-कभी उसकी टकराहट प्रायः अंग्रेजी शासन से है। प्रारंभिक दौर में तो यह 'टकराहट' भी नहीं, सौदेबाजी अधिक लगती है। यहाँ मुझे एक और बात पर भी आश्चर्य होता है कि शताब्दी का पहला दशक इंशाअल्ला खाँ, लल्लू जी लाल, सदल मिश्र, सदासुख लाल के गिलक्राइस्ट इत्यादि की प्रेरणाओं से अनुवादों का युग है—इसके बाद राजा शिवप्रसाद, लक्ष्मण सिंह, ठाकुर जगमोहन सिंह की एकाध रचनाओं को छोड़कर हिंदी-साहित्य इतना चुप क्यों है ?

क्या भारतेन्दु से पहले पचास साल तक हमारे यहाँ सिर्फ ब्रजभाषा की तुकबंदियाँ ही होती रहीं—नया कुछ लिखा ही नहीं गया ? सन् 1880 के आसपास अचानक उभर आने वाली साहित्यिक-बौद्धिक हलचलों का कोई सिलसिला इससे पहले क्यों नहीं है ? या कहीं ऐसा तो नहीं था, जिसे दबा दिया गया और बाद में खोजा ही नहीं गया ? भयानक उथल-पुथल के अस्सी साल कम नहीं होते हैं। हाशियों पर फेंक दिए गए सबाल्टर्न इतिहास नें जरूर इसे दर्ज किया है।

और न कम होते हैं 1850 से लेकर 1950 के सौ साल। 'संयोग से ऐसा नहीं हुआ' कहकर हम पल्ला नहीं झाड़ सकते। मेरा सवाल यही था और अभी भी है कि मार्क्सवाद से पहले हिंदी का सारा मुख्यधारा वाला साहित्य इतना पिलपिला, प्रतिरोधहीन और हवाई क्यों है। मुझे मालूम है कि स्वयं भारतेंदु, बालकृष्ण भट्ट और प्रताप नारायण मिश्र से लेकर बाद के प्रभा, चाँद, प्रताप, विप्लव में विद्रोह, असंतोष और सामाजिक क्रांति वाले लेख भरे पड़े हैं। मगर वह पत्रकारिता है, मुख्य साहित्य नहीं। उधर लोक-साहित्य जनता के गुस्से को निरंतर जो वाणी दे रहा है, वह मुख्य साहित्य में कहीं नहीं है। सरस्वती, सुधा, माधुरी, विशाल भारत यानी सरकार द्वारा पोषित संस्थानों द्वारा परोसा जाने वाला साहित्य या विश्वविद्यालयों के माध्यम से पीढ़ियों को संस्कार देने वाला साहित्य—कुछ अपवादों को छोड़कर मूलतः निर्जीव और यथास्थितिवादी है—और आगे बढ़कर कहूँ, तो वर्ण-व्यवस्था का समर्थक है। ले-देकर बालकृष्ण शर्मा नवीन ही इस समय थोड़ी-बहुत छायावादी क्रांति करते नजर आते हैं। भांग और अफीम के प्रमाद में पड़े इस डायनासौर की नींद में सबसे ज्यादा खलल डालते हैं मार्क्सवादी विचारक यानी 'ब्राह्मण कुल में अछूत' निराला; उर्दू परंपरा से आए प्रेमचंद, यशपाल, राहुल सांकृत्यायन, शिवदान सिंह चौहान, भगवत शरण उपाध्याय, रांगेय राघव इत्यादि। आश्चर्य नहीं होना चाहिए कि (मनोहर श्याम जोशी के शब्दों में) सत्यम् शिवं सुंदरम् भकोसता, पिलपिला विश्वविद्यालयों द्वारा अनुमोदित साहित्य दशकों तक मार्क्सवादी साहित्य को पचा नहीं पाया। वह इसे विदेशी और अभारतीय ही कहता रहा—मानों अपने यहाँ घोटे जाने वाले समीक्षाशास्त्र, सौंदर्यशास्त्र और काव्यशास्त्र ठेठ भारत की ही उपज हैं—उनका यूरोप के साहित्य शास्त्र से कोई लेना-देना नहीं है, जबकि सचाई यह है कि प्राचीन, काव्यशास्त्र, रस-सिद्धांत सिर्फ एक एपेंडिक्स (परिशिष्ट) की तरह शास्त्रीय (एकेडेमिक) विमर्श का आधार जरूर बने और उससे प्राचीन विशेषकर संस्कृति-साहित्य की व्याख्याएँ भी हुईं—मगर जो साहित्य हिंदी क्षेत्र में बन रहा था, उसकी कुंजी तो यूरोपीय समीक्षा ही थी।

वस्तुतः साहित्य की मुख्य और शिष्टधारा को नियंत्रित निर्धारित करते रहे विश्वविद्यालयों में बैठे वे आचार्य, जो तिलक-चोटी-जनेऊ की गुरुता से स्वयं आतंकित थे—तब साहित्य बनारस-इलाहाबाद-लखनऊ-आगरा तक सीमित था। छायावाद इन्हीं के खिलाफ विद्रोह का साहित्य है, जो संस्थाओं से बाहर रहकर परवान चढ़ा। उस

समय का शायद ही कोई रचनाकार हो, जो विश्वविद्यालय के बाहर न हो। कालांतर में यह साहित्य भी विश्वविद्यालयों ने हथिया लिया—सिर्फ निराला और उग्र कभी पालतू नहीं बनाए जा सके। मुझे यह भी चकित करता है कि सारा छायावाद जिस आचार्य-व्यवस्था को चुनौती देकर विद्रोही तेवर दिखा रहा था—आज उन्हीं आचार्यों की मूर्तियाँ फिर जोर-शोर से स्थापित की जा रही हैं। इसके पीछे 'छायावादी विचलन' को ध्वस्त करने की साजिश ही दिखाई देती है। इस आचार्यगढ़ में हजारी प्रसाद द्विवेदी ही एकमात्र अपवाद हैं। शायद इसलिए कि वे उन सड़े हुए संस्थानों से नहीं, ठेठ फुटपाथ से उठकर आए थे। वे तुलसी के नहीं, कबीर के शिष्य थे।

मैं फिर कहना चाहता हूँ कि शायद इसी ब्राह्मणवादी आतंक के चलते हिंदी में वह खुलापन कभी नहीं आया, जो उसी समाज की दूसरी भाषा उर्दू में दिखाई देता है। वहाँ सूफी या कट्टर इस्लामी प्रभाववाली गंभीर आध्यात्मिक कविताएँ हैं, तो घनघोर शारीरिक इश्क की आशिक माशूकी वाली रचनाएँ भी भरी पड़ी हैं। वे लोग खुलकर हँसते हैं और चिरकीं जैसे शायर फूहड़ तुकबंदियाँ भी करते हैं। वहाँ ख़ुदा और शेख़ पर पत्थर फेंकने वाले ही नहीं, खुले खजाने समलैंगिकता के समर्थक फ़िराक़ भी सम्मान पाते हैं। (आपको शायद याद होगा कि कहानियों में समलैंगिकता के जिक्र पर बनारसी दास चतुर्वेदी ने उग्र को कितना लताड़ा था और चॉकलेट का केस गाँधीजी तक ले जाया गया था) इस्मत और मंटो उसी खुली परंपरा से आए हैं। विचित्र बात है कि इस्लाम चाहे जितना कट्टर, कठमुल्ला और फिरकापरस्त धर्म कहा जाता हो—साहित्य उतना ही खुला-मुक्त और उद्दंड या विद्रोही है, उधर हिंदू-धर्म का तथाकथित खुलापन निहायत निर्जीव, रूढ़िवादी और डरपोक साहित्य का ही उत्पादन करता है। परिपाटी से अलग न यहाँ कुछ करने का रिवाज है, न सोचने का। जो थोड़ा-बहुत नया सोचने की कोशिश करते हैं, उनकी नियति वही है, जो इन पंक्तियों के लेखक की है।

इस पृष्ठभूमि के साथ मैं इसे बिलकुल संयोग नहीं मानता कि सौ वर्षों के हिंदी साहित्य में न कोई दलित है, न स्त्री, न मुसलमान। शायद इस समाज के किसी क्षेत्र में नहीं है। हाँ, दलित के नाम पर हीरा डोम, स्त्री के नाम पर महादेवी और मुसलमान ज़हूरबख़्श। हिंदी में इन वर्गों पर लिखा बहुत गया है—यह सही है—मगर वे खुद कहाँ हैं ? रिप्रेजेंटेशन (प्रतिनिधित्व) करने वाले किस हद तक हमारे होते हैं—यह हम सब जानते हैं। एक सवाल भी उछाला जाता है कि इन्हें रोका किसने था—आते और लिखते ? जिस समाज में दलितों को स्कूल फटकने न दिया जाता हो, (देखें, जगजीवन राम और अंबेडकर के आत्मकथन) लड़कियों को रामायण और चिट्ठी पढ़ने लायक बनते ही घर बैठा लिया जाता हो, मुसलमान की छूत से धर्म भ्रष्ट हो जाता हो—वहाँ अचानक साहित्य के दिग्गजों में आ बैठने के निमंत्रण देने की उदारता दिखाना कितना अश्लील मज़ाक है।

संयोग यह भी नहीं है कि हिंदी के इस साहित्य में देश में उथल-पुथल मचाने वाली किसी भी बड़ी घटना/दुर्घटना का नोटिस नहीं लिया गया—चाहे 1857 का गदर हो या 1947 का देश-विभाजन। बीच में न जाने कितने किसान आंदोलन हुए। चंपारण, जलियांवाला या 1942 के विद्रोह हुए, लोक-साहित्य और पत्र-पत्रिकाओं में इन सबको खुलकर समेटा गया—मगर शिष्ट साहित्य इन सारी भौतिक भवबाधाओं से ऊपर ही रहा 'रंगभूमि' के सूरदास और विनय (गाँधी-नेहरू की प्रतिच्छायाएँ) 'दादा कॉमरेड' (चंद्रशेखर आजाद) को छोड़ दें, तो लगेगा मानो सामाजिक, राजनीतिक या सांस्कृतिक क्षेत्र में कोई भी ऐसा बड़ा व्यक्तित्व नहीं हुआ, जो साहित्य को छूता। कुछ लोगों की आधी-अधूरी जीवनियाँ राहुल और रामवृक्ष बेनीपुरी ने जरूर लिखीं। गाँधी जी की हत्या पर विलाप करती कविताओं का 'सूत की माला' (पंत, बच्चन, नरेंद्र शर्मा) संकलन ही मेरे देखने में आया, लेकिन सदी की सबसे बड़ी ट्रेजिडी, भारत-विभाजन पर पंजाब से आए हिंदी, उर्दू, पंजाबी के ही लेखकों ने लिखा—आचार्य-क्षेत्र बिलकुल अछूता रहा। माना कि राष्ट्र के इतिहास में सौ साल कुछ नहीं होते—मगर ये विशेष सौ साल तो देश का (और विश्व का भी) सारा इतिहास बदलने वाले रहे हैं—जैसे इधर के पचास सालों में देश वह बन गया, जो हज़ार सालों में नहीं बना। आज तो हर घटना दर्जनों माध्यमों से दर्ज होती है—फिर भी 1984 के सिख-संहार पर कहीं कोई साहित्यिक प्रतिक्रिया है ? मुझे लगता है कि साहित्य ही नहीं, जीवन के दूसरे क्षेत्रों—राजनीतिक-सामाजिक-प्रशासनिक क्षेत्रों में स्थिति बेहतर नहीं है। हो सकता है, मैं गलत हूँ, मगर इसके पीछे सनातन में साँस लेती सवर्ण हिंदू मानसिकता की जड़ता ही जिम्मेदार है।

विद्रोह और प्रतिरोध की स्वस्थ परंपरा न होने का ही परिणाम है कि हमने दो-चार को छोड़कर अखिल भारतीय स्तर का न कोई चिंतक पैदा किया, न विचारक। आर्य-समाज के बाद आज तक कोई बड़ा सामाजिक आंदोलन नहीं हुआ—बिहार और अवध में किसान आंदोलन हुए, मगर शिष्ट साहित्य में उनकी गूँज सिर्फ प्रेमचंद की कृतियों में है। उधर मार्क्सवाद सिर्फ राजनीति और अर्थव्यवस्था तक ही रहा। वहाँ भी परिवार से छूटे हुए लोग हैं—खुद परिवार-व्यवस्था को बदलने वाले नहीं। मुसलमानी, अंग्रेज़ संस्कृति रही हो या गाँधी-मार्क्स के आंदोलन—हमने भरसक परिवार को उन बाहरी दुष्प्रभावों से बचा कर रखा। सारे सुधार घर के बाहर ही होते रहे। क्या कारण है कि शंकर गुहा नियोगी, बाबा आमटे, मेधा पाटकर से लेकर मदर टेरेसा तक हिंदी-क्षेत्र से बाहर के ही लोग हैं। न हमारे यहाँ रजवाड़े हैं न कोसांबी, न काणे, न अंबेडकर। 'गोरा' जैसी गहन सांस्कृतिक डिबेट का तो कोई सवाल ही नहीं है। (अपवाद 'चित्रलेखा') और तो और, व्यक्तिगत पागलपन से प्रेरित भंडारकर जैसे शोध-संस्थान भी नहीं हैं। नागरी प्रचारिणी और सम्मेलन की असलियत हम जानते हैं। हिंदी-प्रदेश के बड़े निजी पुस्तकालय मुसलमान नवाबों के बनाए हुए हैं। जिस क्षेत्र में न सामाजिक

आंदोलन हों, न व्यक्ति, न संस्थान हों, न मंच, उसकी वैचारिक दरिद्रता पर बात करना क्या सचमुच बहुत बड़ा गुनाह है ? या क्या यह अपने-आप में संकट नहीं है कि इस दरिद्रता पर बात ही न की जाए ?

हिंदी-साहित्य के प्रभाव और प्रतिक्रियाहीन होने का कारण दलित-स्त्रियों, अल्पसंख्यकों के लिए प्रवेश-निषेध तो है ही; दूसरा कारण अलग-अलग पेशों से लोगों का रचनाकर्म से न जुड़ना भी है। 1950 से पहले साहित्य सिर्फ प्राध्यापकों और पत्रकारों की ही बपौती बना रहा। प्रसाद, भगवतीचरण वर्मा, वृंदावनलाल वर्मा या प्रताप नारायण श्रीवास्तव की वकीली पृष्ठभूमि के अलावा शायद ही किसी दूसरे पेशे के लोग शीर्षस्थ साहित्यकार रहे हों। यही संस्कार है कि 1950 के बाद जब डॉक्टर, इंजीनियर, वैज्ञानिक, व्यापारी, अफसर साहित्य में आने लगे, तो पुराने पुरोधाओं के लिए उन्हें पचाना मुश्किल हो गया। छायावाद के युग में भी नया सोच अंग्रेज़ी की पृष्ठभूमि से आया था।

इस अवधि में साहित्य की किसी पुस्तक ने जनता या समाज में कोई आंदोलन किया हो, या हलचल मचायी हो, इसका मुझे ध्यान नहीं है। इसका कारण मैं हिंदी के मानक रूप का छिन्न-मूल होना मानता हूँ। वह अंग्रेजी की तरह मध्यवर्गीय कुलीनता की अर्जित भाषा है। बँगला, मराठी, कन्नड़ इत्यादि का साहित्य उन भाषाओं में रचा जाता है, जो वहाँ के लोग जीते और बोलते हैं। इसलिए वह वहाँ के जन-जन को आंदोलित करता है। हमारा साहित्य सिर्फ प्राध्यापकों, पत्रकारों या सहयोगी साहित्यकारों के बीच ही बौद्धिक क्रांति करता रहा है। बोलियों और लोकभाषाओं से एक चौकन्नी दूरी बनाए रखना हिंदी साहित्य की वही सवर्ण-शुद्धतावादी गाँठ रही है—जिसका परिणाम साहित्य की गुणवत्ता को भुगतना पड़ा है।

और अब मैं इस बीमारी के मूल बिंदु पर आता हूँ : ज्ञान-प्राप्ति के सिर्फ दो ही रास्ते हमारे पास हैं : जो कुछ पुराने लिख-पढ़ गए हैं, उसे श्रद्धापूर्वक आत्मसात करना और दूसरा है उस सबसे अलग आगे जाकर अनजाने क्षेत्रों में प्रवेश करना। श्रद्धा, ज्ञान की सबसे बड़ी शत्रु है और हमारे यहाँ के तथाकथित विद्वान इसी श्रद्धा के मारे गुरु-शिष्य परंपरा से चिपके सिर्फ पुराने को ही रटते, घोखते और उन्हीं पर व्याख्या-टिप्पणियाँ देते रहे हैं। कुछ भी मौलिक लिखने या सोचने की यहाँ ज़रूरत ही नहीं समझी गई। विषय कोई भी हो—"हमारे यहाँ कहा गया है" की छलाँगें आगे और अलग सोचने की इजाजत ही नहीं देतीं। ज्ञान के क्षेत्र में यही यथास्थितिवाद है। प्रसंग या अनुभव कोई भी हो, हर बूढ़े के पास उसका कोई-न-कोई समानांतर मौजूद है। शायद बूढ़े होने का एकमात्र लक्षण भी यही है कि हर बात आपके जीवन में पहले ही हो चुकी है। अनजाने क्षेत्रों और अपरिचित क्षितिजों का अनुसंधान खतरनाक भी है और वेध्य भी। आदमी का व्यक्तित्व जिन तीन तत्त्वों से बनता है—वे हैं ईश्वर, स्त्री और समाज। ईश्वर हमें प्रकृति के माध्यम से आध्यात्मिक जटिलताओं, धर्म

और दर्शन में ले जाता है; स्त्री सेक्स और परिवार से जोड़ती है—समाज हमें राजनीति, अर्थ, उद्योग का हिस्सा बनाता है। जब-जब आदमी ने इन तीनों संबंधों या सही कहें तो संदर्भों को समझने, स्वीकृत-अस्वीकृत करने, पुनःपरिभाषित करने की कोशिश की है, तब-तब नया और क्रांतिकारी दिया है। दुर्भाग्य से इन तीनों ही के प्रति हमारा दृष्टिकोण मूलतः अपरिवर्तनवादी, प्रश्नहीन समर्पण और परंपराबिद्ध रहा है। ईश्वर, स्त्री और समाज के बँधे-बँधाए, जड़ यथास्थितिवादी और 'शाश्वत' मूल्यों पर जिसने भी नया सोचा या पुराने को अस्वीकृत किया है, उसने विद्रोही होने का अभिशाप और समाज को बदलने का श्रेय लिया है। यह संयोग नहीं है कि धर्म के विरुद्ध सलमान रुश्दी, नैतिक मान्यताओं को ध्वस्त करने वाले डी.एच. लारेंस और ऑरवेल से लेकर सोलजेनित्सन ही आज के सबसे बड़े क्रांतिकारी लेखक हैं। और इन्हीं तीनों मुद्दों पर हिंदी-क्षेत्र के रचनाकार और विचारक डरपोक, कायर और घरघुस्सू हैं। बेहतर समाज और श्रेष्ठतर मनुष्य होने का स्वप्न ही हमें मजबूर करता है कि यथास्थिति के चंगुल से छूटकर भविष्य की ओर देखें। स्वप्नहीन स्मृति सिर्फ समाधि-लेख होने के लिए अभिशप्त है। हिंदी के तथाकथित विद्वानों ने साहित्य के नाम पर यही समाधि-लेख लिखे हैं—प्राचीन और विगत पर मुग्ध होकर।

मार्क्सवाद ने पहली बार इसी ईश्वर, परिवार (स्त्री) और समाज के अर्थशास्त्र पर वैज्ञानिक ढंग से पुनर्विचार किया, इसलिए उसे 'अभारतीय' कहकर खदेड़ने की कोशिशें हुईं। लेकिन मार्क्सवाद सत्ता के अर्थशास्त्र, ऐतिहासिक भौतिकवाद की व्याख्याओं में ही अधिक उलझा रहा—धर्म (ईश्वर) और परिवार (स्त्री) पर विचार उतना नहीं हुआ। अपने समाज की वर्णाश्रयी व्यवस्था को सिर्फ वर्ग-संघर्ष से समझना संभव नहीं था। मध्यवर्गीय युवक ही इन मोर्चों को घर से बाहर सँभाले रहे—परिवारों की बनावट और व्यवस्था वही पुरानी सामंती बनी रही। आज भी समाज-परिवर्तन के उनके 'संघर्ष' घरों से बाहर ही हैं। हमें यह नहीं भूलना चाहिए कि परिवार ही परिवर्तन के सबसे बड़े प्रतिरोधक गढ़ होते हैं।

यह सब मैं न किसी उत्साही शेखी में बोल रहा हूँ न आत्माधिक्कार के राष्ट्रीय सन्निपात में—मैं तो सिर्फ स्थिति को बेबाक ढंग से सामने रखकर आत्ममुग्ध लोगों को सोचने के लिए उकसाना चाहता हूँ। हो सकता है आपके अध्ययन और निष्कर्ष दूसरे हों। अपनी धारणाएँ बदलने पर सबसे अधिक खुशी मुझे ही होगी।

मेरी तेरी उसकी बात, 'हंस', मार्च 97

सिंहासन ख़ाली करो कि...

इन औरतों का भी जवाब नहीं है। कब क्या कर बैठेंगी, कोई ठिकाना है ? लोहा मानना पड़ता है अपने यहाँ के त्रिकालदर्शियों का, जिन्होंने हज़ारों साल पहले 'स्त्रीचरित्रं, पुरुषस्य भाग्यं देवो ना जानाति' कहकर उनके तिरिया चरित्तर से आगाह किया था और साफ शब्दों में इस श्लोक का अर्थ स्पष्ट करते हुए बता दिया था कि स्त्री वह चरित्र दिखाएगी कि पुरुष के भाग्य को कोई फूटी कौड़ी को नहीं पूछेगा। मूर्ख नहीं थे अपने यहाँ के महान् ऋषि, जिन्होंने पुरुषार्थ का निर्धारण करते हुए निर्णायक सिर्फ पुरुष को केंद्र में रखा—धर्म, अर्थ, काम, मोक्ष में 'काम' ही ऐसा था, जहाँ स्त्री की जरूरत थी। सो वहाँ उसे वंश-वृद्धि के लिए इस्तेमाल की जाने वाली ज़मीन से ज़्यादा महत्त्व क्यों दिया जाता ! वस्तुतः पुरुषार्थ सिर्फ पुरुषों के लिए ही था—'पुरुषार्थी' महिलाओं से तो सामाजिक पुरुषार्थ की घिग्घी बँध जाती है।

अब संसद में महिलाओं के 33 प्रतिशत आरक्षण के मुद्दे को ही लीजिए ...कोई बात हुई साहब, कि अपनी सारी पार्टी, राजनीति और व्यक्तिगत निष्ठाएँ भूल-भाल कर सबकी-सब एक मंच पर आकर समर्थन करने लगीं ? गीता मुखर्जी, मालिनी भट्टाचार्य, ममता बनर्जी, सुभाषिणी अली, सुषमा स्वराज और उमा भारती को एक मंच पर देखकर चंद्रशेखर जैसे 'मर्द' अपनी या सामनेवालियों की आँखें न फोड़ लें, तो क्या करें ? आखिर अपनी पर उतरकर उनकी औक़ात जतानी पड़ी कि ऐसा ही है, तो आप भी अपने एक-एक कांशीराम ढूँढ़ लो और मायावती की तरह आ जाओ। (आशय यही था) हो सकता है, उनके दिमाग़ में, कई प्रमुख अखबारों के मुख-पृष्ठों पर पिछले दिनों छपी मुरलीमनोहर जोशी के कंधों पर लदी उमा भारती की तस्वीर रही हो...कहाँ, स्त्री-अधिकारों के लिए मुहल्लों-सड़कों में झोला लेकर भटकने वाली वृंदा करात और कहाँ सीधे सुप्रीम कोर्ट से निकलकर अटल-जोशी-आडवानी के ब्रीफ (केस) सँभालती सुषमा स्वराज...कहाँ दहाड़-दहाड़ कर हिंदू पुरुषों की नामर्दी का भंडाफोड़ करती साध्वी ऋतंभरा और कहाँ उनकी मर्दानगी की शिकार फूलन

देवी। कहाँ दूसरों को सती कराती (खुद विधवा) विजयाराजे सिंधिया और कहाँ, "चल भीतर घर में बैठ, तुझे राजनीति की क्या समझ !" की लताड़ें सुनती लवली आनंद ...ये सारी की सारी अपने कद, हैसियतें भूलकर एकजुट हो जाने का ख़तरा पैदा कर देंगी—यह तो सपने में भी नहीं सोचा था ! मान लो, कल अगर भावुकता, दबाव या दूसरों से मुद्दा छीनने के राजनीतिक पैंतरे के रूप में इन्हें 33 प्रतिशत आरक्षण दे दिया और इन्होंने अपनी अलग पार्टी बना ली, तब तो ये सारे देश की सत्ता को कयामत तक हथिया कर बैठ जाएँगी—जो चाहेंगी, वही करेंगी। लगभग एक तिहाई से कम वोट लेकर काँग्रेस चार दशकों तक एकछत्र राज नहीं करती रही थी ? इस समय तो स्थिति और भी खराब इसलिए है कि किसी राजनीतिक पार्टी के पास तीस प्रतिशत तक सांसद नहीं है। इन्होंने बना ली तो वह सबसे बड़ी पार्टी होगी; झख मारकर हमें उनकी सरकार का समर्थन करना होगा, वरना वे उत्तर प्रदेश की तरह सरकार ही नहीं बनने देंगी। नहीं, यह बिल नहीं आएगा, नहीं लाने दिया जाएगा। जितना बन पड़े, टाला जाएगा और इस बीच ऐसी दरारें पैदा कर दी जाएँगी कि ये खुद किसी एक मुद्दे पर सहमत न हो सकें। हजारों सालों से जो सत्ता हमारी बपौती रही है, उसे यों चाँदी की थाली में परोसकर इन्हें सौंप दें ? ये करें राज और हम घास छीलें और इनके बच्चे सँभालें ? अजी, हो चुका। हमने पीढ़ियों से अपनी चालाकियों और चालों की बारीकियों को बेकार ही सान पर चढ़ाया है ? हम चाणक्य के बाप और राष्ट्रीय-अंतर्राष्ट्रीय घाघों को कूटनीतिक धूल चटाने वाले महारथी और ये हमें चुनौती देने चली हैं ? इन्हें तो हम वहाँ मारेंगे, जहाँ पानी न मिले। मानवता-फानवता का लफड़ा न होता, तो हम तो इन्हें पैदा होने से पहले ही मार डालते। अभी भी मार ही रहे हैं। जीते जी तो 'सूच्याग्र' भूमि नहीं देंगे...'विचारार्थ' डाल देंगे इस बिल को भी किसी कमीशन या सेलेक्ट कमेटी के खाते में—जहाँ हर मसले की तरह बरसों धूल खाकर अपनी मौत मर जाएगा।

कहाँ से आ मरा यह 'आरक्षण' शब्द...जब तक भारतीय राजनीति में यह शब्द नहीं आया था, सारा राज-काज कैसी सुख-शांति से चल रहा था—आँखों की शर्म के लिए एकाध 'प्रतिनिधि' रखकर लोकतंत्र की लाज रख ली जाती थी। राज तो वही करते थे, जो हमेशा से करते आ रहे हैं। जो योजनाएँ, साधन, संसाधन, उपेक्षितों और हाशियों वालों के नाम पर केंद्रों से दिए जाते थे, उन्हें हम बीच में ही सोख लेते थे, क्योंकि जानते थे कि उनमें राजनीतिक चेतना आएगी, साधन-सुविधाएँ मिलेंगी, तो उनके पर तो निकलेंगे ही। आज जागरूक होंगे, तो कल जरूर अधिकार माँगेंगे। इसी डर से हमने 70 प्रतिशत लोगों में न शिक्षा फैलने दी, न साक्षरता। और आज सत्ता में हिस्सेदारी और वह भी एक-तिहाई ? एकजुट हो गईं (जो ये कम्बख़्त जरूर होंगी) तो हमें कहीं का नहीं रखेंगी। अभी तक मंडल की मुसीबत ही नहीं सँभल रही थी कि ये नई आफ़त...मंडल तो खैर, घर से बाहर की समस्या थी, सो राम

जी की कृपा से कमंडल लाकर सारी हवा निकाल दी—औरतों वाला यह भस्मासुर तो अपने घरों में ही आ घुसा...अब कहाँ आत्मदाह करें और किसकी बसें जलाएँ...? कितने और झटके झेलने हैं अपनी इस महान् हिंदू संस्कृति को ? खैर, सँभाल तो लेंगे जैसे-तैसे—बस, एक बार बहुमत के साथ अपनी सरकार दिल्ली में आ जाए, फिर भगवा तालिबान दिखाएँगे अपने कमाल। एक-एक का ठोंक-पीटकर वापस घरों में न पहुँचा दिया, तो ऋषियों की संतान नहीं। एक दूसरे को चेहरा देखने को तरस जाएँगी, बैठकर ठोंको रोटियाँ...हाँ, कुछ दिनों स्टोव फटने, गैस-रिसने और बाथरूम में पैर फिसलने की घटनाएँ बढ़ जाएँगी—सो देखा जाएगा। आत्महत्या तो वैसे भी भारतीय नारी का सांस्कृतिक शगल है। जहाँ तक चुनावी रणनीति का सवाल है, राम जन्मभूमि जैसा दम कृष्ण जन्मभूमि में दिखाई भी नहीं देता, फिर भी कोशिशें तो जारी ही हैं, मंडल को भी आधे-अधूरे मन से जिस तरह एजेंडा में लिया है, वैसे ही औरतों के इस 33 प्रतिशत आरक्षण को भी घोंट-पीसकर शामिल तो कर ही लेंगे। बल्कि हो सकता है, इसे ही मुख्य चुनावी मुद्दा बनाना पड़े। बाद में देख लेंगे कि देना कितना है। कोई न कोई पेंच तो डाला ही जा सकता है ! स्त्री-शक्ति के उभरते खतरे को आपसी मतभेद ही ध्वस्त करेगा। सारे अलगाव भूलकर ये एकजुट हो जाएँ और सत्ता में सबसे बड़ा हिस्सा माँगें—यह तो नहीं ही होने दिया जाएगा...कोई-न-कोई टाइम-बम रखना ही पड़ेगा...फिलहाल तो शंकराचार्यों को जोत दिया है : समझाओ इन्हें कि महान् भारतीय नारी का क्षेत्र घर है और उसका स्वर्ग है पति-सेवा।

यह है सत्ता के पुरुष-वर्चस्व का असली मुखौटा। सत्ता एकछत्रता और स्थायित्व एक साथ चाहती है। हजारों साल वह विशिष्ट वर्गों के हाथों में रही है। कहना चाहिए, मनु महाराज ने कुछ जातियों को ऐसा 'आरक्षण' दे दिया था कि सदियों समाज चलाने की सत्ता उन्हीं के हाथों में रही। आज उसने अपने मुहावरे, भाषा और संस्कृति बना ली है—अनुभव और कौशल से उसे माँजा-सँवारा और पैनापन दिया है। संयोग नहीं है कि शक्ति की सारी शब्दावली ही मर्दवादी है। सर्वशक्तिमान भगवान् भी परम-पुरुष है। वर्चस्व के लिए सत्ता-घटक आपस में ही नहीं लड़ते; पराजितों, दलितों, शोषितों और स्त्रियों का भी शोषण और संहार करते हैं, फिर इसे जायज़ सिद्ध करने के दर्शन गढ़ते-गढ़वाते हैं। वह इसे ईश्वरीय विधान, प्रारब्ध या प्राकृतिक न्याय के रूप में सारे समाज का मनोविज्ञान बना देते हैं। सत्ताधारी 'चुने' हुए लोग हैं—पहले उन्हें ईश्वर 'चुनता' था, आज जनता 'चुनती' है। वे ही चुने जाते रहें—इसके लिए उनके पास छल-बल की रणनीतियाँ हैं। कभी धर्म, तो कभी धन—दोनों के पीछे हिंस्र पशु का खूँखार चेहरा है। अवांछित तत्त्व सत्ता-वृत्त से बाहर और कमज़ोर रहें—यह हर सत्ता की प्राकृतिक मजबूरी है। इसीलिए वह उन्हें अलग, बाहरी, दूसरे और अयोग्य, अक्षम बनाए रखने में खून-पसीना एक कर देती हैं। अभी तक यह संघर्ष आपस में था या बाहर था—इसलिए यह ध्यान कम दिया गया कि वह घरों में कैसे और

कहाँ उग रहा है। 'सबको समान अवसर, अधिकार और सुविधाएँ मिलें' के दुर्दमनीय उभार ने सत्ता के वर्चस्व और केंद्रीयताओं को तोड़कर रख दिया है। देश के लिए लोकतांत्रिक संविधान चुनते वक्त क्या हमारे सामंतवादी सयानों को स्वप्न में भी यह गुमान था कि वे किस ऊँट की गर्दन को अपने तंबू में प्रवेश दे रहे हैं ? अब ऊँट उठकर खड़ा होने लगा, तो सारे तान-तंबूरे बिखर गए। उधर मंडल ने सत्ता और राजनीति के सारे समीकरण बदले ही थे कि इधर औरतों के आरक्षण की माँग ने सारी बिसात ही उलटने के आसार पैदा कर दिए हैं। लगता है, यह एक भयानक ध्रुवीकरण का प्रारंभ है, क्योंकि अगर अलग-अलग वर्गों, वर्णों और पार्टियों की औरतें एक साथ खड़ी होने की चुनौती देती हैं, तो अगड़े-पिछड़े, अवर्ण-सवर्ण सत्ताधारी भी लगभग एक स्वर से कह और चाहे रहे हैं कि यह नहीं होना चाहिए—इन्हें तोड़ो या सौदा करके फिलहाल बला को टालो...क्योंकि यह आग तो घर-घर में चूल्हा बनकर बैठी है। दाद देनी चाहिए राजनीति के रणबांकुरों की कि अपने ऊपर वार करती मंडल की तलवार को उन्होंने स्त्री-आरक्षण की तरफ ही मोड़ दिया है। माँग उठवाई उमा भारती से कि इस 33 प्रतिशत में 10 प्रतिशत ओ.बी.सी. (पिछड़ों) का भी होना चाहिए...माँग गलत नहीं है, मगर इस समय सिर्फ फूट डालने की नीयत से उठाई जा रही है। चाहें, तो इसकी तुलना अंबेडकर की उस माँग से की जा सकती है, जब उन्होंने दलितों के लिए अलग कान्स्टिट्यूंसी (निर्वाचन-क्षेत्र) की आवाज उठाई थी और तर्क दिया था : खुले खेल में तो सवर्ण उन्हें कभी ऊपर आने ही नहीं देंगे। आरक्षण के भीतर आरक्षण की यह रणनीति स्त्री-आरक्षण में फूट भी डालेगी और पुनर्विचार के लिए बिल को स्थगित करने का आधार भी देगी। लगता है, बिल पास होते-होते तोड़-मोड़कर इसकी शक्ल वह बना दी जाएगी कि उसे देखकर खुद औरतों को रोना आए...बहरहाल, हम-आप निश्चिंत रहें कि अभी यह बिल नहीं पास होने जा रहा...अभी तो प्रतिशत, आँकड़ों, योग्यता, क्षमता, अनुभव इत्यादि का मंडल वाला खेल भी चालू होना है।

वस्तुतः अपने मूल में ही स्त्री-आरक्षण, मंडल-आरक्षण से अलग है। मंडल बाहर का बवंडर था और अपने खिड़की-दरवाजे बंद करके उसका सामना किया जा सकता था। वह सत्ता के राजनीतिक वर्चस्व को तोड़ता था। स्त्री-आरक्षण परिवार की और परिणामतः समाज की मूलभूत संरचना को ही बदल रहा है। 'आरक्षण' के धरातल तक आने में स्त्री-उभार को जिन मुद्दों पर लड़ना पड़ा है, उन्हें समझना इसलिए जरूरी है कि वह ऊँच-नीच, अवर्ण-सवर्ण, धर्म-धन की सीमाओं के आर-पार जाता है। अपने मन की करने या मालिक के इशारों पर न चलने वाली सवर्ण या धनी औरत भी उसी तरह पिटती, संपत्ति से वंचित होती, घर से निकाली, दहेज में जलाई या प्रताड़ित होती है, जैसे कल्लू हरिजन की औरत...अपने स्तर पर उसका भी वही यौन-शोषण होता है, जो किसी भी वर्ग और धर्म की औरत का होता है। हर वर्ग की औरत

को खरीदा-बेचा और बाजारू वस्तु बनाया जाता है—इससे फ़र्क नहीं पड़ता कि बेचने वाला सोनागाछी का दलाल है या सौंदर्य-प्रतियोगिता करानेवाली बहुराष्ट्रीय कंपनियों का विज्ञापन-व्यवस्थापक...बल्कि उस स्तर पर उसे खुद ही नहीं बिकना पड़ता; बिकनी, ब्रा या बूस्ट भी बेचना पड़ता है—निश्चय ही 'स्वेच्छा' से...वह 'आ जा बाबू, तबीयत खुश कर दूँगी' की चिरौरियाँ नहीं करती; कूल्हे, कमर और कुछ दिखाकर 'आ'म सो सेक्सी' कहकर मर्दानगी आमंत्रित करती है—उसके 'स्वतंत्र' होने का वह भी एक रूप है, मगर ये परिवार से छूटी हुई औरतें हैं—संबंधों और परिवारों के बीच, दलित लेखिका बेबी कांबले की आत्मकथा 'जीवन हमारा' और संपन्न कुलीन माधवी देसाई के 'नाच री, घुमा' की यातनाओं और प्रताड़नाओं में कोई अंतर नहीं है। अगर वह पुरुष-वर्चस्व को सीधे चुनौती देगी, तो न्याय उसे नहीं मिलेगा। फिर, चाहे कोर्ट-कचहरी के जरिये लड़ने वाली भंवरी देवी हो या बंदूक उठाकर कानून हाथ में लेकर बदला लेने वाली फूलन देवी। जरूरत हुई, तो शाहबानों की तरह कानून ही बदले जा सकते हैं। संपत्ति में बेटों की तरह बेटियों का भी समान अधिकार माँगने वाले हिंदू कोड-बिल ने महीनों कैसा हंगामा उठाया था, उसे हम भूले नहीं हैं। तत्कालीन राष्ट्रपति डॉ. राजेन्द्र प्रसाद तक उसके विरोध में थे, नेहरू न होते तो वह बिल भी आज कहीं फाइलों में पड़ा होता।

निश्चय ही वंचितों के उभार के लिए आरक्षण स्थायी समाधान नहीं है। हाँ, तदर्थ उपचार जरूर है। भारतीय समाज की वर्तमान सामाजिक बनावट के चलते सत्ता के अघोषित-घोषित एकाधिकार में किसी विशेष प्रावधान के बिना उनका सार्थक हस्तक्षेप असंभव है। 'पहले योग्यता हो, तभी अवसर मिलेगा' या 'अवसर ही नहीं मिलेगा, तो योग्यता कहाँ से आएगी' की बहस हमें किसी नतीजे पर नहीं ले जाएगी। 'पहले मुर्गी या पहले अंडा' की तरह यह भी निरर्थक बौद्धिक कसरत है, बल्कि कहना तो यही चाहिए कि सुविधाओं और अवसरों पर जिनका निर्द्वंद्व कब्जा है, उनसे छीने बिना वे मिलने वाले नहीं हैं। छीनने के ये दबाव भीतर से भी होंगे और बाहर से भी। उधर सत्ता-स्वामियों की ओर से बौद्धिक कसरतें भी होंगी और सौदेबाजी भी; 33 नहीं, 15-20 प्रतिशत, दुर्भाग्य से आज स्थिति वह नहीं रह गई है कि खुलकर दो टूक कहा जा सके, "जाओ, हम कुछ नहीं देते। तुमसे जो बन पड़े, कर लो" ऐसा करेंगे, तो सारे वोट-बैंक विरोधियों के हाथों चले जाएँगे। इसलिए आश्वासन तो यही देने होंगे कि हमें आने का मौका दो, हम 33 क्या, 50 प्रतिशत देंगे। मौका आएगा, तो सँभाल लेंगे। अफगानिस्तान में तालिबानों ने नहीं पीट-पीटकर वापस घरों में घुसा दिया—आसमान देखने के लिए तरस गईं...

सही है कि औरतें भी सत्ता-शीर्ष पर आयी हैं—हिंदुओं में कम, शरीयत के शिकंजों के बावजूद मुसलमानों में ज़्यादा। वहाँ रजिया सुलतान, चाँद बीवी, हज़रत महल से लेकर बेनजीर भुट्टो, हसीना शेख, खालिदा जिया की परंपरा है। अपने यहाँ

झाँसी की रानी और अहिल्या बाई के बाद सीधी इंदिरा गाँधी हैं, मगर ये सब पुरुषों की बिसात पर उन्हीं के नियमों के हिसाब से खेलती रहीं। उनकी मजबूरी थी। उन्होंने स्त्रियों के लिए विशेष रूप से कुछ भी नहीं किया–बल्कि स्त्री होने की कोई 'कमजोरी' हावी न हो, इसलिए समाज में पुरुष-दृष्टि का ही पालन करती रहीं। सत्ता के निर्मम संघर्ष में उन्होंने पुरुषों के मूल्यों को आत्मसात कर लिया था। वे वस्तुतः स्त्री शरीर में पुरुष थीं, इसलिए स्वीकार्य थीं। वैसे भी, वे शेष समाज से कटी-छँटी शासक वर्ग की अभिजात प्रतिनिधि थीं। हाँ, इंदिरा गाँधी की उपस्थिति से सामान्य स्त्रियों में स्वतः ही आत्मविश्वास, जागरूकता और उन्हें आदर्श (मॉडेल) मानने की भावना जरूर आई। मुझे लगता है कि भारतीय समाज और राजनीति में इंदिरा जी एक महत्त्वपूर्ण मोड़ हैं। संसद में उनसे पहले या तो गाँधी जी के आंदोलन से उभरने वाली बड़े घरों की नेत्रियाँ हैं या फिर रानी-महारानियाँ। सेंट-साड़ियों-गहनों की यह बहार वैजयंती माला, तारकेश्वरी सिन्हा से होती हुई संजय गाँधी युग की 'महिला-मित्रों' तक आती है और बड़े-बड़े राजनीतिक निर्णयों को अंबिका सोनी, रुखसाना सुलतान, मेनका गाँधी आदि महिलाएँ प्रभावित करती हैं। वहाँ राजनीति लगभग 'चटखारे' में बदलती दिखाई देती है। किसी बड़े की बहन-बेटी, पत्नी या महिला-मित्र होने के नाते राजनीतिक केंद्र में आने वाली महिलाओं की जगह इधर दस वर्षों में उभरकर आई महिलाओं ने सारे परिदृश्य को ही बदल दिया है। इनमें भी सबसे सार्थक हस्तक्षेप उन महिलाओं का रहा है, जो वामपंथी आंदोलनों में तप कर आई हैं–हिंदी-प्रदेश की नायिकाएँ भले ही मायावती, फूलन देवी, उमा भारती आदि महिलाएँ हों और भले ही उन्होंने मेधा पाटकर, शबाना आजमी, गीता मुखर्जी, ममता बनर्जी, मालिनी भट्टाचार्य, मधु किश्वर, सरला माहेश्वरी जैसे राजनीतिक विमर्श न दिए हों–मगर खुद उनकी उपस्थिति ने ही राजनीति में दलितों-वंचितों की उपस्थिति को रेखांकित किया है। सारी दूरियों और अंतर्विरोधों के बावजूद जो इन सारी महिलाओं में कॉमन है, वह इन सबका पुरुष सत्तात्मक समाज में 'औरत होने की सज़ा' भुगतने का अनुभव है–ठीक जन्मना दलित होने की यातना भोगने वालों की तरह...और यही इन्हें आरक्षण के लिए एकजुट करता है।

निश्चय ही इस प्रकार के आरक्षण से वे समस्याएँ उठेंगी, जो पंचायती स्तरों पर गाँव-देहातों में उठती रही हैं और जिनका प्रभावशाली चित्रण मैत्रेयी पुष्पा ने अपनी कहानी 'फैसला' या आने वाले उपन्यास 'चाक' में किया है–यानी पुरुष द्वारा स्त्री को सामने रखकर सत्ता-सूत्र खुद अपने हाथों में रखने की जिद, जुगाड़ और हिंसा।

यहाँ यह बात फिर साफ हो जानी चाहिए कि आरक्षण कुछ विशिष्ट एकाधिकारों से छीनकर वंचितों को सुविधाएँ और अवसर देने का स्थायी समाधान नहीं है–वह सामाजिक परिवर्तन की ऐसी प्रक्रिया है, जो एक ओर सत्ता में हिस्सेदारी की माँग करती है, तो दूसरी ओर अपनी नुमाइंदगी करके नए सत्ता-केंद्र बन जाने वालों के

बीच संघर्ष की शुरुआत करती है। हर आरक्षण या विशेष प्रावधान में पहले फायदे वे ही उठाते हैं, जो अपने वर्ग की मुखर नुमाइंदगी का दावा करते हैं, मगर वे शीघ्र ही एक भीतरी प्रतिरोध को भी जन्म देने लगते हैं। वर्ग-संघर्ष की वास्तविक शुरुआत वहीं से होती है, क्योंकि पीछे वाला पूछता है कि हमारे नाम पर हलुआ-पूरी खुद खाने का यह सिलसिला कब तक चलेगा।

इसीलिए जो लोग समझते हैं कि लूट-खसोट, घूस, बेईमानी, कामचोरी, जातिवाद, अहंकार, अन्याय, अत्याचारों के निर्बाध एकछत्र केंद्र, यानी सरकारी नौकरियों के सुरक्षित गढ़ों में सेंध और बारूद लगाने का या उसमें हिस्सा माँगने का दूसरा नाम 'आरक्षण' है, वे ही सबसे ज़्यादा उत्तेजित और विक्षुब्ध हैं। निरपवाद रूप से कोई भी सरकारी नौकरी में न देश-सेवा के लिए जाता है, न निजी प्रतिभा के विकास के लिए। सारी मेरिट और योग्यता का एकमात्र लक्ष्य है ऐसा अभयारण्य, जहाँ अनंत, अबाध शक्ति, ऊपरी आमदनी के अजस्र स्रोत, हर प्रकार के घोटाले करने की सुविधाएँ और काम न करने यानी हराम का खाने और सिर्फ चेहरा दिखाने की स्थायी पेंशन के लिए खुली छूट है—उधर नौकरी में आते ही लाखों-करोड़ों के दहेज की 'बारगेनिंग' पावर...ऊपर से। यही कारण है कि यह वर्ग न तो अपने विशेषाधिकार में हिस्सा दे सकता है, न किसी भी ऐसी परिवर्तन-प्रक्रिया का स्वागत कर सकता है, जहाँ अपने ऐशो-आराम पर आँच आए...भीतरी तौर पर स्त्री या दलित-आरक्षण से डर न नौकरियों को लेकर है, न दूसरे अवसरों को लेकर। असली डर है विधायिका मंडलों में सत्ता की उस हिस्सेदारी से, जहाँ इन सबके फैसले लिए जाते हैं। हम सब अपने अनुभवों से जानते हैं कि स्त्रियाँ काम के प्रति ज़्यादा ईमानदार, योग्य और अपेक्षाकृत कम भ्रष्ट होती हैं और यही महापुरुषों के लिए भयानक असुविधाजनक समानांतर है। हो सकता है, यह इसलिए भी हो कि उन्हें भ्रष्ट होने के वैसे अवसर नहीं मिले, वरना जयललिता, राजेन्द्र कुमारी वाजपेयी, शीला कौल या मायावती किस नर-पुंगव से कम हैं ? मगर जैसा कि मैंने कहा, जब-जब कोई सामाजिक परिवर्तन हुआ है, भविष्य का खौफनाक रूप दिखाकर, या इन सबके बाद भी परिवर्तन चाहने वालों को कुछ भी नहीं मिलेगा, के तर्क परोसने का सिलसिला नया नहीं है। हाँ, आज इन सब डरों को दिखाकर नई शक्तियों को रोका नहीं जा सकता। हमें सचमुच अगर यह विश्वास हो कि महिलाएँ भी हमारी ही तरह भ्रष्ट हैं, तब तो शायद डर की कोई बात ही नहीं है—मन मारकर रियायत देने की उदारता दिखा भी दें, मगर मुसीबत यही है और हम जानते हैं कि वे हमारी जैसी नहीं हैं—मान लीजिए, उदाहरण के लिए, सत्ता में आते ही उन्होंने दहेज की बड़ी-बड़ी राशियों की सुविधा और हमारे लिए घरेलू हत्याओं और बलात्कारों का सुख छीन लिया, वैसे कानून बना दिए, या उनके सख्ती से पालन पर ज़ोर दिया, तो हम न घर के रहेंगे, न घाट के...

और अगर अपनी भावुकता, उदारता या तात्कालिक रणनीति में, हम जैसे बूढ़ों

ने बिल पेश भी कर दिया, तो पीछे आने वाले उत्तराधिकारी बेटे, जिनके सामने बीस-तीस सालों का राजनीतिक जीवन पड़ा है, क्या इसे पास होने देंगे ? क्या वे यह कहकर हमें गोली नहीं मार देंगे कि आप अपने बचे-खुचे दो-पाँच साल के लिए क्यों हमारी पूरी पीढ़ी को सदा के लिए जोरू का गुलाम बना रहे हैं ? अगर स्त्रियाँ संसद और विधान-सभाओं में बैठकर फैसलों में हिस्सेदारी की जिद छोड़ दें, तो हम उन्हें जो वे माँगें, वही सुख-सुविधा देने पर विचार कर सकते है—थोड़ा मोल-भाव करके किसी भी नतीजे पर पहुँचा जा सकता है, मगर हमारे और अपने निर्णायक फैसले भी तुम लो—यह कैसे होगा। तुम खुद ही सोचो, यह तो सारे स्वामित्व और स्वाभिमान को छीनना हुआ। इसलिए हे भारत की सन्नारियो, हम पर विश्वास करो, हम तुम्हारे भाई, बाप, पति, प्रेमी हैं—सर्वस्व हैं। जैसे आज तक हम तुम्हारी 'रक्षा' करते आए हैं, वैसे ही आगे भी करेंगे। तुम हमारी इज्जत हो, इस तरह सड़कों पर आकर उसकी धज्जियाँ न उड़ाओ। कुछ तो अपनी महान् सांस्कृतिक परंपराओं का ध्यान करो—सीता, सावित्री ! भगवान तुम्हें सद्बुद्धि दे। जय श्रीराम।

मेरी तेरी उसकी बात, 'हंस', अप्रैल 97

एक मध्यवर्गीय 'स्वप्न' का मर्सिया

ऐसा नहीं है कि ये मुद्दे मैंने मुंबई में युवा कथाकार अखिलेश के कहानी-संग्रह 'शापग्रस्त' को 'इंदु शर्मा-स्मृति सम्मान' देने के अवसर पर 10 अप्रैल को ही उठाए थे। इससे पहले लखनऊ के 'कथाक्रम' में नामवर जी के वक्तव्य और उनके 'जलडमरूमध्य' कहानी-पाठ के संदर्भ में भी तात्कालिक प्रतिक्रिया के रूप में कुछ सोचने की कोशिश की थी। 'हंस' के इन्हीं पन्नों पर टुकड़े-टुकड़ों में कहता भी रहा हूँ। लगातार अपने आपसे पूछता हूँ कि सचमुच, मुझे क्या हो गया है, मैं किसी भी कहानी को 'शुद्ध कहानी' की तरह क्यों नहीं पढ़ पाता, क्यों मेरी दृष्टि कहानी की खूबसूरत भाषा, रूप-बंध, कथन में आए बिंबों या दूसरी तरकीबों तक ही सीमित नहीं रह पाती ? क्यों उसमें दुनिया-भर की इधर-उधर की बातें देखता हूँ ? आखिर होश सँभालने के बाद या पहले भी हजारों देशी-विदेशी कहानियों को 'शुद्ध रचना' की तरह पढ़ने के संस्कार और अभ्यास मेरे भी औरों जैसे ही रहे हैं। अब क्या हो गया है कि 'वॉरेन हेस्टिंग्स का साँड' की बेहद संवेदनशील भाषा, शब्दों का रचनात्मक चुनाव, इतिहास को कथा में पिरो देने का खतरनाक कौशल, रति-प्रसंगों की सांस्कृतिक अनुगूँजें, ऋतुओं के संगीत, जयदेव से लेकर विद्यापति तक की उपस्थिति, यथार्थ और फैंटेसी का जादुई उपयोग, पूरी कहानी को दो चित्रों के अद्भुत विखंडन से निचोड़ लेने वाली तीसरी आँख, मार्खेज, बोर्खेज, कुंडेरा जैसों को घोंट-पचाकर निकाले गए इत्र की गंध यानी कहानी से चमत्कृत होने के बावजूद कुछ दुष्ट सवाल पीछा नहीं छोड़ते—कि भारतीय कृषि-समाज में गाय की पारिवारिक उपस्थिति, लाड़ और श्रद्धा की वंश-परंपरा में ही साँड को क्यों चुना गया ? सिपाही-विद्रोह में उसी गाय की चर्बी को बारूद बनाने वाली दूर की कौड़ी लाने के बहाने क्या कहना चाहते हैं उदय प्रकाश ? जिस तरह उन्होंने पुराने संग्रहालय की पेंटिंग का विखंडन करते हुए एक विलक्षण कहानी निकाल ली है, क्या उसी तरह उनकी इस कहानी का विखंडन हमें कुछ असुविधाजनक सवालों के सामने नहीं ला छोड़ता ? यहाँ उदय का 'गौ-माता

प्रेम' क्या घर-घर में पूजित और आज की राजनीति में नारे की तरह त्रिशूलित वह भगवा-दर्शन ही तो नहीं है, जो गाय के अतिशयोक्तिपूर्ण अध्यात्म और परंपरागत अंधविश्वास में बताता है कि धरती जब नरक में धँस जाएगी, तो गौ-माता ही अपने एक सींग पर उठाकर उसकी रक्षा करेगी। कहानी में भी बिफरा हुआ उन्मत्त और दुर्दांत भारतीय साँड (उसी गाय का वंशज) 'हेस्टिंग्स' नाम के नरकासुर का वध करता है।

सवाल यह भी है कि गाय या साँड ही क्यों, कुत्ता भी तो भारतीय कृषि-परिवार का उतना ही अविभाज्य अंग है, वह खुद उत्पादन न करता हो, मगर उत्पादन का एकमात्र रक्षक और मनुष्य का सबसे वफादार साथी सिर्फ कुत्ता ही है, सांस्कृतिक परंपरा में वह गाय से उन्नीस नहीं है—धर्मराज युधिष्ठिर के साथ गाय या साँड नहीं, कुत्ता ही अंतिम सीमा तक साथ रहा था—उसका डोबरमैन या ग्रेहाउंड अवतार भी हेस्टिंग्स को उसी तरह मार सकता था। मानव इतिहास का सबसे पुराना यह हमसफर अगणित संकर योनियों को पार करता हुआ आज बदले हुए घरों में भी वामन-भाव से पारिवारिक संस्कृति की सबसे प्रिय और जीवंत उपस्थिति है—उधर गाय सिर्फ पॉलिथिन की थैलियों में छपी अनुपस्थिति बनकर रह गई है। बात सिर्फ गौ-प्रेम तक रहती, तब भी गनीमत थी, वह जुड़ती है खुद वॉरेन हेस्टिंग्स से। वॉरेन हेस्टिंग्स तभी तक मानवीय, संवेदनशील, कवि, भावुक, उदात्त आध्यात्मिक यानी लगभग देव-शिशु की गरिमा में जीता है, जब तक वह भारतीय काव्य, संगीत, शृंगार और दर्शन में लीन, चोखी के साथ राधा-कृष्ण की लीलाएँ कर रहा है और सारे परिवेश को बाँसुरीमय बना रहा है। इन सबसे हटकर जैसे ही वह औद्योगिक सभ्यता के शिकंजे में आता है कि राक्षस, लुटेरा, घूसखोर और नृशंस बनने लगता है। तब क्या कहानी का कथ्य (संदेश) यही है कि भारतीय (यहाँ हिंदू) संस्कृति मनुष्य को संवेदनशील, श्रेष्ठतर मनुष्य ही नहीं बनाती, वह हिंस्र होकर औपनिवेशिक साम्राज्यवाद को ध्वस्त कर सकने की क्षमता भी रखती है ? और क्या सचमुच आज नवीनतम संहारक टैक्नॉलॉजी से लैस साम्राज्यवाद के उपनिवेशी आक्रमणों या दूर-नियंत्रित (रिमोट-कंट्रोल परिचालित) वैचारिक, औद्योगिक, आर्थिक और इलेक्ट्रॉनिक 'मिसाइलों' का सामना, कृषि-केंद्रित पिछड़ी सामंती संस्कृति से किया जा सकता है ? मैं जानता हूँ, उदय मेरे प्रिय और हिंदी के अत्यंत सशक्त संभावनाशील कथाकार हैं, वे बेहद सेंसिटिव भी हैं और उन्हें मेरे इन कुतर्कों या कहानी के कुत्सित (वल्गराइज़्ड) पाठ-विखंडन से मर्मांतक तकलीफ होगी, क्योंकि किसी भी तरह की आलेचना उन्हें बुरी तरह अपसेट (विचलित) कर देती है। फिर भी कहे बिना रहा नहीं जा रहा : उन्होंने एडवर्ड सईद के ओरिएंटलिज्म को इस हद तक आत्मसात् कर लिया है कि वे सईद की यह स्थापना भी स्वीकार कर लेते हैं कि नवीनतम टैक्नॉलॉजी के बल पर मचाया गया सारा साम्राज्यवादी उत्पाद या पूरे विश्व को उपनिवेश बनाने का सर्वभक्षी उन्माद मूलतः क्रिश्चियन है

और इसका सामना सिर्फ इस्लामिक फण्डामेंटलिज्म यानी मध्यकालीन कबीलावाद से किया जा सकता है। इराक़-अमेरिका युद्ध में हमने सामरिक-धरातल पर इस फण्डामेंटल शक्ति को मिनटों में ध्वस्त होते नहीं देखा ? उदय ने भारतीय संदर्भों में इसका अनुवाद निर्मल वर्मा की तरह किया, हिंदू फण्डामेंटलिज्म...क्रिश्चियन आधुनिकता और इस्लामी पुराणपंथ दोनों ही इस हिंदुत्व के दुश्मन हैं। शायद किसी और कहानी के ये सब अर्थ नहीं निकलते, मगर मैं जानता हूँ कि उदय भयंकर अध्ययनशील कथाकार हैं और नवीनतम साहित्य या विचार का यह आत्मसातीकरण उनकी रचना के हर शब्द से बोलता है।

यहाँ एक बहुत जायज़ सवाल यह भी उठाया जा सकता है कि कहानी को इस तरह पढ़ना क्या रचना के रूप में उसकी हत्या करना नहीं है ? इस तरह तो कहानी पढ़ना और लिखना—दोनों असंभव हो जाएँगे। गायत्री चक्रवर्ती स्पीवाक और सईद ने अपने ऐसे विखंडनवादी पाठ से क्या महाश्वेता देवी और जेन ऑस्टिन कानरॉड के साथ न्याय किया है ? या खुद मैंने बीस-बाईस साल पहले, बिना उत्तर-आधुनिकता या विखंडनवाद (डिकंस्ट्रक्शन) का नाम सुने, 'चंद्रकांता संतति' में जब देशी-विदेशी सत्ता-संघर्ष की उपस्थितियों को पकड़ने की कोशिश की थी, तो सिर्फ मनोरंजन और किस्सागोई के लिए लिखे गए इस उपन्यास के साथ न्याय किया था ? व्यवस्थित रूप से विखंडन-पाठ की यह पद्धति भले ही उत्तर-आधुनिकता के युग में आई हो, मगर इस तरह के अध्ययन तो बहुत पहले से किए जाते रहे हैं। क्या आज 'रिपवान विंकल' या गुलीवर-कथाओं को, उपनिवेशी विस्तारवाद से हटाकर शुद्ध मनोरंजन की बाल-कथाओं के रूप में पढ़ सकना संभव रह गया है ? खुद वर्जीनिया वुल्फ़ ने 'सिर्फ अपने लिए एक जगह' (रूम ऑफ वन्स ओन) में स्त्री-उपन्यासकारों के बहाने नारी की स्थिति, नियति और प्रतिरोध के विविध सूत्र नहीं खोजे हैं ? सिमॉन द बोउवा भी तो यही करती रही। मन तो यहाँ तक कहने को करता है कि उदय प्रकाश ने 'वॉरेन हेस्टिंग्स' के बहाने शायद 'और अंत में प्रार्थना' का प्रायश्चित्त किया है कि भारतीय संस्कृतिवाद सिर्फ निष्क्रिय रूप से मरना ही नहीं, विद्रोह करना भी जानता है (यह दूसरी बात है कि निर्मल वर्मा की तरह देसी अत्याचारियों से नहीं, सुविधाजन विदेशी दुश्मनों से)।

'वॉरेन हेस्टिंग्स' कहीं अवचेतन में एक इच्छा-स्वप्न (विशफुल थिंकिंग) भी है; काश ऐसा हो जाता। कोई चमत्कारी देवता आता और दुश्मनों को झटके से मारकर हमें बचा लेता। इस अर्थ में वह सत्य के अंतिम विजय की धार्मिक कहानी है और उदय के पिछले कथा-प्रयोगों का अगला विस्तार है। 'टेपचू' से लेकर 'राम सजीवन की प्रेमकथा', 'तिरिछ', 'पॉल गोमरा का स्कूटर', 'और अंत में प्रार्थना' के मुख्य पात्र उपभोक्तावाद की ज़हरीली गैस में असहाय मरते हैं—लगभग एक विक्षिप्ति में, ये सरल, निरीह और इनोसेंट लोग हैं—मानवीय मूल्यों के प्रतीक। इस तरह मरने

वाले वे पहले व्यक्ति नहीं हैं। मानवीय मूल्यों, आदर्शों की विफलता (या अनुपयोगिता) भविष्य के समता-समानता और मानवीय गरिमा पर आधारित समाज के स्वप्न का टूटना जीते हुए सैकड़ों नायकों का मरना हमारे कथा-साहित्य में दर्ज है। कहीं यह नायक नाग बोडस के 'मैनीफेस्टो' में वामपंथी विचारधारा की विफलता का दर्द झेल रहा है, तो कहीं 'मैला आँचल' और 'राग दरबारी' में विक्षिप्त गाँधीवाद की मृत्यु का दर्शक है। जो मूल्यों, आदर्शों, विचारधाराओं और बेहतर समाज के सपनों से जुड़े हैं या इस सबसे अलग सिर्फ सहज और सरल मानव हैं—वे सब दयनीय हास्यास्पद, विक्षिप्त होने के अंत झेलते हैं। उन्हें व्यवस्था नाम की दुर्दांत, रहस्यमय और लगभग ईश्वर की तरह सर्वव्यापी राक्षसी ने मारा है। इन मूल्यों का मरना ही उस मध्यवर्ग का मरना है जिसके ऊपर-नीचे के स्तरों से हम सब आए हैं। यह वर्ग या तो फालतू हो गया है या अप्रासंगिक और शीघ्र ही इतिहास होने जा रहा है। बीसवीं शताब्दी ने इस वर्ग के उदय और अस्त—दोनों को देखा है। उन्नीसवीं शताब्दी के अंत ने इस वर्ग को एक ऊर्जावान स्वरूप दिया था, सामाजिक सरोकारों, स्वतंत्रता और शोषण दमन के संघर्ष की खराद पर उसके स्वप्न और मूल्य ढले थे। इस शताब्दी का अंत इन्हें झाड़-बुहारकर कूड़ाघर में डाल देगा। आज पीछे मुड़कर देखने पर लगता है कि कहीं वह बुर्जुआ-मध्यवर्ग का बौद्धिक विक्षोभ और विद्रोह ही तो नहीं था, जो उस वर्ग की समाप्ति के साथ ही छितराकर बिखर गया ?

शायद औद्योगिक उपनिवेशवाद को इसकी जरूरत थी। आज के बहुराष्ट्रीय टेक्नॉलॉजिकल साम्राज्यवाद के लिए ये फालतू अवरोधक हैं। इसलिए उन्हें निर्वासित, निष्कासित और समाप्त कर दिया जाएगा। तीसरी दुनिया, विशेषकर भारत में यह अभियान जारी है, ताकि सारा कूड़ा-कर्कट साफ करके नई उपभोक्ता वस्तुओं की स्वीकृति के लिए ज़मीन हमवार की जा सके। यानी विषमताहीन, गरीबी-भुखमरी के खिलाफ समाज और मानवीय गरिमा के लिए जीने-मरने का स्वप्न देखने वालों की जगह एक ऐसा मध्य-वर्ग तैयार किया जा सके, जो नई-नई गाड़ियों, मोटर साइकिलों और स्कूटरों से गूँज रहा हो, पेप्सी-मैकडॉनल और अंकल-चिप्स चबा रहा हो, जिसके घर टी.वी., सेलूलर फोनों, म्यूजिक सिस्टमों, वाशिंग मशीनों और एयर कंडीशनरों से जगमगा रहे हों और जो उधारी, शेयर, लाटरी, ब्लैकमनी रीयल-स्टेट या राजनीति से मालामाल हो जाने के उन्माद में ए.के.47 की मशीनगनों से अपना रास्ता बनाना जानता हो...और सबसे बड़ी बात कि इसके मन में मूल्य, नैतिकता, मानवीय संवेदनाओं, देश की गरीबी और समाज के लिए कुछ करने जैसी फ़िज़ूलियात के विषाक्त कीटाणु बिलकुल न हों...राष्ट्रीय संस्कृति और बौद्धिकता के नाम पर अगर कुछ हो तो हजार-दो हजार पुरानी हवाई, ऊलजलूल पुराण-कथाएँ, देवी-देवताओं के चमत्कार और चकाचौंध करने वाला भव्य-संसार... और वह सब इतना दूर और अनरीयल (झूठा) हो कि इस नए नायक के लिए कहीं बाधा न बने...घर-घर में घुसे दूरदर्शन के बीसियों चैन्ल

रात-दिन इसी 'मध्य-वर्ग' का निर्माण कर रहे हैं...पूर्व समाजवादी व्यवस्थाओं को यह हवाई हमले पहले ही ध्वस्त करने की सफलता देख चुके हैं।

और यही मध्य-वर्ग है अखिलेश की कहानियों का—विशेषकर 'शापग्रस्त' संग्रह की कहानियों का। संजीव और उदय प्रकाश की दुनिया से बिलकुल उलट...'पैरों तले की दूब' का नायक अपने सिद्धांतों को व्यर्थ होते देखता है तो 'अंत में प्रार्थना' का डॉक्टर सिद्धांतों से चिपककर मर जाता है। इन सबके मन में 'हम कहाँ और क्यों गलत थे ?' की कचोट है, या 'क्या हमें सिर्फ इसीलिए मर जाना चाहिए कि हम कुछ आदर्शों और मूल्यों से प्रतिबद्ध थे ?' के कहे-अनकहे दंश थे। 'नई कहानियाँ' के जमाने के बूढ़े, सामंती समाज के न्याय और मानव-मूल्यों के साथ मरते थे, वे प्रायः नई स्थितियों में अप्रासंगिक होते हुए लोग थे और 'हाय, कहाँ गए वे लोग' का भाव जगाते थे। ये नए उदार पूँजीवाद के बुलडोज़र के सामने खड़े निहत्थे लोग हैं—और आदर्श और विचारधाराओं के हथियारों को भोंथरा पाते हैं। उदारीकरण की अर्थ-नीतियों से पैदा सांस्कृतिक ग्लोबलाइज़ेशन के बहाने अमेरिकी एकछत्रता के शिकार—या सिर्फ खरीदार के रूप में बदलते बाजार के सामने लाचार...एक समय तो इन 'महान्' बूढ़ों की कहानियों से हिंदी साहित्य ऊपर से नीचे तक लद गया था।

अखिलेश की कहानियों में नई स्थितियों में पैर जमाते और स्वयं उस मूल्यहीन स्थिति का हिस्सा बनते युवा हैं। 'छुट्टी' कहानी में ये आदर्शवादी और प्रतिबद्ध चाहे न हों, लेकिन डिग्रियाँ लेकर नौकरी तलाशते सरल और निश्छल थे और उनकी यह हताश तलाश करुणा और सहानुभूति जगाती थी। 'शापग्रस्त' में वे बाक़ायदा लंपट, लुंपिन और निष्करुण है। पुरानी भाषा में 'अमानवीय' भी कह सकते हैं। नैतिकता, मूल्य और आदर्श जैसा कोई शब्द इनके कोश में नहीं है। इनका एकमात्र मूल्य है तिकड़म और एकमात्र लक्ष्य है सफलता। इसलिए राजनीति इनकी सबसे हरी-भरी चरागाह है। वहाँ आक्रामक सत्ता भी है और पैसा भी। सामाजिक, नैतिकता और राज्य के कानून जैसी कोई सीमा इन्हें नहीं बाँधती; माँ-बाप, बेटा, पत्नी, प्रेमिका इस्तेमाल करके फेंक दिए जाने वाले संबंध हैं। अच्छे से अच्छे शब्दों का इस्तेमाल भी वे उसी बेईमानी से करते हैं। जो कानून, संविधान इन्हें नौकरी या सुरक्षा नहीं दे सकता, उसे लेकर क्या वे चाटेंगे ? उन्हें तोड़ना अपराध नहीं, इनका अधिकार है। ये 'स्कम ऑफ द सोसायटी' (समाज की फफूँद) नहीं—भारतीय 'आज' की मुख्य धारा हैं। बेकारी और लंबी बेरोजगारी भुगतकर अब इन्हें जैसे भी हो, सब कुछ हथियाना है। सब कुछ ऊपर वाले ही खाते-चबाते रहें, इन्हें सिर्फ इस्तेमाल करते रहें, यह अब नहीं चलेगा।

गाँव, कस्बों, शहरी निम्न मध्यवर्ग और निचले वर्ग में टिड्डियों की तरह छा जाने वाले ये युवा कौन हैं ? अचानक बीस-पच्चीस सालों में ये कहाँ से आ गए ?

यह कैसी पीढ़ी है जिसे लेकर हम इक्कीसवीं सदी की यात्रा करेंगे ? सच है, अमरकांत की 'हत्यारे' जैसी कहानियों में ये कहीं-कहीं दिखाई दे जाते थे। फिर ज्ञानरंजन, दूधनाथ सिंह, रमेश बक्षी, रवीन्द्र कालिया की कहानियों में पुराने पारिवारिक मूल्यों, संबंधों और संदर्भों को ठोकर मारते, अपनी जिंदगी के संत्रास, सैक्स-कुंठाओं, विकृतियों और आत्महंता अकेलेपन में खो जाते थे। पुरानी दुनिया में रहना इन्हें गवारा नहीं था और नई कोई जगह नहीं थी। इन्हीं में से कुछ ने नक्सली विचारधारा के सहारे रातों-रात दुनिया बदल देने के दुस्साहसों में अपने को झोंक दिया और प्रशासन के द्वारा खरीदे या मार डाले गए। वे देश के सबसे मेधावी युवा थे। जिनके माँ-बाप साधन-संपन्न थे, वे जत्थे बना-बनाकर यूरोप अमेरिका कूच कर गए। मध्यवर्ग की वह पीढ़ी बीस सालों में ही राष्ट्रीय-अन्तर्राष्ट्रीय व्यवस्था द्वारा सोख ली गई। अब आई है अखिलेश जैसों की यह नई पीढ़ी–कलफ़ लगे लंबे-लंबे खादी के कुर्ते पहने, कसी हुई जीन्स के नीचे 'हीरो हौंडा' दबाए–पिस्तौलें और मशीनगनें लिए...सिर्फ शक्ति की भाषा बोलते और शक्ति की भाषा समझते हुए–हिंस्र और आक्रामक–सीधे टी.वी. के पर्दों से धड़-धड़ करते बाहर आते हुए...अ-कहानीवालों के लिए सहयात्री औरत खाने-चबाने और फिर घृणा से फेंक देने की चीज थी, इनके लिए सिर्फ बलात्कार, हत्या या उद्योग और राजनीति में इस्तेमाल की जाने वाली खूबसूरत जोंक...नई कहानी युग में औरत घुटती, मरती, शहीद होती थी। मृणाल पांडे की कहानियों में चुलबुली, नटखट और दबंग हुई–मणिका मोहिनी, ममता कालिया, सुधा अरोड़ा में 'अनैतिक', फिर क्षमा शर्मा, जया जादवानी, लवलीन तक आते-आते बिंदास, बेझिझक और 'बोल्ड हो गई–पिल्स और कंडोम ने उसे सारी वर्जनाओं से मुक्त कर दिया–कहीं वह किरण बेदी बनी, तो कहीं ऐश्वर्य रॉय, कहीं अंजलि कपूर तो कहीं पूजा भट्ट...उसे भी सत्ता में हिस्सा चाहिए था और उसके पास हथियार के रूप में सिर्फ उसकी देह थी। चूँकि देह उसकी थी, इसलिए वह उसका इस्तेमाल करने के लिए 'स्वतंत्र' थी–वह फिल्मों में, राजनीति में, उद्योग में, सौंदर्य प्रतियोगिताओं में देह की कीमत वसूल रही थी–वह पुरुष के खेल में अपनी राज़ी से शामिल हो गई थी–और उनके नियमों के हिसाब से खेल रही थी।

कहाँ से आ गयी यह पीढ़ी ? हम चाहें तो इन्हें धिक्कार सकते हैं, भारतीय संस्कृति का रोना रोते हुए इन्हें नरक में भेजने का प्रस्ताव रख सकते हैं और 'हाय, हम कहाँ आ गए' के विधवा-विलाप में छाती-माथा कूट सकते हैं या रेणु की कहानी 'अगिनखोर' की तरह अपनी ही इस अवैध संतान से धुआँधार गालियाँ खाकर भगवान बुद्ध की तरह शहीद भाव से चुप बैठे रह सकते हैं...मगर ईमानदारी से अगर विश्लेषण करें, तो क्या यह सारी नई पीढ़ी हमारी ही अवैध संतान नहीं है ? क्या इसे जन्म देने की ज़िम्मेदारी हमारी ही नहीं है ? क्या यह हमारा ही वह विस्तार नहीं है, जिसे देखकर अब हमारे हाथ-पाँव फूल गए हैं ? यह वह पीढ़ी है, जिसने हमें सार्वजनिक

भाषणों, वक्तव्यों में बघारे जाने वाले संस्कृति, धर्म देश-भक्ति के शब्दों में नहीं, अपने असली और नंगे रूपों में देखा है।

जी हाँ, इस पीढ़ी को लाने की सारी जिम्मेदारी हमारी ही है। याद कीजिए, हम सारे मध्यवर्गी युवाओं ने अपने-अपने घरों और परिवारों से विद्रोह किए थे, क्योंकि उस सामंती, संयुक्त-परिवार के ढाँचे में हमारी अपनी कोई पहचान नहीं थी। वहाँ हमारी आकांक्षाओं, कुछ कर दिखाने के सपनों को समझने वाला कोई नहीं था। सिर्फ घुटन और अभाव थे। बाप डिक्टेटर था। माँ बेजुबान। बहनें अनपढ़-दब्बू, चाची और भाभियाँ बाल-विधवाएँ। रिश्तेदारियाँ 'ऊपरी आमदनी' या पारिवारिक पैतृक हैसियतों से तय होती थीं। उधर देशी-विदेशी साहित्य और विचारों में डूबे हम, बाहर निकलकर अपने पंख आज़माना चाहते थे, मगर दबाव थे कि किसी अनपढ़ या बेजुबान शिक्षिता से शादी करें और नौकरी या व्यापार के धंधों में जुटकर माँ-बाप और दस-पाँच भाई-बहनों की जिम्मेदारी में हाथ बँटाएँ। यानी हमारे बाप-दादाओं ने अपने भाइयो, चाचाओं, दूसरे रिश्तेदारों या चाची-भाभियों के हिस्से मारकर जो जायदादें खड़ी की थीं, या घूस और बेईमानियों से जो कुछ कमाया था, हमें वे उस सबका वारिस बनाना चाहते थे। वे घनघोर रूढ़िवादी, जातिग्रस्त और धर्मान्ध थे, हर परिवर्तन के कट्टर विरोधी थे और लड़कियों को पढ़ाने-लिखाने के सख्त विरोधी थे। अपने से नीचे वालों को कुचलने में भयानक अत्याचारी और सरकारी अमले के सामने घिघियाने वाले खुशामदी, डरपोक और दंद-फंदी राष्ट्रप्रेम और देश-भक्ति को लेकर दुचित्ते थोड़ा-बहुत सामाजिक कार्य करते भी थे, तो घर के बाहर। घर के अंदर औरतें चूल्हों के पास जिंदगी बितातीं, तपेदिक, पुरुषों की मार में चुपचाप जीती और मरती थीं। मक्खी-मच्छरों की तरह मार दी या जला दी जाती थीं या आत्महत्या कर लेती थीं। और 'बंद गली के उन आखिरी मकानों' में हमारा दम घुटता था। हम बाहर अकेले या दोस्तों में ज़्यादा अपनापन महसूस करते थे--वहीं था हमारा 'सारा आकाश' चूँकि न हम उस सबको बदल सकते थे, न उसका हिस्सा हो सकते थे इसलिए घरों से बाहर भागे--राजनीति में, गाँधीवादी, मार्क्सवादी या सुधारवादी सामाजिक आंदोलनों में। हम आदर्शवादी युवा थे और देश या भविष्य से बँधे थे--इन सबको लेकर हमारा एक सपना था। हमने मजदूरियाँ कीं, ट्यूशन पढ़ाए, दूसरों के नाम से लिखा--अखबारों, स्कूलों, कॉलिजों, आश्रमों और दूसरी संस्थाओं में नौकरियाँ कीं। हम एक ओर उपनिवेशी साम्राज्यवाद से लड़ रहे थे, तो दूसरी ओर घरेलू सामंतवाद से--उन पूजा-पाठी आदर्श और नैतिकता भौंकने वाले दोगले लोगों से हमें बेहद-बेहद घृणा थी। वे हिंदू-जड़ता और पुरातनता के आगे कुछ देखना ही नहीं चाहते थे। ऊँच-नीच, मालिक-दास, छूत-अछूत, जाति-वर्ण की 'मर्यादाओं' में बँधे, बल्कि उनका संरक्षण करने वाले यथास्थितिवादी और कूप-मंडूक, गो-ब्राह्मण पालक। हो सकता है, वे सचमुच उन सामंती मूल्यों में विश्वास रखते हों। इसीलिए डबल-स्टैण्डर्ड (दुहरे मूल्यों) वाले

लोग थे। उधर हमारे आदर्श नायक थे—महात्मा गाँधी, जवाहर लाल नेहरू, चन्द्रशेखर, भगत सिंह, विवेकानंद, सुभाष चन्द्र बोस, लेनिन या समाज, राजनीति के चमकते-चमत्कारी नेता...

और तब आ गई स्वतंत्रता। अपना शासन और प्रशासन। हड़बड़ी में हमारे नेताओं ने उसी राज्य-व्यवस्था को ज्यों का त्यों ले लिया, जो अंग्रेज छोड़ गए थे। प्रणालियाँ और प्रशासन वही था, सिर्फ 'जॉन' की जगह 'जगन्नाथ' आ बैठे थे। हम यह भूल गए थे कि अंग्रेजों ने सारी व्यवस्था अपनी रक्षा और देश को लूटते रह सकने की सुविधा के लिए तैयार की थी—जरूरी था कि हम उस ढाँचे को समाज और जनता के साथ जोड़ते; जो दरवाजे शासकों की तरफ जाते थे उन्हें पलटकर जन सामान्य की ओर मोड़ते। लोगों को प्रशिक्षित करते कि अब कामचोरी और सरकार को लूटना 'राष्ट्रीय कार्य' नहीं है। लेकिन सारी पुलिस, न्यायपालिका, ब्यूरोक्रेसी और विधायिका हमारे नए आकाओं की सेवा में समर्पित हो गई। लुभावने और मनमोहक नारों के झाँसे में समाज-कल्याण से लेकर व्यवस्था-परिवर्तन की सारी ज़िम्मेदारी सरकार पर छोड़ दी गई और पहले के स्वयं चुने गए इस बोझ से मुक्त हो गए कि हमें भी कुछ करना है। भ्रष्टाचार और दुरुपयोग सत्ता के अनिवार्य और अंतर्भुक्त तत्त्व हैं। स्वाभाविक ही था कि जो जितना सत्तावान था, वह उतना ही भ्रष्ट और निरंकुश होता गया। उधर हम जिनके खिलाफ विद्रोह करके 'बाहर' आए थे, पहला अवसर मिलते ही खुद उसी रूप में ढलने लगे, सारी उपनिवेशी व्यवस्था और सामंती परिवार, समाज रचना वही थी, बल्कि हमें तो अब और ज़्यादा निश्चित छूट थी, क्योंकि ऊपर-नीचे सब 'अपने ही लोग' थे, हमने आस्था से नहीं, सहूलियत से दुहरे मूल्य अपनाए। शुरू में अपराध-बोध के साथ, फिर अभ्यास और अधिकार के साथ। सारे सरकारी, गैर-सरकारी सुविधाओं, साधन-स्रोतों पर हमारा ही कब्जा था। इन पचास सालों में हमने ऐसा अद्भुत लूट-तंत्र बना लिया कि जो जहाँ है, वहीं दोनों हाथों से उलीच रहा है। विधायिका, न्यायपालिका, ब्यूरोक्रेसी, संचार-माध्यम कौन-सा ऐसा संस्थान, संस्था या उपक्रम है जिसे हमने बेदाग छोड़ा हो ? कोर्ट-कचहरियाँ, अफसर-पुलिस, शिक्षा-शोध, कोई तो ऐसा क्षेत्र हो, जहाँ हमने लाखों-करोड़ों के घूस-घपले न किए हों, भाई-भतीजे, जाति-धर्म के लोग न घुसा दिए हों, या विरोधियों को प्रताड़ित-लताड़ित न किया हो ? 'अंतिम व्यक्ति के कल्याण' के नाम पर जिस लोकतंत्र को हमने स्वीकार किया, उसे सिर्फ जाति और धर्म का खूनी खेल बना दिया। आज छोटे से लेकर बड़े स्तरों पर चुनाव नहीं, गृह-युद्ध होते हैं। राज्य-समाज का कोई तो कोना बचा होता, जहाँ हम घूस, लूट-खसोट का खुला खेल न खेल रहे हों। संस्कृति, साहित्य और कला की दुनिया में हमने कितने अयोग्यों को नहीं उछाला, उन्हें नियुक्तियाँ, पुरस्कार नहीं दिए ? न जाने कितने प्रतिभावानों के अभिशाप आज भी हमारी आत्मा में दफन हैं। हर भ्रष्टाचार को हमारा संरक्षण है, हर घोटाले में हमारा हिस्सा है और

हर अपराध में हम शामिल हैं। जहाँ भी हम हैं, वहीं घोषित-अघोषित लुटेरे, डाकू, चोर और बेईमान हैं। सत्ता के वर्चस्व के लिए हम हर अपराध, हत्याकांड, दंगा और दुर्घटना करा सकते हैं—नॉन इश्यूज़ (व्यर्थ के टुच्चे मुद्दों) को इश्यूज़ बना सकते हैं—धर्म और जाति के नाम पर पूरे देश में आग लगा सकते हैं। सत्ता के इस खूनी खेल में हमने जिन दो चीजों के साथ खुलेआम बलात्कार किया है, वह है भाषा और औरत। इन्हें हमने कहीं का नहीं रखा। हम हर पल जानते रहे कि जो हम कहते हैं, व्यवहार और आचरण में कभी नहीं करते, हर झूठ के समय हमेशा अपने आपको छलते हैं कि दूसरा इस सचाई को नहीं जानता। अब तो हमें यह अहसास होना भी बंद हो गया है कि हमारी भाषा और भाषणों पर कोई विश्वास नहीं करता—वह सिर्फ दूसरों की आँखों में झोंकने वाली धूल होती है। फिर भी हम चाहते रहे कि नई पीढ़ी चरित्रवान हो, हमारे लिए शिष्ट हो, सम्मान रखे या सुसंस्कृत हो। संवेदनशील, बूढ़ी वेश्या या दलाल की तरह हमारी दिली इच्छा है कि हमारी संतान उस नरक को न भोगे ! कैसी भोली (नायेव) आकांक्षा है !

1955 के आस-पास श्रीलाल शुक्ल ने एक कहानी लिखी थी 'शहीद'। दो आदर्शवादी देशप्रेमी और उत्साही युवा दोस्तों में से एक आंदोलन के दौरान गोली खाकर शहीद हो जाता है और दूसरा क्लर्की को समर्पित। शहीद दोनों होते हैं, लेकिन अपने भोले विश्वास में श्रीलाल ने शायद सोचा भी नहीं था कि इस शहीद का यह पहला समझौता नहीं था, सिलसिले की शुरुआत थी। जिस व्यवस्था के खिलाफ़ वह लड़ा था, उससे हर स्तर पर समझौता ही नहीं करता गया, स्वयं उस व्यवस्था का हिस्सा बन गया और जी-जान से उसे बनाए रखने, निचोड़ने में जुट गया। पढ़ा-लिखा था, इसलिए हर पतन के कारण तलाश करता हुआ उसे जस्टीफाई करने लगा। भ्रष्टाचार उसने पहले पत्नी-बच्चों के नाम पर किए, फिर अपने बुरे-बूढ़े दिनों के नाम पर, फिर स्वयं शक्ति के चस्के की 'मजबूरी' में। हाँ, भाषा आज भी उसकी वही पुरानी और शहीदाना है। लिखने वाले ने कहाँ सोचा था कि आज वही क्लर्क आगे जाकर देश का सबसे बड़ा घूसखोर, घोटालेबाज, नृशंस अफसर, अन्यायी जज बन जाएगा। योग्य और प्रतिभाशाली लोगों को धकेलकर अपने भाई, भतीजे, बेटे-बेटी और जाति भाइयों से हर विभाग को लाद देगा। लाखों-करोड़ों की कमाई से डोनेशन या कैपिटेशन फ़ीसों के बल पर अपने बेटे-बेटियों को अच्छे से अच्छे कॉन्वेंटों, कॉलेजों में, फिर विदेश भेजेगा ! आज इस मध्यवर्ग में कोई है ऐसा, जिसका एक पाँव विदेश में न हो ? यह विदेशी बैंकों में पैसा जमा करने या देशी साधनों से महँगी शिक्षा देने के बाद बच्चों को बेशर्त विदेशों में अंधाधुंध कमाने के लिए भेजने से अलग कहाँ है ? यही तो वह 'शहीद' है, जो उनकी शादियों में लाखों के दहेज लेगा। पाँच-पाँच हजार लोगों की पाँच सितारा दावतें करेगा, नामी-बेनामी कोठी-बँगले, फ्लैट बनवाएगा, फार्म हाउसों में इन्द्र के दरबार लगाएगा, अपराधियों, साम्प्रदायिकों, स्मगलरों और देशद्रोहियों

से साँठ-गाँठ करेगा—तिलक छापे लगाकर वैष्णो देवी और हरिद्वार जाएगा, यहाँ हवन यज्ञ और सत्यनारायण की कथाएँ कराएगा, खुद चार-चार घंटे पूजा करेगा। स्मगलर-दलाल ढोंगी स्वामियों के चरणों में लोटेगा। वर्ण-व्यवस्थावादी राजनीतिक पार्टियों का कार्यकर्ता बनेगा और लोकतंत्र की हिमायत या जाति-पांत से ऊपर उठने के भाषण पिलाएगा, फँसने पर पुलिस और जजों को खरीदेगा, राजनेताओं के पाँव पकड़ेगा और निर्दोष बनकर लकदक घूमेगा। बहू बनाकर लायी गई दूसरे की बेटी को फूँक डालेगा और जब अपने बेटे का अपहरण हो जाएगा, तो सारी प्रशासन-व्यवस्था में लंकादहन मचा देगा। सारी नई पीढ़ी को, अपने योग्य प्रतिभाशाली मारुति छाप मैरिट याफ्ता लाड़लों और बेकार बेरोजगार लंपटों-गुंडों में बाँट देगा, खुद देश के सारे संसाधनों पर एकछत्र कब्जा करके देशी-विदेशी बैंकों के हवाले समेटेगा। उन्हें शिक्षा और सुविधाओं से वंचित रखेगा, फिर उनसे बूथ लुटवाएगा, अपहरण, हत्याएँ और दंगे कराएगा, उन्हें तरह-तरह के नशों या अंडरवर्ल्ड में धकेल देगा। झूठे एनकाउंटरों में मरवा डालेगा। समाज के पतन पर रात-दिन अपने आप को और दूसरों को धिक्कारेगा। हर दूसरे को अपने से ज़्यादा भ्रष्ट सिद्ध करके खुद ही संतोष निचोड़ेगा और ज़्यादा सावधान जोश से खेत कुतरने में जुट जाएगा। व्यक्तिगत महत्त्वाकांक्षा, राजनीति प्रेरित सी. बी.आई. या जुडिशियल ऐक्टिविज़्म (समाज, राजनीति को सुधारने के जोश) में जब कोई अफसर या जज अपने जैसे घोटालेबाज़ को दबोच लेगा तो सैडिस्ट संतोष से भगवान को धन्यवाद देगा, मगर यह भी अच्छी तरह जानता होगा कि कुछ दिनों मीडिया की सनसनी के बीच दस-बीस लाख/करोड़ इधर से उधर होंगे और सारी फ़ाइलें फिर धूल खाने के लिए ठण्डे बस्ते में डाल दी जाएँगी। मरते दम तक खुद कुर्सी से चिपका रहेगा क्योंकि जानता है कि कुर्सी के बाद सिर्फ मृत्यु, निर्वासन या अपराध-बोध है।

यही पीढ़ी तो तैयार की है हमने और वे ही चेहरे झाँक रहे हैं अखिलेश, लाल्टू, विजयप्रताप जैसों की कहानियों में—बेकार, बेरोजगार, तिकड़मी और हिंस्र, दूसरी ओर है इंदिरा, संजय और राजीव गाँधी की परिवारवादी, एयरकंडीशनरों, कारों और हवाई जहाजों में तैरती अंग्रेजी भाषी, सत्ता वर्चस्व सँभालती दुलरुआ पीढ़ी...और इसे मंडल और दलित आंदोलनों की आग से बचाना है, क्योंकि वह हमारी इसी सत्ता के एकाधिकार में हिस्सा माँगते हैं।

मगर नहीं, परिदृश्य सिर्फ इतना ही नहीं है। यह वह शहरी या शहरोन्मुख मध्यवर्ग है, जो अपने व्यक्तित्व की लड़ाई लड़ रहा है। यह कुछ बन जाने या न बन पाने की लड़ाई है। जिनके माँ-बापों ने जोड़-तोड़, उठा-पटक से उन्हें शुरू से ऐसे साधन दिए हैं कि देश-विदेश की सबसे ऊँची जगहें उन्हीं के पास सुरक्षित हैं, वही योग्य सक्षम और मेधावी है, क्योंकि बचपन से उन्हें सब कुछ मिला है—फ़न या मज़े के लिए वे गाड़ियाँ चुराने से लेकर बैंक-डकैती, बलात्कार, हत्या या हेरोइन-स्मैकी

करते हैं और फिर बचा लिए जाते हैं। जो यह सब नहीं बन पाते, वे तिकड़म, चोरी, डकैती, अपहरण, राजनीतिक टट्टूगिरी में कुछ बन जाने के लिए दूसरों की सुपारियाँ उठाते रहे हैं। वे देश और राष्ट्रीय कोष—दोनों के लिए भयानक बोझ हैं। इनका मुख्य सहारा राजनीति के माध्यम से या तो सरकारी खजाने हैं या ब्लैकमनी, हवाला, शेयर दलाल और लाटरियाँ। दोनों ही ऐसी आत्महंता गिरफ्त में फँसे हैं कि मुक्त होकर साँस ले सकने की कोई गुंजाइश नहीं दिखती। वहाँ हर पहली चीज का अंत हो गया है, क्योंकि वे सत्ता से चिपके स्वयं 'अन्त' के कगार पर हैं।

लेकिन समय और हिंदी कहानी के यही अंतिम सत्य नहीं हैं। वास्तविक संघर्ष, व्यक्तित्व की इन विकृतियों में नहीं, अस्तित्व के लिए किए जाने वाले संघर्षों के बीच लिखी जा रही कहानियों में है, अस्सी प्रतिशत गाँवों और कस्बों में श्रमिकों, शोषितों, दलितों और औरतों के बीच—जहाँ घर के घर जला दिए जाते हैं, औरतें बलात्कृत होती और नंगी घुमाई जाती हैं, सती और डायन बनाकर उनकी हत्या कर दी जाती है। बच्चे आहार और शिक्षा से वंचित हैं। यहीं शायद हिंदी-कहानी बची रह जाएगी वरना शहरों की नई पीढ़ी तो इस भाषा से भी परिचित नहीं है। वह विज्ञान, टैक्नॉलॉजी, कॉमर्स, कंप्यूटर, बिजनेस मैनेजमेंट में अपना भविष्य बना रही है। कला, साहित्य, भाषा वहाँ लगभग अनपढ़ों की मजबूरी है। मगर आज भी बहुत कुछ बचा तो वहीं है। जो बचा है या जो बचाएगा—बात उस पर भी होनी चाहिए...क्योंकि स्वतंत्रता के बाद का सच सिर्फ घूस-घोटाले, कोर्ट-कचहरियों की सनसनियाँ, बड़ों की मार-काट, कमेटी-कमीशन, माइकेल जैक्सन, यान्नी और सौन्दर्य प्रतियोगिताएँ ही नहीं हैं—वह सब भी है जिसे मीडिया अनदेखा करता है, जिसे सुनना हम मध्यवर्गीय 'ऊबे हुए सुखी' गवारा नहीं कर पाते और जिसकी हमारे सुसंस्कृत सौंदर्यबोध या साहित्य-संस्कृति के स्वायत्त 'जनतंत्र' में कोई जगह नहीं है, क्योंकि वहाँ सिर्फ़ अमूर्तन है। और क्योंकि सच सिर्फ वही नहीं होता जो सत्ताएँ हमें परोसती हैं—राजा-नवाब अपने फरमाबरदारों से जो कुछ लिखाते रहे हैं, वही इतिहास नहीं है, न नए-पुराने दरबारों में रचा-सराहा, अलंकृत किया जाने वाला 'रीतिकाल' ही संपूर्ण साहित्य है। हत्याएँ सिर्फ़ इंदिरा गाँधी, राजीव गाँधी की ही नहीं होतीं—उमेश डोभाल, शंकर गुहा नियोगी और चन्द्रशेखर सिंह की भी होती हैं। यहाँ तक कि रूप कंवर की भी। इतिहास और पुरातात्त्विक संग्रहालय में नहीं, सामने के सारे परिदृश्य पर छाई हुई 'गुएर्निका' जैसी इस तस्वीर का विखंडन सचमुच बहुत अप्रासंगिक या 'अतिरिक्त' पाठ है ?

मेरी तेरी उसकी बात, 'हंस', मई 97

कुछ चिंताजनक टीपें

इलाचंद्र जोशी का 'निर्वासित' शायद भारतीय साहित्य का ऐसा पहला उपन्यास था, जिसमें उन्होंने 'आउट-साइडर' की अवधारणा रखने की कोशिश की थी। दूसरे महायुद्ध के तत्काल बाद, सन् 1947 के आस-पास यह पहले 'सरस्वती' में धारावाहिक निकला, फिर पुस्तकाकार आया। हथियारों की होड़, मार-काट, हत्याकांडों, शरणार्थियों के काफिले, युद्धबंदियों के मुकदमे, बेकारी, महँगाई, सांप्रदायिक दंगों, विभाजन की विभीषिका के बीच अपने को स्तब्ध और अनजबी पाता है उपन्यास का मध्यवर्गीय नायक। जड़ से उखाड़कर जो घटना उसे विक्षिप्त कर देती है, वह है हिरोशिमा-नागासाकी पर पहले ऐटम बम का हमला, और देखते-देखते दोनों शहरों का स्वाहा हो जाना। आदमी के दिमाग़ से निकला हुआ विज्ञान का राक्षस इस तरह धरती को खा-चबा डालेगा, यह उस समय कल्पनातीत था। यह इस विराट दानव को अपने खूँखार रूप में देखकर आतंक से सुन्न हो जाना ही नहीं था—आदमी के दिमाग में हुआ ऐसा ऐटमी विस्फोट था, जिसने उसके अस्तित्व के चिथड़े उड़ा दिए। मेरी जानकारी में, ऐटम बम पर यह पहली मानवीय कथा-प्रतिक्रिया थी और इसका काल पाँचवें दशक का उत्तरार्ध है। बाद में तो उससे लाखों-गुना घातक और संहारक ऐसे बम बनते चले गए, जो धरती और आस-पास के ग्रह-नक्षत्रों को कितनी ही बार समाप्त कर देंगे—हमारे लिए अब ये महज सूचनाएँ हैं। इसी पहले ऐटम बम को गिराने वाले क्लॉड ईथरली पर मुक्तिबोध ने लंबी कहानी भी लिखी। बाद में कहीं अखबारों में पढ़ा कि दोनों पायलटों में से एक ने आत्महत्या कर ली और दूसरा पागलखाने में मरा—इलाचंद्र जोशी के नायक की तरह।

मैं कारण समझ नहीं पा रहा हूँ कि पिछले हफ्ते की एक घटना से क्यों मुझे बार-बार 'निर्वासित' उपन्यास याद आ रहा है ? विश्व की भयानक राजनीति में तो यह घटना ख़ास महत्त्व की भी नहीं मानी जाएगी—भारतीय अखबारों में छाए घोटालों, घपलों, कोर्ट-कचहरी के दाँव-पेंचों या राजनीति और ब्यूरोक्रेसी के 'क्लोक डैगर'

(नकाबपोशों के खंजरबाजी) पैंतरों के बीच यह महज एक सूचना है, मगर कुछ है कि चेतना पर बार-बार ठोकर मार रहा है : कहीं कुछ अघटित घटा है...शताब्दी के सर्वश्रेष्ठ दिमागों में से एक यानी शतरंज का अद्वितीय खिलाड़ी कॉस्पोरोव, आई. बी.एम. के कंप्यूटर से लगातार बाजियाँ हार गया है। वह विश्वनाथ आनंद या किसी और से हारता, तो खुशी होती, मगर वह हारा है एक मशीन से। किसी बुलडोज़र या रोबो के मुकाबले शारीरिक रूप से हारना एक बात है और दिमागी प्रतिद्वंद्विता में मशीन से हारना बिलकुल दूसरी। कहीं एक अंधविश्वास जैसा था कि आदमी की मेधा, संकल्प, प्रत्युत्पन्नमति और तत्काल निर्णय ले सकने की बौद्धिक क्षमता के आगे मशीन नहीं टिकेगी। आखिर कंप्यूटर की सारी प्रोग्रामिंग भी तो आदमी ही करता है–आँकड़े और समीकरण के आधार पर सारी बौद्धिक क्षमताएँ–फीड किए जाने से पहले–आदमी के दिमाग से ही तो निकलती हैं। वहाँ क्या कॉस्पोरोव से भी बड़े दिमाग बैठे थे ? या यह मशीन के अपने तत्काल लिए गए निर्णयों का चमत्कार था ? एक सेकंड में बीस लाख शतरंजी पैंतरों की विश्लेषण-क्षमता वाले 'डीप ब्लू' कंप्यूटर के सामने छः गेमों में से 2.5 गेम जीत लेना चाहे जितना भी शानदार कारनामा हो, मगर अंततः हारा तो आदमी ही। पता नहीं क्यों, मशीन का यह जीतना मुझे सारे न्यूक्लियर बमों के समेकित विस्फोट से ज़्यादा भयानक लगता है। अमेरिकी व्यावसायिक मशीन के सामने रूसी मस्तिष्क का हारना यहाँ एक बहुत छोटा और गैर-महत्त्वपूर्ण रूपक है। सबसे महत्त्वपूर्ण है–मनुष्य जाति के भाग्य और भविष्य के फैसले अब मशीन के अपने स्वाधीन स्वायत्त फैसले होंगे। उस स्थिति में क्या हमें मानवीय संवेदना, करुणा, कल्याण, और स्वप्न या विज़न आदि शब्दों को अपने कोशों से निकाल बाहर फेंकना होगा ? कौन नियंत्रित कर पाएगा इस सर्वभक्षी दानव को ?

आइए, एक बिलकुल दूसरे धरातल पर कुछ और बीज शब्दों की बातें करें, इधर की बदली राजनैतिक और सामाजिक परिस्थितियों में पिछड़े और दलित इस उद्दंडता से हमारे सारे 'मंदिरों' में घुस आए हैं कि उन्होंने हमारी व्यवस्थाओं को ही गड़बड़ा दिया है–जहाँ हम खुद नहा-धोकर, कपड़े-जूते बाहर छोड़कर विनम्रता की प्रतिमूर्ति बने इन मंदिरों में घुसते थे, गंदे और गलीज लोगों को भीतर झाँकने नहीं देते थे, वहाँ ये धड़धड़ाते हुए दुर्गंध और जूते लिए घुसे चले आए हैं। बाकी सारी चीजों की जो ऐसी-तैसी की है, वह तो की ही है, इन्होंने नाक़ाबिले-बर्दाश्त हमला किया है हमारी भाषा पर। हमारा सारा खेल ही तो भाषा की असीमित व्याप्तियों और शब्द-साधना के सांस्कृतिक चमत्कार का रहा है। हजारों वर्षों से वर्चस्व का जो ताम-झाम हमने खड़ा किया है, उसका एकमात्र आधार भाषा और शब्दों के सिवा

क्या है ? सामाजिक सोपान के ऊपरी खंडों में हम जहाँ और जैसे हैं, उसे सही सिद्ध करने वाले सारे दर्शन, चिंतन, शास्त्र और धर्मग्रंथ 'भाषा में ही तो सुरक्षित हैं। और उसे ही ये जाहिल, नाख्वांदा नष्ट किए डाल रहे हैं। कोई गरिमा, शुचिता और मर्यादा रखी है इन्होंने भाषा की ? ज़्यादा समय नहीं हुआ वी.पी.सिंह के जमाने को। मुंबई की एक पत्रिका 'इलस्ट्रेटेड वीकली' में प्रीतीश नंदी से बातचीत करते हुए तत्कालीन उपप्रधानमंत्री ताऊ देवीलाल ने कह दिया...''राजीव गाँधी गाँडू है'' अब बोलो, यह कोई भाषा हुई ? सुनकर सारा अंग्रेजी और भाषायी प्रेस बौखला उठा था। पहले तो न जाने कहाँ से खोजकर इसका अंग्रेजी पर्याय लाया गया, ताकि शिष्ट समाज को समझाया जा सके कि यह कितना अश्लील और घिनौना शब्द है। जिस व्यक्ति के लिए और जिस समाज में यह इस्तेमाल किया गया है, वहाँ इससे भयानक कोई गाली हो ही नहीं सकती। हफ्तों ताऊ की वह खिंचाई होती रही कि सारा गँवारू अक्खड़पना 'उसकी' 'उसमें' घुस गया, मगर आज ? मेरी तौब्बा...जिधर देखो, उधर 'बहनचोद', 'मादरचोद' की शब्दावली गूँज रही है—कहाँ की संसद और कहाँ की मर्यादा...क्या यही सब सुनने के लिए ऋषियों और पूर्वजों ने भाषा को इतना सजाया, सँवारा और निथारा था ? तर्क दिया जा सकता है कि हम आपस में चाहे जितनी नफ़ासत, शिष्टता के साथ आदाब-अलक़ाबी भाषा का इस्तेमाल करते और घरों, ड्राइंगरूमों में भाषायी विनम्रता बरतते रहे हों या अपने गोष्ठियों-शास्त्रार्थों में उसकी बारीक से बारीक बुनावट पर मुग्ध होते रहे हों, मगर हजारों वर्षों से दलित और पिछड़े तो हमारी 'इसी भाषा' को 'सुनते' और 'समझते' रहे हैं। उन्हें हमने सिर्फ इसी भाषा में संबोधन और ताड़ना की है। दूसरे शब्दों में, हमने उन्हें सिर्फ यही भाषा सिखाई है। उनके खून में ठोंक-ठोंक कर भर दिया है कि मालिक की भाषा यही होती है। अब अगर वे छाती ठोंककर मालिकों की जगह हथियाएँगे, तो इस भाषा के सिवाय उनके पास मालिक होने की भाषा कहाँ है ? स्कूलों, कॉलेजों, पाठशालाओं के पास हमने उन्हें फटकने नहीं दिया—फिर अब जो संस्कृति और अभिव्यक्ति लेकर वे आए हैं—उसे रू-ब-रू देखने में हमें तकलीफ क्यों है ? सही है, पहले जब वे हमारी कृपा से अपने लोगों के नुमाइंदे बनकर आते थे, तो उन इक्के-दुक्के लोगों को हम जैसे चाहे नियंत्रित कर लेते थे; जो भाषा और व्यवहार चाहते थे, उसी की अनुमति देते थे। आज वे अपने-आप आए हैं और अपनी तरह बोलते हैं। जाहिर है संस्कृति, साहित्य और भाषा पर तो खतरा है ही...उम्मीद सिर्फ निर्मल वर्मा, अशोक वाजपेयी और विद्यानिवास मिश्रों से ही है कि संस्कृति, सोच, भाषा को ऐसी अंतर्राष्ट्रीय सार्वभौमिकता और देशकालातीत अंतरिक्ष देंगे, जहाँ इनके बाप-दादाओं की छाया न पड़े। आखिर अपने मंदिरों को भ्रष्ट होने से बचाना भी तो है। जब हिंदुजा परिवार की शादी का पूरा कर्मकांड उड़ते हुए जंबो हवाई जहाज में हो सकता है, तो वहाँ अपने शुद्ध और पवित्र हवाई मंदिर क्यों नहीं

बनाए जा सकते ? एक्सक्लूसिव स्पेस के यही एयरकंडीशंड जनतंत्र, संस्कृति को बचा पाएँगे।

मगर संकट दूसरा भी उठ खड़ा हुआ है। समस्या सिर्फ इतनी ही नहीं है कि हमारे हजारों वर्षों से संरक्षित मंदिरों में घुसकर ये अपनी भाषा और संस्कृति का नंगा-प्रदर्शन कर रहे हैं—वे तो हमें हमारी 'अपनी' भाषा भी नहीं बोलने दे रहे हैं। कितनी बड़ी ट्रेजेडी है कि जिस वास्तविक भाषा और आचरण को ये समझते हैं या जिससे हम इन्हें प्रभावित, प्रताड़ित, नियंत्रित करते रहे हैं, उस भाषा और आचरण पर भी इन्होंने रोक लगा दी है। अब अगर इन पर आज़मूदा असर डालने वाली भाषा में हम स्थिति की व्याख्या करना चाहें, तो अलग हंगामा उठ खड़ा होगा। मान लीजिए—हम कहें कि "देखा इन साले सूअरों को, ऐसा चमरपन मचाया हुआ है कि देश की माँ चोदकर रख दी है—हरामी भंगी कहीं के..." लीजिए साहब, कल तक जिन जातियों का नाम लेना ही शिष्ट समाज में सबसे बड़ी गाली माना जाता था, वे सब छाती पर चढ़ आएँगे कि उन्हें अपमानित करने का कोई हक हमें नहीं है। किसी दफ्तर में किसी को 'चमार-चूहड़ा' कहकर देखिए, संविधान की दुहाई देता हुआ कोर्ट-कचहरी तक खींच ले जाएगा। अब बोलो, चमार को 'चमार' या भंगी को 'भंगी' कहकर न बुलाएँ, तो क्या 'पंडित जी' कहकर बुलाएँगे ? कहते हैं—नाम से बुलाओ। इन नीची जातियों को हजारों वर्षों से नाम से बुलाने का जब हमें अभ्यास ही नहीं है, तो दिक्कत तो आएगी ही। हमारे पास अपने नाम ही क्या कम हैं कि इनके नाम और याद करें ? इनके जन्म, बुद्धि और रहन-सहन को लेकर ही तो हमने अपनी सारी घृणा और भीतरी विष का इजहार किया है। यहाँ सिर्फ दलित ही क्यों, माँ-बहन की गाली दो, तो औरतें अलग सिर पर सवार...अब बोलो, जब भाषा की सारी गालियाँ ही औरतों के विशेष अंगों के गलत-सही इस्तेमाल, वैध-अवैध संबंधों या उनके निकटतम रिश्तों को लेकर बनाई गई हैं, तो उसमें हम क्या कर लेंगे ? हमें क्या सपना आता था कि एक दिन दलित और औरतें यों समाज में ऊपर आकर ऐसा नंगा-नाच मचाएँगे और हमें सुनना पड़ेगा कि दलित और औरतों को सरेआम अपमानित करने वाली भाषा, सवर्ण-सामंती पुरुष अहंकार का बेशर्म प्रदर्शन है। पहले वाली हैसियत होती, तो हम इनकी अक्ल दूसरी तरह ठिकाने लगाते। अब तो चिरौरी ही कर सकते हैं कि ऐसे अंकुश लगाकर भाइयो-माताओ, हमारी सर्वश्रेष्ठ पूँजी, यानी भाषा पर ऐसा डाका तो मत डालो कि आपसी बातचीत, गुस्से-प्यार के सारे मजे ही जाते रहें। हम शब्दों के लिए तरस जाएँ। हमारे पीढ़ियों से चले आते वे 'सुख' तो इन हरामजादों ने छीन लिए कि अंदर कमरे में एक या दो बाबू साहब किसी कच्ची दलित कली का दलन कर रहे हैं, उसकी चीखों का आनंद ले रहे हैं और उसका बाप या भाई बाहर धूप में मुर्गा बना है और दो लठैत चमरौधों से उसकी 'सेवा' कर रहे हैं। समय का फेर देखिए कि जो कल तक हमारा अधिकार था, वह

आज 'अपराध' बना दिया गया है। कल्पना कीजिए, जिस दिन दलित-औरतों वाली ये गालियाँ भी हमसे छीन ली जाएँगी, उस दिन भाषा कितनी दरिद्र, बेजान और ज़नानी रह जाएगी। हाय, 'बूम' जैसे शायर क्या अब सचमुच कूड़ेदान में डाल दिए जाएँगे, जिनके 'चमारीनामा' ने बरसों 'सभ्य समाज' का मनोरंजन किया था ? किसी को सूअर, कुत्ता, उल्लू, कहने में वह बात कहाँ, जो चमार या भंगी या चूहड़ा कहने में है। अब ये ससुरे बुद्धिजीवी पख निकाले हैं कि यह ब्रूटलाइजेशन (पाशवीकरण) की हद है कि आदमी को घृणित जानवरों से भी नीचे डाल दिया जाए...सो भइया, ये बारीक बातें तो हम जानते नहीं, सिर्फ इतना जानते हैं कि एक बार गधा-कुत्ता मंदिर में आ जाए, तो माफ कर देंगे, मगर इनके प्रवेश से जो अधर्म होगा, उसे संस्कारी आदमी कैसे बर्दाश्त करेगा ?

अक्सर अपने भीतर मैं एक प्रश्न का सामना करता हूँ : आखिर हमें ऐसी क्या जरूरत आ पड़ी थी कि अचानक दलित और औरतों की बातें करने लगे ? क्यों करने लगे ? वामपंथी राजनीति से प्रेरित क्या इतना ही काफी नहीं था कि हम शोषित, दमित वर्ग की लड़ाइयाँ ही चित्रित करते रहते और मध्यवर्गीय कर्तव्य-बोध को निभाए चले जाते। मार्क्सवादी सिद्धांतकारों के उद्धरणों की छाया में इस बात की भी खास चिंता नहीं थी कि अपनी कथा-कहानियों में हम जो दिखा रहे हैं, वह कितना वास्तविक यथार्थ है ? एक संघर्ष के बाद आदर्शवादी आशाओं का लाल सूरज सामने था ही। जो समस्याएँ सामने आती थीं, उन्हें बस्ते में बंद करके मान लेते थे कि क्रांति होगी, तो ये अपने-आप सुलझ जाएँगी। क्रांति भी दो-चार साल की दूरी पर ही दिखाई देती थी। सारा जोर शहरी क्षेत्रों से जुड़े मजदूरों पर था—खेतिहर या भूमिहीन किसान दूसरी-तीसरी प्राथमिकता में थे, लेकिन अब वामपंथी पार्टियाँ संसदीय चुनाव-प्रणाली का हिस्सा बनीं और उन्हें पहली बार जनता के सामने जाना पड़ा, तो गाँव-कस्बों की यह सचाई सामने आई कि रग-रग में घुसी वर्ण-व्यवस्था को समझे बिना, यहाँ वर्ग को संगठित नहीं किया जा सकता। दसियों वर्षों से जिन मजदूर बस्तियों में काम होता रहा है, वे सांप्रदायिकता के उभार के साथ ही धार्मिक आधारों पर बँट गईं। सद्‌भावी किताबी मानवीयता को वर्ण-संघर्ष ने एक झटके में ध्वस्त कर दिया। तब 'गलती सुधारी' गई कि शोषितों को, दलितों और औरतों के संदर्भ में भी समझना होगा। उधर अपनी उपेक्षा को दलित माफ नहीं कर पाए। जो मार्क्सवाद उनका सच्चा साथी और वैचारिक हथियार हो सकता था, उन्होंने उसी के साथ जुड़ने से इनकार कर दिया। उन्हें महसूस होने लगा कि मार्क्सवादी भी हिंदू वर्ण-व्यवस्था से मुक्त नहीं हैं—कॉमरेड बाहर क्रांति करता रहता है, उधर उसके घर में सत्यनारायण की कथा या करवा चौथ का व्रत चलता रहता है। जो सांप्रदायिक वर्ण-व्यवस्था उसके

घर में घुसी है, उससे आखिर कब तक वह बचेगा ?

तब क्या साहित्य में दलितों-औरतों की तरफ हमारा आना उसी 'गलती-सुधार' कार्यक्रम का हिस्सा था ? प्रायश्चित्त या फिर हजारों वर्षों के अपराध-बोध से प्रेरित होकर हमने दलितों को साहित्य-मंदिर में प्रवेश की उदारता का प्रदर्शन किया था ? हो सकता है, यह अनुकरणवृत्ति रही हो कि मराठी-तेलगू में दलित-साहित्य लगभग मुख्यधारा बन गया है और हम अभी तक बंगला-अंग्रेजी की देखा-देखी मध्यवर्गीय समस्याओं की ही जुगाली कर रहे हैं। यह उनकी जरूरत थी या हमारी अपनी ? पूरी दुनिया में अफ्रीकी, नीग्रो और लातीनी अमेरिकी साहित्य केंद्र में है और हम अभी भी यूरोप-अमेरिका के संपन्न समाजों की बौद्धिक बहसों को ही अपनी सचाई मानकर हवाई साहित्य लिखे चले जा रहे हैं। क्या इसी खोखलेपन से उबरने के लिए हम अपने दलित-साहित्य की तरफ आकर्षित हुए हैं ? और कि क्या हमें दलित-साहित्य की सचमुच जरूरत है ? क्या आज भी हम सैकड़ों वर्षों की तरह उनके बिना भी काम चलाए नहीं रह सकते ? सिर्फ किसी नई चीज़ के प्रति आकर्षण ही इसके पीछे हो, तो भी क्या जरूरत है कि हम इस फूहड़, कला-सौंदर्यविहीन, बदबूदार साहित्य को अपने बीच जगह दें और निरंतर इस आरोप का सामना करते रहें कि हमने ही उनकी यह हालत की है और अपनी बनाई इस तस्वीर को देखने में हमारी नानी मरती है ? "आखिर वे भी मनुष्य हैं" के इस प्रजातांत्रिक छद्म से हम मुक्त क्यों नहीं हो पाते ? क्यों हम निर्मल वर्मा, अशोक वाजपेयी की तरह अहंकारपूर्वक कह नहीं पाते कि "वे जहाँ हैं, वहाँ रहें। मेरे साहित्य को न उनकी जरूरत है और न मैं ऐसी कोई जरूरत महसूस करता हूँ...वे मेरे जनतंत्र का हिस्सा नहीं हैं।"–(भावार्थ)

मुझे लगता है कि दलित-साहित्य को अपने बीच लाना हमारी जरूरत भी है और मजबूरी भी। वह समय की अपरिहार्यता है। शायद हमने अपनी मध्यवर्गीय कथा-संभावनाओं को इस हद तक निचोड़ लिया है कि वहाँ अब कुछ भी नया नहीं बचा है। न आज वह मध्य-वर्ग रह गया है, न उसे बनाए रखने वाले मूल्य। वह राजनीतिक-सामाजिक भ्रष्टाचारों की ऐसी आत्महंता गिरफ्त में आ चुका है कि अपने भीतर झाँकने की फुर्सत ही उसके पास नहीं है। उसे लेकर हम दुहराव-भरे 'नॉस्टेल्जिया' का साहित्य ही लिख सकेंगे, क्योंकि वहाँ आगे बाजार के सिवा कोई भविष्य नहीं दिखाई देता। उसके सारे यूटोपिया मारे जा चुके हैं। सारे विज़न छीनकर उसे दृष्टि-विपन्न कर दिया गया है। इस अनुत्पादक मध्य वर्ग के बासी शोक-गीत या पश्चिमी विचारों की पाँचवीं-छठी प्रतिलिपियों के सिवा यहाँ साहित्य में देने के लिए हमारे पास नया कुछ भी नहीं है। इसी शून्य को भरने के लिए हमें औरतों और दलित-साहित्य की जरूरत है, ताकि कुछ तो ऊर्जावान और जेनुइन मिले। सड़े हुए खून को बदलकर नए खून की जरूरत भी इसे कहा जा सकता है।

'ऊबे हुए सुखी' समाज को स्वयं अपने इलाज के लिए दलित संजीवनी की जरूरत है। (लकवाग्रस्त लॉर्ड चैटर्ली की पत्नी कॉनी का अपने माली मेलर से 'ऊर्जा ग्रहण' करने की अनुगूँज ?)

दूसरी तरफ समाज और राजनीति में दलित-शक्ति के निर्णायक उभार ने इसे हमारी मजबूरी बना दिया है। उत्तर प्रदेश जैसी जगहों पर तो वे सत्ता के समीकरण अपने ढंग से तय कर रहे हैं। बिना उनकी शर्तें माने छः महीने उन्होंने वहाँ सरकार नहीं बनने दी। सारी नौकरशाही में कल तक जिन लोगों का एकछत्र वर्चस्व था, वे अब झख मार कर उन्हें बराबरी का हिस्सा और दिखावटी सम्मान दे रहे हैं। सारा सवर्ण समाज उन्हें लेकर डिफेंसिव (आत्मरक्षा) पर है। साहित्य में उन्हें जगह न दी जाए—यह आज संभव नहीं है। बड़े-बड़े चोटीधारी आचार्य आज समझा रहे हैं कि हम तो रैदास-हीरा डोम के ज़माने से ही उन्हें गले लगाते रहे हैं, प्रेमचंद-निराला तो उनके अपने ही हैं। हाँ, आज के दलित-साहित्य को लेकर वहाँ मामला इतना खुला नहीं है, वहाँ अभी भी साहित्य-नेता प्रवेश-परीक्षाएँ ले रहे हैं कि कितने नंबरों पर किसे कितना प्रवेश या स्वीकृति मिले। शायद इसका एक कारण यह भी है कि मराठी में दलित आंदोलन 100 साल के सामाजिक संघर्ष के बाद राजनीतिक शक्ति के रूप में विकसित हुआ। हिंदी प्रदेशों में वह पहले राजनीतिक शक्ति बनकर अब सामाजिक बदलाव में रूपांतरित हो रहा है। इसलिए साहित्य भी अभी प्रारंभिक प्रयासों जैसा ही है।

देखा गया है कि बेहद गरीबी, भुखमरी, अपमान और अभाव से गुजर कर जो आदमी सुख-सुविधा-संपन्न हो जाता है, उसकी दो मानसिकताएँ बन जाती हैं : वह या तो भयानक कंजूस, लोभी, शक्की और हर व्यक्ति को चोर-उचक्का समझने लगता है या फिर उदार, मानवीय, खुले दिल वाला हो जाता है, ताकि जिन कष्टों से वह खुद आया है, उनसे दूसरे तो मुक्त रह सकें। एक ही अनुभव उन्हें दो दिशाओं में जाने के लिए प्रेरित करता है। बी.जे.पी.के अध्यक्ष लालकृष्ण आडवानी और आज के प्रधानमंत्री इंद्र कुमार गुजराल—दोनों विभाजन की ट्रेजेडी से गुजरे और विस्थापित हुए हैं। दोनों की आत्मा में विभाजन के गहरे घाव हैं। आडवानी के लिए वे घाव हत्या, प्रतिशोध, विस्थापन, हिंसा और देश-काल को खंड-खंड करते चले जाने का वातावरण बनाने की प्रेरणा देते हैं, यानी विभाजन की पृष्ठभूमि ने उन्हें सांस्कृतिक ड्राकुला (नरभक्षी) बना दिया है, तो गुजराल भाईचारे, एकता, मानवीय संवाद की कोशिश करते हैं। शायद वे उस खूँखार अनुभव को दुहराना नहीं चाहते, जबकि आडवानी न खुद उससे बाहर निकलना चाहते हैं, न देश को निकलने देना चाहते हैं—वे चंगेज खाँ की तरह बार-बार धार्मिक 'दिग्विजय' पर निकलते हैं। भेड़ियों, सियारों,

चील-कौवों के लिए खुशी और जश्न की सूचना है कि वे फिर भारत-व्यापी रथ-यात्रा पर निकल चुके हैं—याद है, उल्लुओं का वार्तालाप और चंगेज खाँ के अभियानों का प्रसंग..."हुजूर, आपके रहते उजाड़ों की क्या कमी ?"

इधर पत्रकारिता और साहित्य के संबंधों को लेकर लगातार बहसें-गोष्ठियाँ हो रही हैं। पत्रकारिता सचमुच इस समय संकट में है। पत्र-संचालकों और मालिकों के आदेश हैं कि पत्रकारिता को अगर अंतर्राष्ट्रीय स्तर पर लाना है, तो साहित्य के मोह से मुक्त होना पड़ेगा। पाठकों को साहित्य की कोई ज़रूरत नहीं है। वह सिर्फ वहाँ काम करने वाले साहित्यकारों का अपना बुखार है। उधर साहित्यिक दुनिया का आरोप है कि अधिकांश पत्रकार साहित्य की दुनिया से आते हैं, उन सभी को साहित्यकार होने का भ्रम है। वे या तो साहित्य की एकदम उपेक्षा करते हैं या फिर आत्मप्रशंसात्मक दोस्त-साहित्य देते हैं—उन्हीं की गोष्ठियाँ, उन्हीं की पुस्तकें, उन्हीं पर लेख। यह साहित्य के साथ विश्वासघात है और इसमें हर पत्रकर की बराबर की जिम्मेदारी है।

मुझे लगता है, हिंदी पत्रकारिता में साहित्य को लेकर चिंताएँ कुछ ज़्यादा ही हैं। शायद यह उसके वयस्क न हो पाने की निशानी भी है। सही है, पत्रकारिता और साहित्य आपस में सबसे निकट हैं और एक के बिना दूसरे की बात नहीं की जा सकती है। पत्रकारिता अपनी भाषा, सोच, दृष्टि के लिए एकमात्र साहित्य पर ही निर्भर है। वह उसकी माँ है। भारतेंदु-द्विवेदी युग में तो साहित्यकार-पत्रकार का ऐसा विभाजन भी नहीं था। मगर अब सवाल यह भी उठता है कि पत्रकारिता अपनी माँ से नाल काटकर स्वतंत्र हो सकने की जिम्मेदारी (जोखिम ?) क्यों नहीं उठाना चाहती ? वह क्या जिंदगी-भर 'माँ की बेटी' ही बनी रहेगी ? सही तो यह होता कि पत्रकारिता आगे बढ़कर अपने संबंध राजनीति, अर्थशास्त्र, समाज-विज्ञानों और विज्ञान-टेक्नॉलॉजी से परिभाषित करती। वह क्यों साहित्य-मात्र से ही चिपकी रहना चाहती है ? उसकी चिंताएँ वृहत्तर सांस्कृतिक-सामाजिक शक्तियाँ होनी चाहिए, शायद तभी उसमें वह तटस्थता आएगी कि साहित्य के साथ अपने संबंधों की गहराई को महसूस कर सके...आखिर पत्रकारिता को स्वतंत्र व्यक्तित्व देने में सिर्फ साहित्य का ही तो योगदान नहीं है—वहाँ राजनीति, अर्थतंत्र, सूचनाव्यवस्था सभी तो हैं। शायद उसे सबसे पहले साहित्य से ही स्वतंत्र होने की जरूरत है...

मेरी कुछ बातों को लेकर पता नहीं कैसे, यह धारणा बन गई है कि मैं कविता-विरोधी हूँ। शायद इस तरह के कुछ वक्तव्यों को तोड़-मरोड़कर पेश भी किया गया। मान लीजिए, मैं सड़े खाने को फेंक देने की बात करता हूँ या मनुष्य-ज़ीवन के लिए घातक

मानता हूँ, तो क्या मुझे 'भोजन-विरोधी' कहा जाएगा ? एड्स और कैंसर रोगों में जर्जर काया से छलनी मरीज को लेकर मृत्यु की आशंका या उचित दूरी बनाए रखने का डॉक्टरी आग्रह 'मानव-विरोधी' होना कैसे है ? हिंदी-कविता के जिस रस और रहस्य-संप्रदाय को आई.टी.ओ. होते हुए 'भारत-भवन' नाम के कब्रिस्तान तक जाना है, उसे देखकर उत्सवित न होना क्या सचमुच 'कविता-विरोधी' होना कहा जाएगा ?

मेरी तेरी उसकी बात, 'हंस', जून 97

मेरा दरबार

जुलाई 97 के इस अंक के साथ 'हंस' अपने मासिक प्रकाशन के ग्यारह वर्ष पूरे कर रहा है। जाहिर है कि सबसे पहले तो मुझे अपने लेखकों और रचना-सहयोगियों का ही धन्यवादी होना चाहिए, जिनके कारण 'हंस' को जीवंत, विचारोत्तेजक और लगभग अनिवार्य साहित्यिक-पत्र होने के आरोपों और प्रशस्तियों से नवाज़ा जाता रहा है। इन ग्यारह वर्षों में शायद संपादक के नाते मैंने यह अधिकार भी खुरच ही लिया है कि आज उस मुद्दे पर बात करूँ, जो मेरा व्यक्तिगत तो है ही, साहित्य समाज का अपना भी है।

मित्रों का खयाल है कि 'हंस' एक ऐसा षड्यंत्र-कक्ष है, जहाँ हर समय किसी को उठाने-गिराने, पटाने-मिटाने की खुराफ़ातें होती रहती हैं। उनके हिसाब से 'हंस' एक अपराध-डैन (माँद) है, जहाँ काला चश्मा चढ़ाए, पाइप फूँकता एक माफिया-डॉन ठेठ फिल्मी अंदाज में साहित्यिक जालसाजियों का संचालन करता रहता है। सब मिलाकर यह कि मैं पत्ते फिट करने में भयानक उस्ताद आदमी हूँ। हाँ, जैसे-तैसे 'हंस' को ग्यारह साल चलाए रखने की 'चतुराई' के सिवा यह आज तक कोई नहीं, विश्व-निंदक योगेश गुप्त भी नहीं बता पाया कि ये पत्ते मैंने कहाँ फिट किए या अपने को कहाँ धँसा दिया ? 'हंस' में आने वालों को वे नाम देते हैं 'दरबारदारी'। यह मुझसे अधिक मित्रों का अपमान है। सोचता हूँ कि क्यों न इस 'दरबारी-संस्कृति' पर ही इस बार विचार कर लिया जाए।

शानी की शिकायत ही यह थी कि मैं 'अक्षर' में हमेशा दरबार लगाए बैठा रहता हूँ। दो-चार तो होते ही हैं। एक दूसरे मित्र ने 'अक्षर' (अब के 'हंस' से पहले) को नाम दिया था—'छज्जू का चौबारा'—बैठो, चिलम फूँको, दुनिया-जहान की गप्पें हाँको और चल दो। आदमी अकेले में और आत्मीयता से बात करने न जाने कहाँ से चला आ रहा है और देखता है कि यहाँ कोई मौक़ा ही नहीं। आरोप कुछ हद तक सही है। कुछ लोगों से आप एकांत में और निश्चिंतता से बातें करना चाहते

हैं। बीसियों व्यक्तिगत, व्यावसायिक या वैचारिक मुद्दे होते हैं, जिन पर आप तीसरे के सामने नहीं बोलना चाहते। इस तरह 'भीड़' में मिलकर मुझे खुद बहुत असंतोष होता है। मूलतः मैं भी दो व्यक्तियों के खुले आपसी संवाद वाला व्यक्ति हूँ, लेकिन मुसीबत यही है कि अगर कोई नहीं आता, तो मैं बोर होने लगता हूँ। 'हंस' के लोगों को भी बेचैनी होती है। चाहता हूँ कि कोई आए। क्या यह सिर्फ 'अच्छा' लगना ही है या इससे कहीं मेरे अहं की तृप्ति होती है ? मेरे पिताजी को जिस दिन अकेले बैठकर खाना पड़ता था, वे थाली में रोटियाँ और कटोरियाँ ज़ोर-ज़ोर से पटकते थे; कैसा मनहूस दिन है कि अकेले बैठकर रोटियाँ निगल रहे हैं। हमेशा दो-चार तो होते ही थे, लेकिन वे सस्ते दिनों और सामंती विश्वासों के आदमी थे। मैं तो हमेशा उनसे उबरने की ही कोशिशों में लगा रहता हूँ। छाती फुलाकर हम उन लोगों की बातों का चाहे जितना गुणगान करें, मगर वहाँ न जाने कितनी बातें थीं, जो अमानवीय और सामनेवाले के लिए अपमानजनक थीं। तब क्या इस बैठकबाज़ी के रूप में मेरे भीतर भी उस संस्कृति की ही तलछट बची रह गई है ?

मैं कहता हूँ कि लोग मुझे अच्छे लगते हैं, पढ़े-लिखे और बेपढ़े, अफ़सर और व्यापारी, लेखक और कलाकार, शोधार्थी और पाठक—वे सब, जिनके बीच कहीं कोई स्वार्थ नहीं है। अगर है, तो सिर्फ मुझमें या लिखने में दिलचस्पी है, या जिन्हें कोई मानवीय समस्या, अनुभव बेचैन किए हैं। यह मेरे भीतर के सामंत की भूख है या यशोकामी लेखक की मान्यता की चाह ? अच्छा मुझे क्या लगता है ? लोग खुद, या उनका मेरे यहाँ आना ? अगर कारण आर्थिक या भौगोलिक दूरियों का न हो, तो मैं खुद उनके यहाँ पहुँचता हूँ, सभाओं और गोष्ठियों में जाता हूँ। शायद मेरे लिए इससे फ़र्क नहीं पड़ता कि कौन कहाँ और किस कुर्सी पर बैठा है। वह गूँगा-बहरा मैकेनिक भी हो सकता है और हरियाणवी में छंद लिखकर मीटिंगों-पार्टियों में गाने वाला जमादार भी (जिसे मैं 'माई-बाप' कहता हूँ और वह मुझे 'माई-बाप' कहता है); वह मगध-मराठा-गुजरात का वाइस चांसलर और गवर्नर या चीफ-सेक्रेटरी भी हो सकता है और बीस-पचास करोड़ का उद्योगपति भी; वह साधु, मुनि, नवाब, राजा, नेता, मंत्री, प्रेस-मालिक, बाइण्डर, वेश्या, सेल्समैन या फिल्म डायरेक्टर, प्रोड्यूसर—कुछ भी हो सकता है। मैं अपने को उन क्लर्कों और तथाकथित अफसरों की टुच्ची मानसिकता का शिकार नहीं बनाना चाहता, जहाँ आप चाहे भीतर बैठे क्रिकेट-कमेण्ट्री ही क्यों न सुन रहे हों, लेकिन मिलने वाला बिना चिट भेजे या 'औक़ात के मुताबिक'...प्रतीक्षा किए आपके दर्शन ही न कर सके। काम की बात कीजिए और बाहर...मैं साहित्यकार, लेखक और गोष्ठीबाज आदमी हूँ और पहली फुर्सत में ही 'अपनों' के बीच होना चाहता हूँ। हाँ, यह जरूर चाहता हूँ कि लोग तीन-चार बजे के बाद ही आएँ। लगभग बारह बजे तक मैं अपना लिखने-पढ़ने का काम करके 'अक्षर' (हंस) पहुँचता हूँ। दो-एक घंटे यहाँ का काम देखना भी जरूरी है, ताकि

ठौर बना और चलता रहे।

और यहीं मैं यह भी बताना चाहता हूँ कि दरबार, गोष्ठी और बैठकबाज़ी में अंतर है। जो लोग सामंती ज़हनियत से बाहर नहीं आ पाते, उन्हें शायद कभी आत्म-विश्लेषण की जरूरत नहीं महसूस होती। वे फायनैलिटी में यानी अपने निकाले हुए फ़ैसलों को ही अंतिम सत्य मान कर परम-संतुष्ट हैं। पोज़ीशन, स्टेटस या सीनियर-जूनियर की सोच में बंद ये लोग सिर्फ अपनी ही निगाह से, और केवल अपने लिए दुनिया को देखते हैं। जो कुछ उनके लिए नहीं है, वह व्यर्थ और फालतू है। पूरी दुनिया को सिर्फ उन्हीं के लिए करना है, उनके पास इतना बेकार वक्त कहाँ है कि दूसरों के लिए कुछ सोचें या करें–अगर कोई उम्मीद करता है, तो वह लामुहाला उल्लू का पट्ठा, गधे का बच्चा या सूअर का मूत वग़ैरह-वग़ैरह है। जैसे ही मतलब साधने में सहायक हुआ कि फिर से महान्‌ होने लगता है। दूसरों में लेखकीय संवेदना, निगाह या दयानतदारी की माँग करते हुए ये लोग अपने से बाहर किसी से जुड़े नहीं हैं। शायद ऐटम-बम भी गिर जाए और इनका घर बचा रहे, तो इनके लिए न तो वह कोई सामाजिक समस्या है, न मानवीय। वह तभी समस्या बनेगी जब...खैर, ऐसे लोगों के लिए कोई भी फ़तवा देना बहुत आसान है।

मेरे ख़याल से दरबार वह होता है, जहाँ या तो लोग अपना कोई काम करवाने आते हैं या फिर काम के लिए अटकाए जाते हैं। दोनों पक्ष जानते हैं कि कौन, कहाँ किस काम से है या किस काम का है। ऐसे लोगों को आप कहीं भी देख सकते हैं–सेठों के यहाँ, अफ़सरों-संपादकों के यहाँ, राजनेताओं, फिल्म और दूरदर्शन निर्देशकों के यहाँ। बातें वहाँ या तो स्वार्थ की होती हैं या अपनी प्रशस्ति की। जो ये दोनों काम नहीं करता, उसे आसानी से कमरे से बाहर निकलवाया जा सकता है। वहाँ तो सिर्फ विरुदावलियाँ सुनने या अपने वचनामृत से कृतार्थ होने वालों की ही ज़रूरत है। सलाम लेने और सलाम बजाने वालों की मजलिस को कहते हैं 'दरबार' ...मैं प्रायः शुरू में ही स्पष्ट कर देता हूँ कि परिचय और मैत्री से बाहर जाकर न तो मैं किसी का कोई काम करा सकूँगा, न करना पंसद करूँगा जब तक मजबूरी न हो, मुझे खुद अपने काम के लिए दूसरों के यहाँ हाज़िरी बजाना अच्छा नहीं लगता। अक्सर मैं ऐसी जगहों पर दूसरों के ही कामों से गया हूँ। यों बुकिंग क्लर्क से लेकर मंत्रियों तक के पास जाना तो पड़ता ही है–उनकी पोजीशन की नाज़बरदारी भी करनी पड़ती है। कमलेश्वर यहाँ दो साल दूरदर्शन का अतिरिक्त महानिदेशक रहा। मेरे यहाँ आना उसकी हेठी थी और मुझे कोई ऐसा काम नहीं पड़ा कि उसके पास जाना जरूरी लगता। व्यस्त दोनों ही थे, इसलिए भेंट ही नहीं हो पाई।

जिन्हें सब कुछ चाहिए, रातों-रात चाहिए, दरबार की जरूरत उन्हें पड़ती है। महत्त्वाकांक्षी व्यक्ति दूसरों को सिर्फ उपयोगिता के लिए पहचानता है। खुद कितना उपयोगी है, इसी से दूसरों के प्रति अपना रवैया तय करता है। मैं न किसी को पैसे

की दृष्टि से कुछ दे सकता हूँ, न पद और प्रभाव का फ़ायदा पहुँचा सकता हूँ। मेरे पास ये अर्हताएँ हैं ही नहीं। पिछले दिनों मेरी बेटी की शादी थी और जिस उत्साह से मित्रों ने सहयोग दिया, सँभाला और शामिल हुए, वह खुद मेरे लिए बेहद रोमांचकारी अनुभव था। इन दस-बारह वर्षों से 'हंस' की गोष्ठियों में जिस आत्मीयता से मित्र शामिल होते रहे हैं—वह मुझे ऊर्जावान बनाता है। न मैं सेठ, न अफसर, न मंत्री। न किसी के फायदे का, न नुकसान का। न खरीदने की औक़ात, न तरक्की की ताक़त, आज 'हंस' भी तो मित्रों के बल पर ही चल रहा है, मगर मैं सिर्फ मैत्री के आधार पर 'हंस' में कोई रचना भी नहीं छपा सकता।

हाँ, तो मैं कह यह रहा था कि दरबार की शोभा हमेशा उपयोगी आदमी ही होता है, "कहिए, मैं आपके लिए क्या कर सकता हूँ ?" के कहे-अनकहे अनुबंध से जुड़ा। सामंत को प्रशस्ति और अहंकारतृप्ति चाहिए; नेता, मंत्री अफसर, या सेठ को काम के आदमी। अगर आप ये ज़रूरतों पूरी नहीं करते, तो वहाँ क्यों कुर्सी तोड़ रहे हैं ? और कुछ नहीं कर सकते, तो 'हाँ' में 'हाँ' ही मिलाइए। मैंने कैसी खूबसूरत और मौलिक बात कही है, इसी पर वाह-वाह कीजिए, वरना मेरे पास बर्बाद करने को समय नहीं है। आप जाते हैं या फिर मैं चपरासी को बुलाकर रास्ता दिखाऊँ ? अपना विरोध सुनने के लिए आप जैसे दो कौड़ी के आदमी को बर्दाश्त नहीं करूँगा—आप पद, प्रतिष्ठा, पृष्ठभूमि, पुस्तकों की संख्या—किसी में भी तो मुझसे सीनियर नहीं हैं।

मेरे पास आने वाले इनमें से एक भी शर्त पूरी नहीं करते। वे खुद जानते हैं और इसीलिए इतने अधिकर या संकोचहीन ढंग से आ धमकते हैं—दिल्ली और देश के न जाने किन जाने-अनजाने भागों से। न तो मेरे यहाँ के दरवाजे इतने छोटे हैं कि झुककर ही आना पड़े, न मेरी कुर्सी इतनी ऊँची है कि सामने वाले को फ़र्श पर बैठा महसूस कराया जा सके। हाँ, कुर्सी सिर्फ घुमती है, ताकि सबको सामने बराबरी पर और सीधे देख सकूँ। अक्सर तो आने वालों के लिए मैं होता भी नहीं हूँ; सिर्फ मेरा टेलीफोन, चाय और बैठने की कुर्सी होती है। वे आपस में ही दुनिया-जहान की समस्याएँ तय करते रहते हैं। मैं उनकी बहसों में हिस्सेदार रहूँ, यह भी वे ज़रूरी नहीं समझते। सब जानते हैं कि अपनी रचनाओं पर, अपने-आप या अपने परिवार पर बोलना प्रायः मेरी बातों के विषय नहीं होते। अपने-आप को कहीं-न-कहीं धँसाने, फिट करने या प्रोमोट करने को अभी तक तो मैं घटियापन ही मानता रहा हूँ। जो मेरी प्रशंसाएँ और श्रद्धा-सुमन लेकर आते हैं, वे भी कुछ क्षणों में ही भूल जाते हैं और बराबरी से पुराने दोस्तों की तरह, बल्कि कभी-कभी तो उद्धत होकर व्यवहार करने लगते हैं। शानी और गिरिराज जैसों को दूसरी शिकायत यही है कि मैं कैसे बर्दाश्त कर लेता हूँ कि ये कल के छोकरे ऐसा व्यवहार करने की जुर्रत करें ! मैं यही कहकर टाल देता हूँ कि यार, वह स्नॉबरी मुझसे निभती नहीं है। न यह मंदिर

है, न अदालत। मैं देवता और जज–दोनों होने से बचना चाहता हूँ। अगर 'इज्जत' सिर्फ ऐसी ही दूरियाँ बनाए रखने से मिलती हो, तो न मिले साली...मानवीय संवेदना, भावना और बराबरी अगर सिर्फ बातें ही नहीं हैं, तो उन्हें कहीं तो व्यवहार में भी झलकना चाहिए...अगर दूसरों को छोटा बनाकर ही मेरा बड़प्पन सिद्ध होता हो, तो मुझे इस कुंठा से भगवान बचाए...

हाँ, कभी-कभी यह ज़रूर लगता है कि इस बढ़ती हुई गोष्ठीबाज़ी के अर्थशास्त्र और समय शास्त्र को क्या मैं बर्दाश्त कर सकता हूँ ? क्या 'हंस' की स्थिति और मेरी उम्र इन ख़र्चों की आज्ञा देती है ? क्या कोई ऐसा विकल्प हो सकता है कि ऐसी ही खुली, उन्मुक्त, बेबाक़ जगह हो, जहाँ कोई भी निस्संकोच और निर्बंध होकर आ-जा सके, दुनिया-जहान की बातें कर सके, लड़ सके और प्रेम कर सके...? मेरे कुछ पैसेवाले दोस्तों ने अनेक बार चाहा कि महीने-पंद्रह दिनों में उनके खर्चे पर ऐसी किसी गोष्ठी की शुरुआत की जाए, जहाँ सब लोग आएँ और किसी एक विषय या पुस्तक पर चर्चा हो... या कुछ न करें, सिर्फ मिलें। खाएँ-पीएँ। हर बात किसी केंद्रीय स्थान के न होने पर टूट गई। फिर ऐसी जगह शायद कुछ लोग आना पसंद न भी करें...

दिल्ली की शायद आज सबसे बड़ी तकलीफ़ ही यह हो गई है कि कोई ऐसी केंद्रीय जगह नहीं बची, जहाँ सब लोग खुले मन से घंटा-दो-घंटा बैठ सकें। पहले था 'जनपथ कॉफी-हाउस'। सारे चित्रकार, नाटककार, साहित्यकार वहाँ होते थे, सबसे 'अनायास' ही भेंट हो जाती थी और लोग दो-दो, चार-चार घंटे बैठे रह सकते थे। कोई विशेष बात करनी होती, तो आस-पास कहीं चले जाते, फिर वापस आने के लिए। न दरबार की अनुभूति, न किसी एक के ऊपर आर्थिक बोझ। फिर हुआ 'टी-हाउस' और 'जनता कॉफी हाउस'...अब उनकी छोटी-सी याद में रह गए हैं श्रीराम सेंटर और मोहन सिंह पैलेस के चारतल्ले वाला कॉफी हाउस। शायद अभी भी वहाँ कुछ लोग गाहे-ब-गाहे जाते हों। श्रीराम सेंटर मुख्य रूप से रंगकर्मियों का अड्डा है और मोहन सिंह पैलेस कॉफी हाउस वालों ने केवल श्री विष्णु प्रभाकर से मैत्री-करार किया हुआ है कि दिल्ली में होंगे, तो वहाँ आना ही पड़ेगा...सो 'मलबे के मालिक' की तरह बेचारे वहाँ होते हैं...महँगाई है, दूरियाँ हैं, सबको अपने-अपने घरों को दस-बीस-तीस किलोमीटर की दूरी तय करनी है–ये सारे तर्क किसी केंद्रीय और लोकतांत्रिक मिलन-स्थल के न होने से पैदा हुई सफ़ाइयाँ हैं, वरना मिलने की भूख तो इसी से जाहिर है कि छोटी-से-छोटी गोष्ठी या समारोह में सौ-डेढ़ सौ लोग आ ही जाते हैं। कॉफी, टी-हाउसों के ज़माने में ऐसे आयोजनों में पच्चीस-पचास से ज़्यादा नहीं होते थे...कितना इत्मीनान और बेतकल्लुफी थी कि शाम को फुर्सत से उन साहब से मुलाकात हो ही जाएगी। न किसी के घर जाने की झिझक, न किसी के लिहाज़ की मजबूरी...खीझ, झुँझलाहट, खलिश या खुशी मुफ़्त में...साले न जाने कौन-कौन

लोग आकर कॉफी पी जाते हैं...या फिर एक हिंस्र संतोष : कैसा बनाया, बहुत लगाते थे अपने-आपको...अब तो शादी, गोष्ठी और मृत्यु ही मिलन-बिंदु होकर रह गए हैं।

कॉफी हाउस पूरी दुनिया के बड़े शहरों में केवल मिलने-जुलने की जगह ही नहीं, बाकायदा एक विचार और संस्था के रूप में उगे हैं—समानधर्मा क्लबों से अधिक लोकतांत्रिक। हो सकता है, शुरू में कुछ लोगों के लिए वहाँ जाना फ़ैशन रहा हो, आज की जिंदगी की तो बहुत बड़ी ज़रूरत वे पूरी करते रहे हैं, क़स्बों में पान और चाय की दुकानों की तरह। कलकत्ता, लखनऊ, इलाहाबाद में ये आज भी सारी बौद्धिक हलचलों के केंद्र हैं। साहित्य, कला, राजनीति के न जाने कितने मसले, आंदोलन, वाद और विचार इन्हीं कॉफी हाउसों से निकले हैं। न जाने कितनी दोस्तियाँ और दुश्मनियाँ यहाँ निभाई गई हैं और बे-पता लोगों के स्थायी पतों का काम निकाला है इन बेचारों ने। अपने समय के बड़े-से-बड़े बुद्धिजीवी, राजनेता, आंदोलनकारी, कलाकार, साहित्यिक यहाँ बरसों बैठते रहे हैं—कृतियाँ उछाली और गिराई गई हैं। चित्रकार हुसैन और अपने प्रधानमंत्री गुजराल दिल्ली के कॉफी हाउसों के स्थायी पंछी रहे हैं। मुझे नहीं पता कि चीन के मंदरीनों (मैंडेरीन) की स्थिति क्या थी। शायद पूर्वी सभ्यताओं में मंदिर, मठ ही सारी आध्यात्मिक, बौद्धिक और सामाजिक हलचलों के केंद्र रहे हैं—यहीं बैठ कर मठाधीश पाठशालाएँ चलाते थे, नियम और नीतियाँ जारी करते थे, यहीं शास्त्रार्थ और धर्म-चर्चाएँ होती थीं, नए झगड़े होते थे, पुराने निपटाए जाते थे। हो सकता है, ये अलाव, चौपाल या पंचायत—सभी का काम करते रहे हों। (बाद में तो उच्च कुलीनों की संसद और उनकी भाषा ही 'मंदरीन' कहलाने लगी) भारत, मॉरीशस जैसी जगहों में तो ये गुप्त बैठकें प्रतिरोध और विद्रोह के केंद्र रहे हैं। चौपाल में तो कभी किसी का अहं या अपना संकोच बीच में आ सकता है, मंदिर में (उससे भी अधिक बच्चन जी के शब्दों में मधुशालाओं) में तो सभी बराबर हैं। पश्चिम में, खासकर फ्रांस में यह काम किया 'सैलूनों' और इंग्लैण्ड की 'पबों' ने। जैसे-जैरे गिरजाघरों की सामाजिक पकड़ ढीली होती गई, ये या ऐसी ही लोकतांत्रिक संस्थाएँ उभरने लगीं। हो सकता है, इन सैलूनों की मालकिन कोई रईसजादी रही हो, मगर फ्रांसीसी राज्य-क्रांति के बाद यह ज़रूरी नहीं रह गया कि वहाँ जाना मालिक या मालकिन को सलाम बजाना ही है। शायद यही कारण है कि बड़े-से-बड़े चित्रकार, लेखक, पत्रकार, राजनेता, विचारक या शासक इन सैलूनों में नियमित जाने और बैठने वाले लोग रहे हैं। खुद नेपोलियन, जोला, फ्लोबेयर, गोगाँ, सैज़ाँ एक ही सैलून में बैठे हैं। कला और साहित्य के विश्व-व्यापी आंदोलन वहीं से शुरू हुए हैं। दशकों तक ये सबसे अधिक लोकतांत्रिक और सैक्यूलर जगहें थीं।

पत्रिकाओं और प्रकाशकों के दफ्तर दूसरी ऐसी जगहें थीं, जहाँ से बौद्धिक-सांस्कृतिक गतिविधियाँ शुरू, संचालित, नियंत्रित होती थीं। बंगाल और हिंदी-प्रदेश के न जाने कितने साहित्यिक वाद-विवाद, अड्डेबाजियाँ, मैत्री, दुश्मनियाँ आज भी किंवदंतियों की

तरह याद की जाती हैं। हिंदी में अंतिम अड्डेबाज थे 'राजकमल' के ओंप्रकाश और बाद में 'चुने हुओं' के लिए शीला संधु। ऐसे संस्थानों की जीवंतता की निशानी ही होती है कि वह कितनी हलचलों के केंद्र हैं।

बंगाल में आज भी अड्डेबाजी की परंपरा है। शाम को मुहल्ले के किसी एक घर के सामने या बैठक में एक-उम्र के सब लोग मिलते हैं, घंटा-दो घंटा बैठते, गप्पें मारते हैं। इसे वहाँ कहा जाता है 'अड्डा मारना'। यहीं दुनिया-भर की बहसें, लंतरानियाँ, साहित्य-कला-राजनीति के व्यक्तिगत स्कैण्डलों तक की बखिया उधेड़ी जाती हैं, सामाजिक परिवर्तनों की योजनाएँ उठाई और दफ़नाई जाती हैं, क्रांति करने की खिचड़ियाँ पकाई जाती हैं। आम बंगाली जब एक छोटी-सी बात को घटना या 'कांड' के रूप में घंटों नाटकीय ढंग से खींचता है, सारी मुद्राओं और भावाभिनय के साथ कहता या सुनता है, उद्वेलित या उत्तेजित हो जाता है, तो इन सबके पीछे इन्हीं अड्डों का प्रशिक्षण होता है। दस-पाँच लोगों के सामने वहाँ अपनी बात क़ो तार्किक या नाटकीय बनाकर प्रभाव डालना है। भाषा और अभिनय की संपूर्ण क्षमताओं का एक साथ इस्तेमाल करते हुए अपना सिक्का जमाना है। शायद यही कारण है कि कल्पनाशीलता और सामूहिक रूप से प्रभावित करने की कला में बंगाल आज भी लाजवाब है। बँगला लेखन की शब्द-स्फीति, या एक वाक्य की बात को दस-पचास वाक्यों में बयान करने की बीमारी की जड़ भी इन्हीं अड्डा-प्रशिक्षण में है। महफिलें भी अपने समय की सांस्कृतिक गतिविधियों का केंद्र रही हैं, मगर आज न तो वे अड्डेबाज़ी की तरह जीवंत हैं और न नियमित। आधुनिक और लोकतांत्रिक तत्त्व भी यहाँ गायब हैं। महफिल मूलतः एक तरह का प्रायोजन है। इसलिए वहाँ सहजता और स्वतःस्फूर्त हवा (स्पॉन्टेनियटी) नहीं रहती। महफिल के आयोजक, आमंत्रक या सदरे-महफिल की तरफ मिजाज-नवाज़ी का भाव भी बना ही रहता है। कोठेवाली महफिलें, अपेक्षाकृत ज्यादा लोकतांत्रिक रही हैं, मगर सब मिलाकर महफिलों के विषय-क्षेत्र बहुत सीमित हैं। इसलिए वहाँ बौद्धिकता और खुलापन होने का सवाल ही नहीं है। बहरहाल, अपनी सामंती रंगत के बावजूद संगीत, नृत्य, शायरी में महफिलों के योगदान को आज कौन नजरंदाज़ कर सकता है ?

जैसा मैंने कहा, चौपाल, अलाव, मंदरीन और अड्डेबाजी के मिले-जुले रूप में उभरते हैं—कॉफी हाउस। समूह में होने की आदिम जरूरत के तहत। दिल्ली की सांस्कृतिक जिंदगी में अगर आज उबाऊ एकरसता, जड़ता, संवादहीनता या अवरोध दिखाई देता है, तो निश्चय ही उसका एक कारण इस तरह के सामूहिक मिलन स्थलों का न होना भी है। हममें ही न जाने कितने ऐसे मिल जाएँगे, जो आज भी आह और हाय भरकर कॉफी-टी हाउसों को याद करते हैं। कैसी गहमागहमी, हलचलें, बहसें, लड़ाइयाँ इन स्थानों ने नहीं देखीं ? आज तो कोई जगह नहीं दिखाई देती, जहाँ चार आदमी बिना किसी पूर्व-निर्धारित कार्यक्रम या स्वार्थ के, एक जगह निर्द्वंद्व

बैठ सकें। किसी के घर में, किसी होटल में, पार्क में, गोष्ठी में—कहाँ मिलें ? अवचेतन में किसी एक पर भार डालने का बोझ भी होता है। प्रेस-क्लब जैसे स्थान खाने-पिलाने के अड्डे हैं, वहाँ आपकी मेज पर प्रायः वही होता है, जिससे एपॉइण्टमेण्ट हो। दूसरे आयोजनों में मिलना नहीं, सिर्फ देखना भर होता है। नतीजे में हम सबके व्यक्तित्वों के सामाजिक पक्ष, आपसी सरोकार गायब होते चले जा रहे हैं। लोग बात करना, बहस करना या किसी विचार को आगे बढ़ाना भूलते जा रहे हैं। अब तो इन सबकी जरूरत महसूस करने का दंश भी बंद हो गया है। क्या इसका प्रभाव हमारे सोच, हमारे लेखन पर नहीं पड़ रहा है ? आपस में मिलने-जुलने का न कोई वैचारिक सूत्र रह गया है, न दृष्टिकोण की एकता, न कोई आंदोलन, न सामाजिक क्षोभ...शायद शराब, अभिनंदनों और श्रद्धांजलियों के सिवा कुछ भी अब हमें आपस में नहीं जोड़ता ...अक्सर ही टाल जाते हैं, मिलने और समय बर्बाद करने से क्या फ़ायदा ? एक कटुता और ज़्यादा अलगाव की अनुभूति लेकर ही लौटना होगा...सबसे अच्छा यही है कि बीवी-बच्चों के साथ घर में बैठें या अपने में ही संतोष खोजें...

और अगर ऐसे माहौल में अपने निहायत-निहायत सीमित साधनों, यानी दो-चार कप चाय और कुर्सियों की कीमत पर मैं छोटा-सा 'द्वीप' बनाने की कोशिश करता हूँ, तो 'दरबारदारी' का अपराधी कैसे हूँ ? आरोप लगाने वाले बताएँ कि बरसों इस तरह के मिलने-जुलने के बाद भी मैंने उनसे कहाँ, क्या स्वार्थ साधा है, क्या क़सीदें पढ़वाए हैं और कब उनके कानों को अपनी कुंठाएँ उँड़ेलने का कूड़ादान बनाया है ? या यह सब स्वीकार न करनेवाले को कब कमरे से बाहर निकल जाने की धमकी या संकेत दिए हैं ? 'हंस' की इन बैठकों से चाहे कोई साहित्यिक आंदोलन, नए देशव्यापी शगूफ़े न निकले हों, मगर दिल्ली की दूसरी पत्रिकाओं की तरह वह 'काम करने की बंद जगह' भी नहीं है, बल्कि ऐसी जगहों की जड़ता, एकरसता और रोज़मर्रापन से ऊब कर ही लोगों को खुली बैठकों की ज़रूरत महसूस होती है।

क्या अब मैं कहूँ कि जहाँ भी चार लोग बिना किसी योजना, आयोजन, स्वार्थ और पद-पैसे की मानसिकता से मुक्त सहज लोकतांत्रिक भाव से मिलते हैं, अपने को दूसरे का हिस्सेदार बनाते हैं, वहीं मेरा दरबार होता है—किसी घर, कमरे, दफ़्तर में या खुले लॉन पर। कोई जरूरी तो नहीं है कि अपने हर दरबार में मेरी अपनी उपस्थिति ही ज़रूरी हो...

सामाजिकता की इस भूख को क्या व्यक्तिगत रूप से दूरदर्शनों से चिपके रहने और बेजान तस्वीरी-विज्ञापनों की उत्तेजनाओं में ही अपने समाधान खोजने होंगे ? 'एड्स' का अतिशयोक्तिपूर्ण आतंक आदमी को औरत से अलग कर दे और दूरदर्शन उसे शेष परिवार से काट कर अलग और अकेला बना दे—उस समय उसे मार सकना और मैनुपुलेट कर सकना कितना आसान है। यह अकेला ही सबसे बड़ा उपभोक्ता होगा। पूँजी और बाजार का यह षड्यंत्र हमें कहाँ ले जाकर मारेगा ? क्या अब कभी

कोई ऐसा झक्की और ज़िद्दी मंत्री, प्रधानमंत्री, अफसर या पैसेवाला आएगा, जो मंडी हाउस जैसी केंद्रीय जगह 'जनता' का इण्डिया इण्टरनेशनल सेंटर बना सके--ज़्यादा खुला और रचनात्मकता से ज़्यादा जुड़ा ? जगह की तंगी को देखते हुए वहाँ ऐसी बहु-मंजिली बिल्डिंग की बात सोची जा सकती है। जिसके एक तल्ले पर कॉफी हाउस हो, दूसरे पर गैलरी, तीसरे पर सभा-कक्ष। चौथे पर वाचनालय-पुस्तकालय और शेष व्यावसायिक, ताकि सांस्कृतिक गतिविधियों में रियायतें और छूटें दी जा सकें। काश, हज़ारों करोड़ के घोटाले वाला ही कोई 'प्रायश्चित्त स्वरूप' मठ-मंदिर-यज्ञ न बनवाकर सौ-पचास करोड़ में ऐसा ही संस्कृति-केंद्र बना दे ! डायनामाइट बेचने वाला जब नोबेल-संस्थान स्थापित कर सकता है; सारे चोर-डकैत धार्मिक-केंद्र बनवा सकते हैं, तो घोटाले-हवाले के पैसों से संस्कृति-केंद्र क्यों नहीं बन सकता ? आखिर समाजवादी देशों को छोड़कर बोर्जुआ-समाज में आज तक सारे गैर-सामाजिक स्रोतों के प्रवाह को वापस मोड़ने की प्रक्रिया में ही सामाजिक संस्कृतियों का विकास और संवर्धन नहीं हुआ है ?

लेकिन जब वह सब नहीं है, तो मेरे इस लघु-लघु दरबार को लंका-सेतु बनाने में गिलहरी के योगदान की बजाय सूरज के डूब जाने पर प्रकाश को बचाए रखने वाले मिट्टी के दीपक का प्रयास इसे नहीं कहेंगे ? 'थोड़ी-सी बेवफ़ाई' की तर्ज़ पर 'थोड़ी-सी सामाजिकता'...

मेरी तेरी उसकी बात, 'हंस', जुलाई 97

वह सुबह कभी तो आएगी...

पिछले दिनों रेडियो पर (दूरदर्शन में तो साहित्य-संस्कृति संबंधी ऐसी चर्चाओं की सारी गुंजाइशें ही समाप्त कर दी गई हैं) एक परिचर्चा थी 'हिंदी कविता और राष्ट्रीयता'। उसमें निर्मला जैन और अजित कुमार के साथ मैं भी एक घुसपैठिया था। बहस में कुछ अनदेखे मुद्दे सामने आए। गुलामी के दिनों में राष्ट्रीय भावना का अर्थ होता था अपने भूगोल और इतिहास की वंदना—कुछ नायकों का गुणगान, उनकी शौर्य-गाथाएँ। जाहिर है कि यहाँ 'राष्ट्रीयता' का अर्थ था अपने को संसार का सर्वश्रेष्ठ, सबसे महान्, सबसे अधिक प्रतिभावान और शूरवीर सिद्ध करना या इस महानता को नोचने वाले गिद्धों, विदेशियों को धिक्कारना। राष्ट्रीयता की इस परिकल्पना में सारे राष्ट्र को अखंड और एक ही नहीं बताया जाता था, उत्तर-भारत की हिंदी पट्टी (आर्यावर्त) को ही ऐतिहासिक-सांस्कृतिक संपदा का एकमात्र पर्याय सिद्ध किया जाता था। 'मानस भवन में आर्यजन जिसकी उतारें आरती' में न दक्षिण के अनार्य थे, न सीमावर्ती गिरिजन, न अपनी निचली धरतियों के हरिजन...आदर्श राष्ट्र में वर्णित 'रामराज्य' वस्तुतः वशिष्ठ के सपनों का ब्राह्मण-राज्य था, जिसमें शंबूकों के वध का विधान था, औरतों (सीताओं) को जलाने और घर से बाहर निकाल देने की शास्त्रीयता थी और यहाँ के मूल निवासी असुरों और राक्षसों का नाश वैसा ही क्षत्रिय-वीरोचित पराक्रम था, जैसा अमेरिकनों द्वारा रेड-इंडियनों का सफ़ाया 'वाइल्ड-वेस्ट' फिल्मों में गर्व से दिखाया जाता है। कविता में हम जिस राष्ट्र का आराधन कर रहे थे, उसे सबसे बड़ा धक्का तब लगा, जब हमारे भूगोल से बर्मा, लंका, नेपाल, पूर्वी-पश्चिमी पाकिस्तान निकाल दिए गए—अनार्यों और आर्यों की वास्तविकताओं का विश्लेषण किया गया और रांगेय राघव जैसे द्रविणों ने अपने राष्ट्रगान में विन्ध्याचल को अपना शीर्ष बताया, कृष्णा को मेखला और कन्याकुमारी को चरण। भूगोल के साथ ही सवाल उठे—किसका इतिहास, किसकी संस्कृति, किसके धर्म ? तभी सवाल यह भी उठा कि 'वंदेमातरम्' जिस आनंदमठ का राष्ट्रगान है उसमें अंग्रेजों के मुकाबले मुसलमानों के प्रति घनघोर

विद्वेष, घृणा नहीं है ? 'भारत भाग्य विधाता' कौन है, जॉर्ज पंचम या कोई अदृश्य 'राष्ट्र देवता' जिसके चरणों में हिमालय से लेकर यमुना-गंगा सभी अर्पित हैं। जब इकबाल ने कहा था कि "यूनान मिस्र रोम सब मिट गए जहाँ से, बाकी मगर है, अब तक नामो-निशां हमारा", तब क्या वे वास्तव में आर्य-संस्कृति की बात कर रहे थे या इस्लाम की ? गंगा के किनारे उतरने वाला काफ़िला इस्लाम का था या आर्यों का ? बुलबुलें बनकर हम अरबी-फारसी की शायरी से आए थे या यहीं के मोरों, कोयलों, तोतों का दूसरा नाम था ? क्योंकि यही इकबाल तो थे जिन्होंने "मुस्लिम हैं, हम वतन हैं, सारा जहाँ हमारा" कहकर अपने को 'सारे जहाँ से अच्छा' का संशोधन किया था और पाकिस्तान के अलग राष्ट्र की कल्पना की थी।

मगर ये कँटीले सवाल अपनी जगह हैं। सचाई यह भी है कि इन्हीं राष्ट्रगीतों को गाते हुए हजारों-लाखों लोगों ने श्याम लाल पार्षद के 'झंडा ऊँचा रहे हमारा' के संकल्प में अपने प्राणों का उत्सर्ग किया है, और देश की बलिवेदी पर 'वीर अनेक' मस्तक-विहीन हुए हैं।

हाँ, तो ऐसे ही कुछ असुविधाजनक, कहे-अनकहे सवालों के बीच यह प्रश्न भी आया कि स्वतंत्रता के बाद यानी भारत के गणतंत्र बनने के बाद हिंदी की मुख्य धारा की कविता में 'राष्ट्रीयता' का क्या रूप उभरा ? 'राष्ट्र न भूगोल है, न इतिहास, वह तो एक भावना या संस्कृति है' के सर्वव्यापी भोले आग्रह के बावजूद पुरानी राष्ट्रीय भावना, कवि सम्मेलनों, मंचों, सरकारी समारोहों और हिंदुत्व के बाजीगरों की शाब्दिक चतुराई में ही सिमट कर रह गई। हिंदी के किसी महत्त्वपूर्ण कवि ने उस रूप में राष्ट्र की आराधना नहीं की—अज्ञेय से लेकर मुक्तिबोध, रघुवीर सहाय और धूमिल तक। 'सावधान मेरी वीणा में चिनगारियाँ आन बैठी हैं' और आज खड्ग की धार कुंठिता औ 'खाली तूणीर हुआ' से होते हुए बालकृष्ण शर्मा नवीन ने जब नर को जूठे पत्ते चाटते देखा, उस दिन दुनिया-भर को आग लगाने की बात कहने लगे। गिरिजा कुमार माथुर को 'जीत की रात' में भी कहीं शंका का कीड़ा कुलबुलाता नजर आया, 'आज जीत की रात पहरुए सावधान रहना' या पंत को भारत माता का खेतों में फैला मैला-सा आँचल दिखाई देने लगा। कैलाश वाजपेयी को स्वतंत्रता शिला की तरह सिर पर गिरती हुई लगी...'मेरे नगपति, मेरे विशाल' के गायक दिनकर माँग करने लगे 'सिंहासन खाली करो कि जनता आती है' या 'दूध-दूध बच्चे रोते हैं। इन्हें दूध लाना ही होगा ?'

तो क्या ये सारे हिंदी कवि राष्ट्रविरोधी हो गए थे ? नहीं, वे सबसे अधिक प्रतिबद्ध राष्ट्रीय थे, राष्ट्रीयता इनके लिए प्रार्थना, भावना या उच्छ्‌वास नहीं, एक सचाई थी—एक ऐसी वास्तविकता थी, जिसे कवि और मनुष्य होने के नाते वे अनदेखा कर ही नहीं सकते थे। यह राष्ट्र के लिए भीतरी लगाव से उत्पन्न ऐसा विदारक दर्द था, जिसे शीर्षों पर बैठे राष्ट्रीयता का उत्सव मनाने वाले लोग देखना भी नहीं

चाहते थे। यह मनुष्यता की हवाई प्रशस्ति नहीं, जीते-जागते राष्ट्रीय मनुष्य की यातना थी। मैं तो कहूँगा कि ज़्यादा सच्चे अर्थों में राष्ट्रीयता यही थी, जो भूगोल, इतिहास के गौरव-गान में नहीं, राष्ट्रीय मनुष्य की गरीबी, दुख-दर्द, संघर्ष और गैर-बराबरी, शोषण, दमन के खिलाफ आम आदमी को वाणी दे रही थी। यह उस रचनाकार की पीड़ा थी, जिसने देश का विभाजन और राजनीतिज्ञों द्वारा आयोजित सांप्रदायिक दंगों को देखा था; जो दलितों, हरिजनों की बस्तियों का जलना या सामूहिक नर-संहारों के गवाह रहे थे, माँ-बहनों को घर में आग लगाकर मरते या हत्या और आत्महत्याओं में विकृत लाशों के दर्शन किए थे। जाहिर है—ये चिंताएँ और दर्द पाँच हजार साल का सांस्कृतिक कीर्तन करने वाले विद्यानिवास मिश्रों, नरेंद्र कोहलियों, कैलाश वाजपेयियों, शैलेश मटियानियों, शिवप्रसादों, अरुण शौरियों या पश्चिम की नृशंसताओं और वैचारिक-विमर्श में ही मुक्ति पाने वाले निर्मल वर्माओं और अशोक वाजपेयियों के अपने दर्द नहीं हो सकते। इस भारत का उनके लिए अस्तित्व ही नहीं है।

इसी सरोकार से 'हंस' के इस विशेषांक को शताब्दी के संदर्भ में पिछले पचास वर्षों पर केंद्रित करने की योजना बनी थी। स्वतंत्रता की स्वर्ण-जयंती का उत्सव तो सभी मनाएँगे, 'मगर किसे इस अंजुमन में याद ख़िलवत ख़ाना आता है ?' हमारे लिए यह अवसर समय-समाज से जुड़ी स्वतंत्रता के विभिन्न अर्थों और परिभाषाओं की पड़ताल और आत्म-विश्लेषण करने का है, भारत के नक्शे पर उभरती नई शक्तियों को रेखांकित करने का है, क्योंकि उन्हीं के साथ तो हम इक्कीसवीं सदी में प्रवेश करेंगे। ढोल-धमाकों से गूँजते, बरात के जश्नी माहौल में लकदक वर्दी और चमचमाते साज़ बजाते बैंड वालों के फटे पाँयचों वाली पतलूनों, धूलभरे बिवाई बिंधे नंगे पैरों की बात अगर रचनाकार नहीं करेगा, तो कौन करेगा ?

मेरी तेरी उसकी बात, 'हंस', अगस्त-सितंबर 97

खंड-खंड पाखंड

'हंस' के बारहवें वर्ष में प्रवेश पर हमारी वार्षिक गोष्ठी का इस बार विषय था, 'स्वतंत्रता : अवधारणा और परिभाषाएँ'। इस बहस के बहाने हम यही जानना चाहते थे कि स्वतंत्रता का अर्थ हमारे लिए इस शताब्दी में, विशेषकर पिछले पचास वर्षों में क्या रहा है ? राष्ट्र, समाज और व्यक्ति के संदर्भ में स्वतंत्रता किन रूपों में अभिव्यक्त हुई है ?

मैंने अपनी बात रूसो के इसी कथन से प्रारंभ की थी कि "मुनष्य स्वतंत्र पैदा होता है, लेकिन हर कहीं वह बंधनों से बँधा है।" इन्हीं बंधनों से मुक्त होने की प्रक्रिया में उसने इतिहास, संस्कृतियाँ और समाज बनाए हैं। जो है, उसे नियति और अंतिम न मानकर उन्हें तोड़ा है—उनसे मुक्त होकर नई स्वतंत्रताओं के क्षेत्र तलाशे हैं; यह निरंतर चलने वाली प्रक्रिया है। कभी यह प्रकिया झटकों और विस्फोटों में संपन्न हुई है, तो कभी अनजाने और अदृश्य रूपों में। कभी इसका वाहक 'व्यक्ति' रहा है, तो कभी समूह। भौतिक परतंत्रता और सामाजिक माया-मोह की शृंखलाओं से मुक्त होने की तड़प ने ही व्यक्ति को अध्यात्म और वैराग्य की 'स्वतंत्रता' के अनुसंधानों की ओर प्रेरित किया है। ये वे व्यक्तिगत यात्राएँ थीं, जहाँ से लौटकर आमतौर पर कोई नहीं आया, जो मुक्त हुआ, वह वहीं का होकर रह गया। मुझे लगता है कि इतिहास और समाज बनाने में इन 'जीवन्मुक्तों' का प्रायः कोई योगदान नहीं है। वे केवल 'महानुभावों' के उदाहरण बनकर हाशियों पर एक समानांतर क्षीण और निष्प्रभावी धारा की तरह अपने जैसों का निर्माण करते रहे, हाँ, उनमें से जो वापस समाज में लौटे, उन्होंने अपने 'विज़न' (स्वप्न) को वास्तविकता देने के लिए संप्रदायों और धर्मों की स्थापना की और अपने ढंग से इतिहास और समाज को गत्यात्मकता दी। कालांतर में अवरोध भी बने। बुद्ध, कबीर के बाद विवेकानंद ही ऐसे व्यक्तित्व हैं, जिन्होंने आध्यात्मिक ऊँचाइयों के दर्शन भी किए और समाज-समीक्षा में भी अपनी आक्रामक उपस्थिति दर्ज करायी।

स्वतंत्रता ऐसी आत्यंतिक अवधारणा नहीं है, जिस पर देश-काल निरपेक्ष होकर विचार किया जा सके। उसे समय और समाज के संदर्भों में ही समझा जा सकता है, इसलिए कामू ने कहा था–''स्वतंत्रता का अस्तित्व उतना ही है, जहाँ जो कुछ संभव है या जो असंभव है, के संदर्भ में उसे परिभाषित किया जा सके।'' आगे वह कहता है, ''स्वतंत्रता का अर्थ है सीमाओं और मर्यादाओं की समाप्ति'' और यहीं हम एक की स्वतंत्रता को दूसरे की गुलामी में बदलता देखते हैं। कुछ विशेष वर्गों (जो बाद में वर्ण बन गए), की स्वतंत्रता ने पाँच हजार सालों तक देश के बहुलांश को गुलाम बनाकर रखा, अपने अधिकारों की वैधता और स्थायित्व के लिए उन्होंने जो साहित्य-दर्शन रचे, उन्हें मानव मात्र का सार्वभौमिक और शाश्वत सत्य कहकर प्रचारित किया। इसीलिए अंबेडकर ने कांग्रेस की अभिजन बोर्जुआ स्वतंत्रता का विरोध करते हुए कहा था कि हिंदू-समाज की जिस व्यवस्था ने हम दलितों को पाँच हजार साल अमानवीय गुलामी के नरक में जीने को मजबूर किया, उसे अगर राजनीतिक निरंकुशता (स्वाधीनता) मिल गई, तो वे अगले पाँच हजार साल हमें उभरने नहीं देंगे। सवाल उठता है कि जिस हिंदुत्व के मंच से शौरी जैसे लोग अंबेडकर को 'देशद्रोही' कहते हैं, वे खुद उस समय कहाँ थे ? वे या तो राजा-रजवाड़ों के संरक्षण में सामंतवाद की आरती उतारते हुए हलुवा-पूड़ी डकार रहे थे या फिर तटस्थ बने अंग्रेजों की मदद करते हुए हिटलर के महामानव को अपना आदर्श घोषित कर रहे थे। वे न भगत सिंह जैसों के साथ थे, न गाँधी के आंदोलनों के साथ। यहाँ तक कि सामाजिक कुरीतियों, अंधविश्वासों और धार्मिक जड़ताओं जैसे 'परम सुरक्षित' समाज सुधार के कार्यक्रम भी उन्होंने नहीं चलाए। बेशर्मी की हद है कि आज वे ही दूसरों को 'देशद्रोही' कहने की हिमाक़त करें...

जिस तरह सवर्ण वर्चस्व की यानी कुछ की स्वतंत्रता, समाज के बहुलांश, विशेषकर दलितों और औरतों की गुलामी थी, उसी तरह अंग्रेजों की स्वतंत्रता, भारत जैसे देशों को अपना उपनिवेश बनाए रखना था। हमारी निगाह में 'हमारे गुलाम' और अंग्रेजों की निगाह में हम, दोनों ही बर्बर, निकम्मे, कमअक्ल; कायर थे और किसी भी हालत में स्वतंत्र होने लायक नहीं थे। गुलाम बनाए रखकर हम दोनों ही अपने-अपने गुलामों के (हित) कर रहे थे, क्योंकि यह गोरों और सवर्णों के सिर पर ईश्वर की तरफ से दी गई जिम्मेदारियों का एक बोझ था। मालिक पहले छल-बल से गुलाम को अयोग्य और ग़ैर-इन्सान बनाए रखता है और फिर उसके इन्हीं 'गुणों' को उसकी स्वतंत्रता के खिलाफ इस्तेमाल करता है, तब वह उदार और मानवीय होने का नाटक करता है–''हमें तो इसे स्वतंत्र करने में कोई आपत्ति नहीं है।'' यही भाषा थी हमारे लिए अंग्रेजों की और यही भाषा है हमारे पास दलितों-पिछड़ों और औरतों के लिए...वस्तुतः यह वर्चस्व और अधिकार न छोड़ने वालों की भाषा है, यह दूसरों की स्वतंत्रता छीनकर स्वयं सत्ता बन जाने वालों की स्वतंत्रता है। सत्ता और

वर्चस्व के खिलाफ अपनी स्वतंत्रता चाहने वालों की भाषाएँ अलग-अलग हो सकती हैं, मगर सत्ता की भाषा, ऊपरी नरमी-गरमी के बावजूद लगभग एक ही होती है। गरमी में वह जलियांवाला बाग करता है, तो नरमी में गोलमेज कॉन्फ्रेंस। सत्ता में सुई की नोक-भर जमीन न देने की जिद में मंडल के खिलाफ घर-बार फूँकता है, तो समझौते की उदारता में उसी 'आरक्षण' को अपने चुनावी घोषणा-पत्रों में सबसे प्रमुख स्थान देता है। स्त्री-आरक्षण के टुकड़े कर डालता है।

अठारहवीं और उन्नीसवीं शताब्दियों के दौरान यूरोप और ब्रिटेन के अंतःसंघर्षों, औद्योगिक-वैज्ञानिक क्रांतियों में लोकतांत्रिक मूल्यों-विचारों यानी आधुनिकता का विकास हुआ, वही मूल्य हमारी औपनिवेशिक गुलामी से मुक्ति की प्रेरणा भी बने। इस बीच भारत में पढ़े-लिखे, अपेक्षाकृत संपन्न अभिजनों का ऐसा वर्ग तैयार हो रहा था, जो राजनीतिक, शैक्षिक रूप से जागरूक था। विडंबना यह थी कि यूरोप ने, जनतांत्रिक मूल्यों को अपने यहाँ के सामंती समाज को अपदस्थ करके उपलब्ध किया था। उधर हमारा यह प्रबुद्ध वर्ग उसी सामंती समाज का विस्तार था, जो कलकत्ता जैसे शहरों में आ बसा था। ये अनुपस्थित जमींदार थे। सात समुंदर पार से आकर हमें गुलाम बनाने वाले डचू, फ्रेंच और अंग्रेज व्यापार-जगत् तथा औद्योगिक वर्ग से आए थे, मगर उन्होंने यहाँ की सामंती व्यवस्था (फ़्यूडल सिस्टम) को यही सोचकर स्थायित्व दिया कि उनके साथ साँठ-गाँठ से वे अपना साम्राज्य यानी लूट चलाए रख सकेंगे। उनके मानसिक-आध्यात्मिक संतोष के लिए साम्राज्यवादियों ने भारतीय संस्कृति की पुरातनता और महानता (ओरियेंटलिज्म) के मिथक गढ़े। नतीजे में हमारा यह प्रबुद्ध उच्च मध्य वर्ग, मूलतः फ्यूडल महान् भारतीय संस्कृति और आधुनिक जनतांत्रिक मूल्यों को एक साथ आत्मसात करने लगा। इसी वैचारिक द्वंद्वात्मकता ने साहित्य-संस्कृति के क्षेत्र में सचमुच दिग्गज व्यक्तित्व दिए। इन लोगों का मूल संकट पारंपरिक, परिवार-व्यवस्था और जमींदारियों को बनाए रखते हुए आधुनिक समाज में अपने स्थान-निर्धारण को लेकर था। भारतीय परिवार की मर्यादा का अर्थ था—स्त्री-दलितों की यथास्थिति और प्राचीन वर्ण-व्यवस्था का संरक्षण। वे आधुनिक उदारता की झोंक में उस व्यवस्था की कुछ अमानवीयताओं में सुधार के लिए तो तैयार थे, मगर बदलने की बात सोचना उनके लिए संभव नहीं था।

और इन्हीं अंतर्विरोधों के बीच हमने बीसवीं शताब्दी में कदम रखा, सारी लोकतांत्रिक घोषणाओं के बावजूद इस शताब्दी में न तो ज़मीन और किसान के रिश्ते बदले और न औरतों और परिवार के। किसान को अपनी जमीन पर मालिकाना हक और औरत को पारिवारिक संपत्ति में हिस्सा और आर्थिक स्वतंत्रता न देकर उन्हें शोषित, पराश्रित बनाए रखने का षड्यंत्र आज भी रूप बदल-बदलकर जैसा का तैसा बना है। यों कागज पर कानूनन जमींदारी प्रथा समाप्त कर दी गई है और हिंदू कोड बिल औरतों को संपत्ति में बराबर का हक देता है, मगर दोनों इस अर्थ

में बंधुआ हैं कि दोनों को ही अपनी देह और श्रम पर अधिकार नहीं है—वे अपनी ज़िंदगी के चुनाव स्वयं नहीं कर सकते। शस्त्र और शास्त्र द्वारा तय की गई सीमाओं और मर्यादाओं के बाहर उनके लिए भयंकर असुरक्षा का वातावरण बना दिया गया है। जन्म और देह, दलितों-स्त्रियों की सामाजिक-राजनीतिक हैसियतें तय करती हैं। भारतीय समाज के आज भी लगभग सारे तनाव, संघर्ष और हत्याकांड चली आती व्यवस्था से स्वतंत्र होकर अपने सामाजिक, राजनीतिक और संवैधानिक अधिकार माँगने वाले वंचितों को लेकर ही हैं। शास्त्र, परंपरा, संस्कृति और राष्ट्रीयता की स्वायत्तता के नाम पर 'हिंदुत्व' के सिपहसालार सामंती, यथास्थिति की वकालत में लगे हैं। उधर उनके शिकार उनसे मुक्ति की नई परिभाषाएँ गढ़ रहे हैं। समता, समानता, बंधुत्व, जनतंत्र, लोक-कल्याणी मानववाद के जिन आधुनिक विचारों से हम उपनिवेशी साम्राज्यवाद से लड़े थे, ठीक उन्हीं हथियारों से आज हमारे अपने गुलाम-उपनिवेश ज्यादा आक्रामक होकर चुनौतियाँ दे रहे हैं। आज हमें कांशीराम और मायावती से वे गालियाँ सुनकर भी उदारतापूर्वक मुस्कराना पड़ता है, जिनके उच्चारण मात्र की आशंका से उस वर्ग के लोगों के सिर उतार लिए जाते थे। उधर संविधान में महिलाओं के तैंतीस प्रतिशत आरक्षण का लफड़ा अलग जान खाये हुए है।

हमने बीसवीं शताब्दी में प्रवेश एक ऐसे विकासमान मध्यवर्ग के साथ किया, जिसमें छोटे-मोटे क्लर्कों, व्यापारियों से लेकर बड़े वकील, डॉक्टर, जमींदार सभी थे—और प्रत्यक्ष या अप्रत्यक्ष रूप से अंग्रेज प्रशासकों के संपर्क में थे—यानी शिक्षा और नए विचारों के माध्यम से आधुनिकता को डरते-डरते अपना रहे थे। उधर घर-परिवारों में वहीं सामंती व्यवस्था का पुरुष-वर्चस्व था और इसे 'भारतीय संस्कृति' कहा जाता था। इसे बनाए रखने के लिए छोटी जातियों के मजदूर, नौकर-चाकरों के अलावा सबसे विश्वसनीय गुलाम थी औरत। ये सारे 'रज़ामंद' संस्कारी गुलाम स्वामिभक्ति और वफादारी में जीते थे। और इस सुरक्षा या संरक्षण के गौरवमय सौदे में एक-दूसरे पर निगाह रखते थे कि व्यवस्था में व्यतिक्रम न हो। अंग्रेजों के भय और प्रलोभन में हम खुद अपने भाइयों यानी विद्रोही तत्त्वों को कुचलते थे, तो घरों में विद्रोह और असंतोष को कुचलने के लिए हमारे आश्रित थे—यानी नौकर नौकरों के दुश्मन थे, तो औरत औरतों की। वहाँ की मर्यादाएँ ठीक वही थीं, जो भारतीय संस्कृति के मूलाधार मनु ने निर्धारित की थीं। सामंती समाज में स्वामिभक्ति और गैर-बराबरी स्थायी तत्त्व होते हैं, हमने इसे धर्म और शास्त्र बना डाला था। इस प्रकार बाहर विचार थे, आंदोलन थे, बौद्धिक बहसें थी और घरों में वफादार नौकर-चाकर और औरतें, जिन्हें असुविधा होने पर खारिज किया या बदला जा सकता था। परिवार की यह व्यवस्था या कहें, औरत की यह स्थिति दलितों से लेकर शीर्ष तक आज भी यही है। मूलतः आधुनिकता सिर्फ हमारा विचार बनी रही, विश्वास कभी नहीं

बनी। गाँधीवाद से लेकर मार्क्सवाद तक हम बाहर से विचार लेकर समाज बदलते रहे, मगर पारिवारिक ढाँचा वही बनाए रखा। विभिन्न राजनीतिक-सामाजिक आंदोलनों में हमने औरत को बाहर जरूर निकाला, मगर उबाल ठंडा होने पर वापस उन्हीं परिवारों में भेज दिया। बंगला पुनर्जागरण की छाया में गाँधी जी ने भी इस परिवार या वर्ण-व्यवस्था को बनाए रखने की वकालत ही की। अंबेडकर जैसे लोग अगर असुविधाएँ पैदा न करते, तो शायद वे उन मुद्दों को उठाते भी नहीं। बहरहाल, इस सामंती पुरुषवादी संस्कृति की पकड़ इतनी जबर्दस्त थी कि परिवार की बनावट शीर्ष सवर्ण के घर भी वही थी और दलित के घर भी वही। औरत हर कहीं डिस्पैंसेबिल (जिससे आसानी से मुक्ति पायी जा सके) वस्तु थी, बल्कि दलित औरत की स्थिति ज्यादा दयनीय इसलिए भी थी कि उसे श्रम, शरीर के शोषण के साथ दलित होने के स्थायी अपमान को भी भोगना पड़ता था मगर सब कहीं वह प्रारब्ध की अनिवार्यता से बँधी थी—हाय, 'विधाता ने नारी की रचना क्यों की' की कराह के साथ।

सुरक्षित परिवार हर सामाजिक परिवर्तन का प्रतिरोधी होता है। हमारे यहाँ भी परिवर्तन पारिवारिक और मानसिक जरूरत नहीं बना। इस पूरी शताब्दी में हम बाहर क्रांतियाँ, परिवर्तन और आंदोलन करते रहे—उधर हमारे घर-घर में मनुवादी हिंदुत्व यानी ब्राह्मणवादी पुरुष-वर्चस्व घुसा बैठा था। शायद यही कारण था कि जब विश्व हिंदू परिषद् या भारतीय जनता पार्टी ने 'हिंदुत्व ख़तरे में है' का नारा लगाया, तो 'हर आधुनिक' अपने सारे खोल झाड़कर हिंदू हो उठा। यह सही है कि मार्क्सवाद ने इतिहास और समाज को समझने और बदलने की जो दृष्टि दी थी, उससे अलग आज न इतिहास की शक्तियों को समझा जा सकता है, न समाज की। नाम उसे कुछ भी दिया जाता रहे, सचाई यह है कि द्वंद्वात्मक भौतिकवाद ही नई-पुरानी सामाजिक शक्तियों को समझने और बदलने की एकमात्र दृष्टि रही है, मगर वर्ग-संघर्ष की किताबी और मध्यवर्गीय दृष्टि ने तो न जाति को गहराई में देखा, न परिवार की भीतरी और सर्वव्यापी भारतीय बनावट को समझा—जो निम्नतम से लेकर उच्चतम वर्ग में प्रायः एक जैसी थी। शायद यही कारण था कि सोवियत रूस के विघटन के बाद विचार के स्तर पर कोई ऐसा यूटोपिया या स्वप्न नहीं बचा, जहाँ अपने संघर्षों और स्वप्नों को टिकाया जा सके। नतीजे में कल तक वर्गहीन समाज से प्रेरित एक बुद्धिजीवी वर्ग शायद इसी विश्वास में जीता रहा था कि बाहर समाज के आर्थिक और उत्पादन संबंध बदलेंगे, तो घर-परिवार की बनावट अपने-आप बदल जाएगी। मुझे लगता है, जब तक जातियों और परिवार, विशेषकर निम्न जातियों की भूमिहीनता और उत्पादन संबंधों पर नए सिरे से विचार नहीं किया जाएगा, तब तक व्यवस्था में कोई परिवर्तन नहीं होगा।

जातिवाद को समझने के लिए एक बार इसके विस्फोटक बिंदु, मंडल को समझना ज़रूरी है। कहा जाता है कि राजनीतिक संकट के तहत जातिवाद का यह सबसे

भयानक इस्तेमाल या सबसे घातक कदम था। यहीं से राजनीति और भारतीय समाज 'जातिवादी' हो गए। यह आरोप या तो सचमुच मूर्खतापूर्ण है, या धूर्ततापूर्ण। भारतीय समाज में जातिवाद कब नहीं था ? जहाँ जन्म-मरण के सारे संस्कार, तीज-त्यौहार, पूजा-पाठ, शादी-ब्याह, आपसी आचार-व्यवहार सभी कुछ घर-घर में सदियों से जातियों के अनुसार चले आ रहे हों, जहाँ सारा समाज जाति-पंचायतों में बँटा हो या एक-दूसरे की होड़ में संगठित होता हो, जहाँ जातीय पंचायतें इतनी स्वायत्त हों कि भारतीय कानून-व्यवस्था की चिंता किये बिना विद्रोहियों को सरेआम जुर्माने अदा करने, हुक्का-पानी बंद करने या फाँसी पर लटकाने के लिए स्वतंत्र हों—या जहाँ डेढ़ सौ वर्षों से सारे सामाजिक मंच जातियों के हिसाब से बँटे हों, अपने-अपने पत्र और अखबार निकाले जाते हों, स्कूल-कॉलेज चलाये जाते हों—नौकरियाँ और अन्य सार्वजनिक सुविधाएँ दी या छीनी जाती हों, एक व्यक्ति दूसरे से बिना जाति निर्धारण के संवाद न कर सकता हो—जहाँ देश की हर संस्था या संगठन पर कुछ जातियों का ही कब्जा हो, वहाँ यह कहना कि मंडल ने जातिवाद फैलाया—खूँखार मक्कारी के सिवा क्या है ? मंडल ने सिर्फ किया यह कि कुछ वंचित जातियों के हाथों में वह हथियार थमा दिया, जिसके वे वर्षों से खुद शिकार थे, या प्रारब्ध की तरह स्वीकार किए बैठे थे। अपना जातिवाद तो 'कानूनी' था, मगर दूसरी ओर से उठने वाले, इस आक्रामक जातिवाद के खिलाफ हाय-तौबा तो मचनी ही थी। व्यवस्था की सारी बनावट उलट रही थी—यानी 'भारतीय संस्कृति' खतरे में आ गई थी। उसका एक मात्र तात्कालिक इलाज रामरथ पर सवार कमंडल ही था। शीघ्र ही वह उबाल तो बाबरी मास्जिद के विवादास्पद ढाँचे को तोड़कर ठण्डा हो गया, मगर मंडल की मार से सवर्ण वर्चस्व का ढाँचा जो टूटना शुरू हुआ, तो आज तक सँभल ही नहीं रहा है। सचाई यह भी है कि बदला कुछ भी नहीं है, सिर्फ एक ढाँचे की जगह दूसरा उसकी जगह ले रहा है और शायद इसी सचाई को रेखांकित कर रहा है कि एक ही ढाँचे का सदियों से बने रहना ईश्वरीय नियम नहीं है—वर्चस्व दूसरों के (भले ही अयोग्य) हाथों में भी आ सकता है, मगर सदियों के अनुभव ने सवर्ण व्यवस्था को अपनी सुरक्षा के लिए इतनी समझ और चालाकी भी दे दी है कि अपने लचीलेपन और उदारता को वह रणनीति की तरह इस्तेमाल कर सके। वह तरह-तरह के समझौते और सामंजस्य करते हुए इस नए मंडलवादी जातिवाद को भी अपना हिस्सा बना लेगा—यानी व्यवस्था नहीं बदलेगी—सिर्फ सत्ता वर्चस्व में हिस्सा-बाँट हो जाएगा। मुझे तो लगता है कि 'हिंदुत्व' चूँकि मूलतः जातिवादी है, इसलिए ज्यादा खूँखार सांप्रदायिक है। बाहर यह सांप्रदायिकता मुस्लिम-विरोध के रूप में है, तो भीतर वर्ण-व्यवस्था बनाए रखने के रूप में।

जिस तरह भाषा की इकाई शब्द नहीं, वाक्य है; उसी तरह समाज की मूलभूत इकाई व्यक्ति नहीं, परिवार है। इसी परिवारवाद ने राजनीति में सत्ता को घरेलू बाँदी

बनाया, छोटी-मोटी घूस से लेकर सैकड़ों-करोड़ों के बड़े-बड़े स्कैम, घपले, घोटाले करने की मानसिक मजबूरी पैदा की, क्योंकि व्यक्ति तो हमारे यहाँ सभी संत और महात्मा हैं। उधर बाप पर निर्भर साठ और सत्तर साल का नेता-पुत्र 'बेचारा अभी तो बच्चा' ही बना रहता है। मूलतः भारतीय परिवार का पुराना ढाँचा हर प्रकार के भ्रष्टाचार, घूसखोरी, जातिवाद, सांप्रदायिकता, अत्याचारों, देशद्रोह, नृशंसताओं, कूपमंडूकताओं को प्रश्रय और संरक्षण का एकमात्र केंद्र है। अब यह परिवार हिंदुत्व के साथ-साथ बहुराष्ट्रीय कंपनियों के उपभोक्तावाद की भी सबसे बड़ी उपजाऊ ज़मीन है, मुझे लगता है कि हमारे समाज की बनावट को जितनी सचाई से हिंदुत्ववादी शक्तियों और उनके साथ ही मल्टीनेशनल कंपनियों के बाज़ारवाद ने समझा है, उतना समाजवादी विचारधारा ने नहीं। यही कारण है कि दोनों में घृणा-प्रेम का मनोरंजक तालमेल हो गया है। मीडिया, विशेषकर दूरदर्शनों के माध्यम से बाजार ने घर-घर में स्वप्नों और आकांक्षाओं को ही नहीं जगाया, उन्होंने उन नैतिक, सांस्कृतिक और सामाजिक वर्जनाओं को भी तोड़ा, जो उपभोक्ता के आड़े आ सकती हैं। टारगेट या निशाना यहाँ भी उन्होंने भी परिवार की घुटन और जकड़न से बाहर निकलने के लिए तड़पती औरत को ही बनाया। उसे उन्होंने नंगा किया, नचाया और सेक्स-भूखी शेरनी के रूप में बदल डाला–जिसका इस्तेमाल कर चुकने पर उसे कभी भी हटाया, मारा और झटककर एक ओर फेंका जा सकता है। इन्होंने सीता की ऐसी इमेज को बेचा, ज़ो आधुनिकतम सैनेट्री नैपकिन के गुण भी गा सके। मीडिया ने केवल दो ही विषयों को पकड़ा–हिंदू पौराणिकता और हर समय षड्यंत्रों, पैसे के लिए मारते-काटते मध्य और उच्च वर्ग के सनसनीखेज नाटक। गरीबी, भुखमरी, अकाल, अशिक्षा और उत्पादन के संघर्ष या समाज-कल्याण के मुद्दे यहाँ एक सिरे से गायब कर दिए गए, आज वे मध्य वर्ग की चिंता में कहीं नहीं हैं। सौ करोड़ की आबादी वाले देश में साठ लाख मध्यवर्गीय या तो धर्म भकोस रहे हैं या उपभोक्ता वस्तुएँ। ईस्ट इंडिया कंपनी ने भी अपना साम्राज्य जमाने के लिए घरेलू सामंतवाद यानी हिंदुत्व के कंस्ट्रक्ट (ढाँचे) को बचाया था और अपने पाँव फैलाने के लिए उसी का सहारा लिया था। वे खुद जमींदार और सामंत बन गए थे–माल लूटकर अपने घर पहुँचाने के लिए...इसे चमत्कार ही कहा जाएगा कि आज इस मध्य वर्ग को नवीनतम वैज्ञानिक इलेक्ट्रॉनिक संस्कृति और सामंती भारतीयता में कोई अंतर्विरोध नहीं दिखाई देता और रातों-रात सारी दुनिया भर के गणेश दूध पीने लगते हैं।

जाहिर है, आज हमारे पास कोई ऐसा विचार या दृष्टि नहीं है कि एकजुट होकर घरेलू सामंतवाद या बाहरी साम्राज्यवाद से लड़ सकें। हमारा भविष्य या तो अतीत की पौराणिकता में गिरवी है या निरंकुश एक-ध्रुवीय निरंकुश पूँजी साम्राज्य के स्वर्ग अमेरिका में। सारा समाज आज दो वर्गों में बँट गया है–एक ओर सत्ता, पाँच-सितारा संसाधनों, आर्थिक स्रोतों की सुविधा भोगते वे लोग हैं, जिनकी निरंतर

यात्राएँ विदेशों की गुप्त बैंकों या मल्टीनेशनल संगठनों के मुख्यालयों तक होती हैं, तो दूसरी ओर भूख, बेकारी, गरीबी, अशिक्षा, बाढ़, सूखे में जीने को अभिशप्त वे करोड़ों हैं, जिनके नाम पर अरबों-खरबों उधार लिये जाते हैं, कल्याण-योजनाओं में लगाए बताए जाते हैं, मगर वे कभी उन तक नहीं पहुँचते—बीच में इस लूट के बँटवारे के लिए ब्यूरोक्रेसी है, राजनेता हैं, सत्ता के आस-पास चिपके दलाल हैं, अपराधी स्मगलर हैं, साधु-संत, यज्ञ-हवन हैं। सांप्रदायिक उन्माद हैं। मठ-मंदिर चलाते तांत्रिक, साधु, शंकराचार्य और जज-वकील हैं। आज कुछ गैर-सरकारी स्वयंसेवी संस्थाओं को छोड़कर इन दोनों वर्गों में शायद कोई संवाद भी नहीं है। दोनों वर्ग एक-दूसरे के लिए प्रदूषण या पर्यावरण हैं। पचास वर्षों में इन दोनों वर्गों के बीच दूरी और अपरिचय निरंतर बढ़ते ही गए हैं। और अब तो वे बाकायदा एक-दूसरे के विरुद्ध खड़े हैं।

इसी सामंती मानसिकता से संचालित सत्ता के एकाधिकार के लिए हमने लोकतांत्रिक व्यवस्था का जैसा सत्यानाश किया, शायद ही किसी दूसरे देश ने किया हो। समता, समानता, बंधुत्व, सामाजिक न्याय के लिए स्वतंत्र होने की प्रतिज्ञा में हमने जो नया संविधान स्वीकार किया था, उसे भूखे भेड़ियों के बीच मरे जानवर की लाश के रूप में बदल डाला—हर कोई उसमें से अपना टुकड़ा नोचने के लिए स्वतंत्र हो गया। सत्ता की लू-खसोट में केवल कुछ थे, जो जनता या जनाकांक्षाओं की नुमाइंदगी के नाम पर शिकार खाते रहे—बाकी सब ललकते दर्शक बने रहे। केवल कुछ शीर्ष पर बने रहे और बाकी उन्हें स्वीकारते—जय-जय करते रहे—यह लगभग प्राकृतिक नियम बना दिया गया। आखिर किनारों और हाशियों पर खड़े हुओं का धैर्य जवाब दे गया और वे जबर्दस्ती इस खेल को हथियाने लगे, तो बिसात पलट गई। पुराने खिलाड़ियों ने घबराकर खेल के नियम ही बदल डाले। अब सारा खेल भगदड़ में बदल गया। जो जिसके हाथ लगा, वह लूट के माल को लेकर या तो विदेशों में भागा या जमींदोज हो गया। "पता नहीं, यह सौभाग्य कब तक रहे" की घबराहट में इस सत्ताधारी वर्ग ने देश की हर संस्था को तोड़ा और हर संस्थान को भ्रष्ट कर डाला।

पिछली शताब्दी के उत्तरार्द्ध और उस शताब्दी के प्रारंभ में मानवता, लोकतंत्र, राष्ट्रीयता, स्वतंत्रता, अस्मिता, अंत्योदय इत्यादि आधुनिकता के जिन मूल्यों, आदर्शों और सपनों की भव्यता या महानता से हम मोहाच्छन्न और आंदोलित थे, उन्हें वस्तुतः हमने अनुभवों के बीच अर्जित नहीं किया था, सिर्फ पश्चिम के दान या उधार की तरह स्वीकार कर लिया था। अपने परिवेश के सामंती धार्मिक, सांस्कृतिक और औपनिवेशिक घुटन-जड़ता-पतन में वे हमें मुक्ति का प्रकाश दिखाई देते थे। अतीत-गौरव और महान् भारतीय दार्शनिकता, भौतिकता विरोधी आध्यात्मिक मोर-मुकुटों के बोझ तले मुक्ति के मूल्यों के इस नए चमत्कार को हमने नाम दिया 'भारतीय पुनर्जागरण' चूँकि समाज के मूलभूत ढाँचे को बदलने की योजना हमारे कार्यक्रम का उतना जरूरी

हिस्सा नहीं थी, जितना विदेशी साम्राज्यवाद से लड़ना, इसलिए समाज की सामंती बनावट वैसी ही बनी रही। हमने जमीन, श्रम, उत्पादन के रिश्तों को यथावत बनाए रख'।

कहने को सरकार अपनी थी, मगर सारी बनावट और काम करने के तरीकों में उपनिवेशकाल का वही पुराना ढर्रा बरकरार था—वही क्लर्क, ऑफिसर, पुलिस, जज—जिनका एकमात्र कर्तव्य था पुरानों की तरह नए मालिकों और उनके हितों की रक्षा करना और जनता को लूटना। सिलसिला वही बना रहा सिर्फ मालिकों की जगह बोर्जुआ नेतृत्व आ गया।* सरकार के लिए जनता को लूटने का हमारा अभ्यास सदियों से चला ही आ रहा था, अब उसे खुली छूट मिल गई—क्योंकि ऊपर से नीचे तक सभी 'अपने' थे। सत्ता पर कुछ विशेष वर्गों का वर्चस्व था, एक फँसाता था, तो दूसरा बचा लेता था। पाकिस्तान की तरह सत्ता पर मिलिटरी कब्जा कर ले और डिक्टेटरी राज्य स्थापित कर दे—यह खतरनाक स्थिति है, मगर इससे कम खतरनाक नहीं है एक ही वर्ग-घटकों से बनी एक पार्टी का निरंकुश शासन। क्योंकि वहाँ 'एक खुलेपन या सबको अवसर मिलेगा' का आश्वासन लटका रहता है। सबसे पहले सारे प्रचार-तंत्रों से दोनों ही राज्य-प्रणालियाँ अपने-आप को राष्ट्र या राष्ट्रीयता का एकमात्र पर्याय घोषित करती हैं और फिर चूँकि सत्ता के सारे स्तंभ अपने हाथ में होते हैं, इसलिए वे सब मूलतः राष्ट्र यानी इसी प्रभु वर्ग की सेवा में झोंक दिए जाते हैं। सुरक्षा-दीवारों के पीछे यह विशिष्ट बोर्जुआ वर्ग आपस में 'राष्ट्रीय' बँटवारे करता रहता है और शेष जनता या तो प्रतीक्षा करती है या तालियाँ बजाती है। सभ्यता, संस्कृति, समाज-कल्याण के सर्वश्रेष्ठ आश्वासनों, नारों और प्रतिज्ञाओं के बावजूद सरकार और जनता की दूरी बढ़ती जाती है। दोनों अपने को एक-दूसरे के खिलाफ पाते हैं। दोनों के बीच संबंध बढ़ते अविश्वास और असंतोष का बना रहता है।

जब तक सत्ता पर कुछ विशेष वर्गों और जातियों का एकछत्र वर्चस्व बना रहा; राज्य की सारी संस्थाएँ, वैचारिक, प्रशासनिक और लोक-कल्याणी योजनाएँ 'सुचारु' रूप से काम करती दिखाई देती रहीं। वे सत्ता की विभिन्न इकाइयाँ थीं और उनकी साँठ-गाँठ आपसी तालमेल अनुशासन और व्यवस्था देती थी। लाभ आपस में ही बँटता रहता था। मगर जब अपने नाम पर होने वाले इस महाभोज के खिलाफ

---

* 11 अगस्त 1947 को पाकिस्तान की पहली संविधान सभा के अध्यक्ष चुने जाने पर मुहम्मद अली जिन्ना ने अपने छोटे-से भाषण में तीन मुद्दों को सबसे महत्त्वपूर्ण माना था, और उनके खिलाफ़ जिहाद छेड़ने का आह्वान किया था। सब जानते हैं कि जिन्ना का यह वक्तव्य दबा दिया गया था।

ये मुद्दे थे—हिंदुस्तान का सत्यानाश करने वाला सबसे बड़ा अभिशाप रहा है—1. घूसखोरी और भ्रष्टाचार, 2. काला धन और ब्लैक-मार्केटिंग 3. जातिवाद और सांप्रदायिकता।

हिंदुस्तान और पाकिस्तान—दोनों ही क्या 1947 में इन्हीं 'महान् लक्ष्यों' के लिए स्वतंत्र हुए थे ?

नीचे से उभरते असंतोष और आक्रोश ने सत्ता की दुकानों का तोड़ना और बदलना शुरू किया, तो ऊपर घबराहट शुरू हुई। यहाँ 'योग्यता' का अर्थ था इन संस्थाओं और प्रशासकीय स्तंभों में वफादारों की स्थापनाएँ, यथास्थिति बनाए रखने की दक्षता। देखते ही देखते सभी जगह वे लोग आ गए, जो संस्थाओं (इंस्टीट्यूशनों) की मूल प्रतिज्ञाओं के लिए सही, अपने आकाओं या वर्ग और जाति-हितों के लिए वफादार थे या लूट से कमाए धन से अपनी पोजीशनें खरीद सकते थे। जाहिर है कि ये अपने आकाओं और खुद अपने-आपको बनाए-बचाए और खिलाने-पिलाने के सौदों के तहत आए थे। यह अपराधों, तिकड़मों और सौदों का गठबंधन था। इसलिए असुविधाजनक, फालतू या बाकायदा विरोधी हो जाने वालों को आसानी से या तो समाप्त कर दिया जाता था या एक ओर कचरे में फेंक दिया जाता था। और कुछ नहीं, तो विभिन्न आरोप लगाकर ठंडा कर दिया जाता था। फिर भी यह साफ हो गया कि सत्ता और विभिन्न संस्थाओं पर गुपचुप समझौतों वाला यह एकछत्र वर्चस्व अब अधिक रहने वाला नहीं है। सभी जगह केंद्रीयताएँ और केवल कुछ की बपौती बिखरने लगी थी—नीचे से उभरने वाले पिछड़ों और दलितों का खतरनाक दबाव सारे साम्राज्य को छिन्न-छिन्न किए दे रहा था। अपराधों, जनांदोलनों और क्षेत्रीय या जातिवादी नई-नई पार्टियों ने सत्ता-वर्चस्व के परखचे उड़ा दिए थे। ऐसा नहीं है कि जातिवादी और क्षेत्रीय वर्ग-षड्यंत्र पहले नहीं थे, ऊपर वालों के बीच वे हजारों सालों से थे—प्राकृतिक नियम के रूप में मान लिया गया था कि ऊँचे पदों और हैसियतों में रहना उनका जन्मसिद्ध अधिकार है। वे योग्य, शिक्षित और कुशल लोग थे और सत्ता को इस तरह आपस में बाँटे रखते थे कि बाहर वालों को या तो घुसने का अवसर ही न मिले या फिर नुमाइंदगी और शोभा के नाम पर वे नख-दंत-विहीन 'जूठन' ही बने रहें। चूँकि वर्णवादी व्यवस्था में बाहर वालों को सुनियोजित ढंग से गरीब, अशिक्षित और अयोग्य बनाए रखा गया था। इसलिए उनके पास संगठित होने के लिए जाति और क्षेत्र के अलावा कोई 'सिद्धांत' ही नहीं था। अब स्थिति यह थी कि राष्ट्र और संस्कृति की दुहाई देते ये उनकी अयोग्यता, अशिक्षा और गँवारूपने के आँकड़े गिनाते रहे—उधर वे दल के दल सत्तागढ़ों में घुस पड़े।

पुलिस, प्रशासन, जेल-कचहरियों, अखबारों, कानूनों और विधानसभाओं या दसियों सालों से चलने वाले आयोगों, जाँच-कमीशनों की भरपूर निर्द्वंद्वता के बावजूद यानी हर इंस्टीट्यूशन को खरीदने-बेचने और ध्वस्त कर डालने के बावजूद हालात काबू से बाहर होते गए। जब देखा गया कि कोई आदर्श, भाषा-संस्कृति का कोई-कोई छद्म, विचारधारा का कोई चमत्कार यथास्थिति को बचा नहीं पाएगा, क्योंकि हमारे निमंत्रण की प्रतीक्षा किए बिना वे तो सारे प्राचीर और दरवाजे तोड़कर भीतर घुसते ही आ रहे हैं, तो बौखलाहट में लाई गई बहुराष्ट्रीय कंपनियाँ—'हम उन्हें लूटेंगे और तुम देश को लूटो' के समझौतों के साथ। अरबों-खरबों के घोटाले आज वे हैं, जो

विभिन्न विदेशी कंपनियों से किए सौदों के लिए घूस और कमीशन के रूप में लिए गए हैं। नेहरू और इंदिरा गाँधी तक ये घोटाले देसी थे। (पहले के जीप कांड और जापान के कुओ डील जैसे एकाध को छोड़कर) और उन्हें आसानी से दबा दिया जाता था, मगर राजीव गाँधी से बोफोर्स का जो सिलसिला शुरू हुआ, तो दिन दूना और रात चौगुना बढ़ता चला गया। आज इन घोटालों का रूप भी दो तरह का है। एक है—विदेशी कंपनियों के घूस...कमीशन...हवाला के वेश में; दूसरा देसी माफियाओं द्वारा सरकारी खजानों की लूट के रूप में। जाहिर है, देसी लूट सैकड़ों-करोड़ों (कुछ अरब) तक ही सीमित है, जबकि विदेशी लूट हजारों करोड़ों में है, मगर मीडिया में सारी हाय-तौबा देसी घोटालों को लेकर ही होती है। हजारों करोड़ में चूँकि अपने दलाल तांत्रिक, पत्रकार, जज, मंत्री, मुख्यमंत्री और प्रधानमंत्री होते हैं और वहाँ हाई कोर्ट-सुप्रीम कोर्ट तक के फैसले देशी-विदेशी सूत्रों से प्रभावित किए जा सकते हैं, इसलिए वे सिर्फ स्कूप और स्कैंडल ही बनकर रह जाते हैं। फिर चुपचाप उन्हें भुला दिया जाता है।

पश्चिम में उत्तर-आधुनिक स्थितियाँ कब से शुरू हुईं और किस तरह उन्होंने वहाँ की सारी दृष्टि को बदला, इसकी सूचनाएँ हम पढ़ते जरूर रहे हैं, मगर अपने यहाँ की स्थितियों और अनुभवों के तो हम साक्षात् गवाह रहे हैं कि जिसके पास जो संस्था, शक्तिपीठ और साधनतंत्र है, उसे बेशर्मी और हताशा-हड़बड़ी में वह स्वतंत्र, निरंकुश, स्वच्छंद भाव से निचोड़ रहा है, क्योंकि एक असुरक्षा और भविष्यहीनता सामने मुँह बाए खड़ी है। शताब्दी के शुरू में जिन विचारों, विश्वासों, स्वप्नों, आदर्शों और प्रतिज्ञाओं को हमने अपना संबल बनाया था—अंत तक आते-जाते उन सबको हमने खूँखार दाँतों और पंजों में बदल डाला। लगता है, शक्ति और सत्ता पर वर्चस्व बनाए रखने वाले केवल कुछ वर्गों/वर्णों की ढाल या वैधता के लिए ही उन्हें स्वीकार किया गया था। वे सिर्फ हथियार थे, हमारी अपनी जरूरत कभी नहीं बने। आज हर मंच या संचार-माध्यम से हम रो रहे हैं कि वे आदर्श न हमारे जीवन को बदल रहे हैं, न हमारी मदद कर रहे हैं। वह इतिहास, वह भविष्य, वे विचार और वे विश्वास कहीं नहीं हैं, क्योंकि वे कभी मूर्त नहीं होंगे—मूलतः न यह इतिहास का अंत है, न भविष्य का—यह अंत है उन कुछ वर्गों और वर्णों के वर्चस्व का, जिन्हें नई सामाजिक शक्तियों ने अप्रासंगिक और अस्वीकृत कर दिया है। आज जिस सबकी व्यर्थता वे घोषित कर रहे हैं—वह वस्तुतः उनकी वर्चस्व-समाप्ति का मूल्य-प्रलाप है, यथास्थिति बनाए या बचाए रखने की करुण गुहार है। यह सिर्फ संयोग नहीं, ऐतिहासिक अनिवार्यता है कि उस वर्ग/वर्ण की छत्र-छाया में फूले-फले सारे बुद्धिजीवी इस मरणासन्न इतिहास-बिंदु पर अपने को सबसे बाँझ और निरर्थक पा रहे हैं। वे इस सचाई का सामना करने की हिम्मत भी नहीं जुटा पा रहे हैं कि व्यर्थ वे और उनसे जुड़ी वैचारिक संस्थाएँ हुई हैं या वे खुद व्यर्थ हुए हैं, जिनकी सुरक्षा के लिए इन

सबका निर्माण किया गया था। अगर उस वर्ग के वर्चस्व का अंत होना ही है, तो उस सारी 'बौद्धिक संपदा' और 'सांस्कृतिक गरिमा' का भी अंत अनिवार्य है, जिसके सहारे वे फूले-फले और जिसे उन्होंने सौ सालों तक घोंटा-पीसा और परोसा है।

चली आती आदर्श व्यवस्था की छत्र-छाया में फूला-फला मध्यवर्गीय बुद्धिजीवी वस्तुतः अपने को 'स्वतंत्र' मानते हुए भी उस ढाँचे को वैचारिक आधार दे रहा था, इसलिए ढाँचे के ढहने पर उसे हर विचारधारा का अंत दिखाई देना स्वाभाविक है। आज अपने को जस्टिफाई करने के लिए उसका तर्क है कि 'देश' को वैचारिक आधार सिर्फ मध्य वर्ग देता है। नाश का कारण ही यह है कि उसके 'विचार' को निष्प्रभावी बना दिया गया है। भयावह यह भी है कि लाखों की संख्या में आने वाले नए उपभोक्ता मध्य वर्ग ने पुराने आदर्शभोगी मध्य वर्ग को ही नष्ट कर दिया है। वे मूल्य अब सजावट की चीज़ भी नहीं रह गए हैं। सफलता का तंत्र किसी विचार या आदर्श की बाधा नहीं मानता। यह अंतर्विरोध आज बाक़ायदा वैचारिक गृह-युद्ध का रूप ले रहा है—यानी उत्तर-आधुनिकता, आधुनिकता को निगल रही है। बचाए रखने के हर प्रयत्न की विफलता का ही परिणाम है कि इस वर्ग ने अपने हर अंतर्विरोध के समाधान खोजने का जिम्मा जुडिशियरी (न्यायपालिका) पर डाल दिया है और हर भ्रष्टाचार के भागीदार न्यायमूर्ति (जो स्वयं उसी वर्ग के हिस्से हैं) उन बौद्धिक और सांस्कृतिक विवादों को तय कर रहे हैं, जो कभी बुद्धिजीवियों और प्रबुद्ध समाज के आपसी विमर्श के केंद्र में थे—न्यायपालिका फैसले दे रही है कि सामाजिक न्याय क्या है, सांप्रदायिकता की व्याख्या कैसे हो, धर्म की परिभाषा क्या हो, भ्रष्टाचार किसे कहते हैं और अपने हमसफरों को बचाने के लिए सैद्धांतिक या कानूनी बारीकियाँ क्या हों ?

सांप्रदायिकता, जातिवाद, तंत्र-मंत्र, भगवानवाद, दैवी जागरण इत्यादि के अतार्किक विस्फोट का मूल कारण चले आते सिस्टम का समाप्त हो जाना ही है। आज हमें एकदम विश्वास नहीं है कि गज्य हमें सुरक्षा देगा। हम जानते हैं कि कहीं किसी को न्याय नहीं मिलेगा, क्योंकि अपनी खाल बचाने के लिए बड़ों और समर्थों ने हर संस्था-संस्थान-संगठन को तोड़-मरोड़कर अपनी जेब में डाल लिया है—पुलिस, प्रशासन, कोर्ट-कचहरियाँ, अखबार, संसद सब उनको बचा रहे हैं, जिनके पास इन्हें खरीदने-बेचने के साधन हैं। सामान्य आदमी कहाँ जाए ? अपराध-जगत् में ? भगवान के पास ? जातिगत संगठनों की आड़ में ? सांप्रदायिकता के दुश्चक्र में ? दुर्भाग्य यह भी है कि अपराधियों और निरपराधियों—दोनों की शरणस्थली भी यही है। कहीं न्याय न मिलने पर एक आदमी बंदूक उठाकर अपराधी बनता है और शीघ्र ही पाता है कि उसकी सुरक्षा किसी बड़े नेता या स्वामी-संचालित माफिया दल में शामिल हो जाने में ही है—क्योंकि वे ही लोग हैं जो अफसरों जजों को मैनिपुलेट करेंगे, जातियों या धार्मिक समुदायों को खरीदेंगे और विधानसभा या संसद में संविधानों को अपने हिसाब

से बदलेंगे। जो सिरफिरे इससे न्याय माँगने की गुस्ताखी करेंगे, उन्हें मानबहादुर सिंह, चंद्रशेखर, उमेश डोभाल, सफदर हाशमी, अवतार सिंह पाश, शंकर गुहा नियोगी की तरह दिन-दहाड़े मारकर समाप्त कर दिया जाएगा।

साधन-संपन्नों और साधनहीनों का सामाजिक-राजनीतिक ध्रुवीकरण इस दशक की सबसे बड़ी सचाई है। सरकार के अलावा पिछले पचास वर्षों में सारे अर्द्धसरकारी या सार्वजनिक उपक्रम, उद्योग करोड़ों-अरबों के घाटे में चल रहे हैं, क्योंकि भ्रष्टाचार और लूटपाट की सबसे बड़ी चरागाहें यही हैं, जिन्हें सरकारी, गैर-सरकारी बाहुबली बेखौफ चर रहे हैं। सब जगह 'अपने लोग' बैठे हैं और ऊपर से नीचे तक हिस्सा-बाँट चालू है। चाहे वे बड़े कारखाने, बैंक हों या टेलीफोन, परिवहन और विद्युत निगम हों। माँग उठाई जा रही है कि इन्हें व्यक्तिगत क्षेत्रों को दिया जाए। घाटे के कारण दैत्याकार ब्यूरोक्रेसी प्रबंधन के अनापशनाप खर्चे भ्रष्टाचार और घूसखोरी नहीं, समाज-कल्याण के वे क्षेत्र बताए जा रहे हैं जिनसे सरकार को कोई आर्थिक लाभ नहीं होता—सबको सब्सडाइज करना पड़ता है—शिक्षा, चिकित्सा, संस्कृति, जनसेवा और राहत के दूसरे काम। यानी व्यक्तिगत उद्योगों या मल्टीनेशनल कंपनियों के एकाधिकार का अनिवार्य परिणाम यही होने जा रहा है कि शिक्षा, भोजन, चिकित्सा सिर्फ उनको मिलेगी, जो लाखों खर्च कर सकेंगे—गरीब और मुफ्ती लोग अशिक्षित, भूखे और बीमारियों, कुपोषण से मरने के लिए 'स्वतंत्र' हैं। इधर बड़े-बड़े विशेषज्ञ संतों और भगवानों की तरह सारे प्रचार-तंत्रों से समझा ही रहे हैं : गरीबी, बीमारी, भुखमरी, दरिद्र-रेखा इत्यादि काल्पनिक अवधारणाएँ हैं, वास्तविक तथ्य नहीं। मगर उनके जटिल आँकड़े और बारीक सिद्धांत नरक में पड़े जाहिल समझ ही नहीं पाते और अपराध या धर्म की दुनिया में कूद पड़ते हैं, क्योंकि उन्हें लगता है कि छीने बिना ये, आश्वासनों के सिवा कुछ भी नहीं देंगे।

उनके तर्क, उनके दर्शन, उनकी भाषा और उनका साहित्य आज बेशर्मी से वही है, जो अंतर्राष्ट्रीय बाजार में स्वीकृत हो सके—जहाँ वे अपने पूँजीपति आकाओं की रुचि के अनुसार माल-मनोरंजन परोस सकें और बदले में डॉलर पा सकें—चाहे अरब देशों में औरतें-बच्चे सप्लाई करने जैसा अमानवीय धंधा हो या निहायत सूफियाना, सांस्कृतिक और बौद्धिक माल हो—"हुजूर, इस गठरी की चीज देखें, असली और जैनुइन माल यही है, यही भारतीय मनीषा की सर्वश्रेष्ठ उपलब्धि है, यहाँ के लोग अपने लिए जो बना रहे हैं, वह सब घटिया और कूड़ा है—देखकर आपका जी मिचलाने लगेगा—वही भुखमरी, गरीबी, जनता के संघर्ष, मार्क्सवाद जैसी पिछड़ी विचारधारा..." यही मानसिकता तो है, जो सलमान रुश्दी जैसों को फतवे देने के लिए प्रेरित करती है कि भारतीय अंग्रेजी साहित्य ही सर्वश्रेष्ठ है। भारतीय भाषाओं में जो भी लिखा जा रहा है, वह पिछड़ा, फूहड़ और स्तरहीन है। ताजमहल जैसे पर्यटन केंद्रों में, मोटे ताजे अमरीकन सैलानियों की डॉलरभरी जेबों पर आँख लगाए

प्रशिक्षित गाइड, बढ़िया अंग्रेजी में शायद यही भाषा बोलते हैं। मखमली पैकिंग में जो ताज या तीर्थ वे बेच रहे हैं, वही तो असली है।

सबसे बड़ी खाई तो यही है कि दो दुनियाएँ हैं और दो तरफ़ खड़ी हैं। पश्चिम की हर आधुनिक सोच को बोलनेवालों के मुहावरे, भाषाएँ अलग हैं—उनके बच्चे कॉन्वेंट द्वीपों में पढ़कर स्नॉब शिक्षण संस्थाओं से होते हुए विदेशों में चले जाते हैं और दो-पाँच लाख प्रति मास लेते हुए पिछड़ों पर तरस खाते हैं। सारे प्रचार-तंत्र उन्हीं के चमत्कार दिखा रहे हैं। उनके लिए हिंदी या भारतीय भाषाएँ अफ्रीका की कोई अबूझ भाषाएँ हैं।

बहरहाल, हमारे और उनके बीच बढ़ती दूरियों के ये कुछ प्रतीक हैं। पता नहीं, अगली सदी दलितों, वंचितों और महिलाओं की होगी या नहीं, मगर यह शायद अंधे को भी दिखाई दे रहा है कि एक सदी जिनका वर्चस्व जिंदगी के हर क्षेत्र में था या जो हर जगह एकछत्र राज्य कर रहे थे, वह सब आत्मरक्षा की सिद्धांतहीन लड़ाइयाँ लड़ रहे हैं, 'मुसीबतों से फिलहाल मुक्ति' की तदर्थ रणनीतियाँ ही उनका बचाव कर रही हैं। भीतरी सामंतवाद और बाहरी उपनिवेशवाद के अंतर्विरोध में वे ऐसी मृत्यु-गिरफ्त में आ गए हैं, जहाँ किसी एक की समाप्ति ही युद्ध का अंत है। जाहिर है, यह लड़ाई पलासी के मैदान में नहीं, दिल्ली की संसद और बंबई के स्टॉक मार्केट में लड़ी जा रही है—जहाँ हर कोई बिकने के लिए 'स्वतंत्र' और उत्सुक है। स्वतंत्रता के दिनों में जब कम्युनिस्ट पार्टी ने नारा लगाया था कि 'यह आजादी झूठी है' तो लगभग सारा देश चिल्ला उठा था कि कम्युनिस्ट गद्दार हैं, देशद्रोही हैं, विदेशी एजेंट हैं। इन वर्षों में आने वाले 'अध्ययनों' और दबाई गई जानकारियों के उद्घाटन खुद अपने मुँह से इस आजादी की कलई खोल रहे हैं। क्या यह बड़े-बड़े अक्षरों में सामने भविष्य की दीवार पर नहीं लिखा है कि अगला स्वतंत्रता संग्राम इन 'अपनों से मुक्ति' के रूप में ही लड़ा जाएगा ?

मेरी तेरी उसकी बात, 'हंस', अक्टूबर 97

'वे केक क्यों नहीं खाते...'

अतीत हमारे मन में या तो विस्मय पैदा करता है या वितृष्णा। इस विस्मय के पीछे श्रद्धा भी है और अविश्वास भी। श्रद्धा संशयहीन आश्वासन देती है। एक खास तरह का गर्व और गौरव भी। उधर संशय के पीछे अविश्वास है ! जो कुछ हमें बताया जाता है उसे स्वीकार करने में कठिनाई होती है, वह सब अतिमानवीय लगता है; अमरसिंह राठौर का घोड़ा किले की इतनी ऊँची दीवार से कूदकर भी सवार को बचा लाए, यह चमत्कार है। गुस्से, घृणा और दया का मिला-जुला भाव है वितृष्णा; शोषण और अन्याय की उन स्थितियों को कैसे उन लोगों ने बर्दाश्त किया ? कैसे रहते रहे वे लोग उन सामंती अमानवीयताओं में ?

पता नहीं, यह जानकारी हमारे भीतर विस्मय जगाती है या वितृष्णा कि बाबर कुछ हजार घुड़सवारों के बल पर लाखों की फौजों को रौंदता हुआ दिल्ली तक चला आए और सिर्फ पच्चीस-पचास घुड़सवार लेकर मुर्शिदकुली खां पूरे बंगाल को जीत ले (देखें, आनंद मठ) या पचीस-तीस हजार अंग्रेज दो सौ सालों तक सारे हिन्दुस्तान पर एकछत्र शासन करते रहें—वह भी पाँच हज़ार मील दूर अपना हैड क्वार्टर बनाकर। जिस तरह आज हम इतिहास की इन ऐयारियों/सनकों पर विश्वास नहीं करना चाहते, शायद अगली पीढ़ियाँ भी हमारी स्थितियों को लेकर गुस्से और अविश्वास से पूछेंगी कि कैसे बर्दाश्त किया जाता रहा यह सब जो आज है ? कारण फिर वही दिए जाएँगे कि इसके लिए, हमारा लद्धड़पन, हर संकट के सामने आत्म समर्पण की कायरता, बौद्धिक पिछड़ापन और हमलावर शासकों की चुस्ती-फुर्ती, अक्लमंदी, गतिशील, रणनीतियाँ और उन्नत टैक्नॉलॉजी जिम्मेदार हैं।

नवीनतम मतगणना के अनुसार भारत में केवल पौने दो लाख लोगों की मातृभाषा अंग्रेजी है और सौ करोड़ की आबादी में सिर्फ दो करोड़ अंग्रेजी बोल-पढ़ समझ लेते हैं। काम-चलाऊ सही ढंग से लिखने वाले तो शायद कुछ लाख ही होंगे। इधर पंद्रह-बीस सालों में घर-घर चलने वाले अंग्रेजी मीडियम इंस्टिट्यूशनों और पब्लिक-स्कूलों

की कृपा से एक ऐसी पीढ़ी दृश्य-पटल पर जरूर हावी है जो अंग्रेजी को अपनी मातृभाषा की तरह बोलती है—ये युवा लोग जिस सहजता और अधिकार से अपनी अंतरंग, निजी भावनाओं और रोजमर्रा की जरूरतों को अंग्रेजी में व्यक्त कर लेते हैं वैसा मातृभाषाओं में नहीं कर पाते। बड़े और मझोले शहरों में स्कूल, कॉलेज, बाजार, बिजनैस या घरेलू व्यवहार में वे बेहद स्वाभाविक ढंग से अंग्रेजी का प्रयोग करते हैं। गनीमत है इस सबके बावजूद इन्होंने अपनी मातृभाषा अंग्रेजी नहीं लिखवाई, वरना पौने दो लाख नहीं, यह संख्या निश्चय ही करोड़ों में होती। बहरहाल, यही देश का एलीट-वर्ग है—प्रशासन, व्यवसाय, उद्योग, राजनीति, संस्कृति, मीडिया सभी जगह इन्हीं का वर्चस्व है। वे ही तय करते हैं हमारा वर्तमान और भविष्य—नीतियाँ और रणनीतियाँ हमारी मानसिकता और बौद्धिकताएँ...कला और संस्कृतियाँ।

सारे देश में आज जो कुछ भी हो रहा है वह सब इन्हीं के लिए हो रहा है, इन्हीं के बीच हो रहा है। यही कुछ लाख देश-विदेश के कर्णधार हैं—वे ही ऊपरी ब्यूरोक्रेसी हैं (अफसरशाही), वही जुडिशियरी (न्यायपालिका), वे ही अर्थशास्त्री हैं और वे ही बौद्धिक राजनीतिक थिंक-टैंक (विचार कुंड) हैं। वे ही वास्तविक बुद्धिजीवी हैं। सारे अखबार और संचार-माध्यम उन्हीं पर केंद्रित हैं, शहरों की सरकारें, सुविधाएँ और मनोरंजन उन्हीं के लिए हैं। बैंक और शेयर मार्केट उनके हैं। बाकी 90-95 करोड़ सिर्फ दर्शक और उनकी चरागाहें हैं। वे हमारे भाग्य-विधाता हैं। सभी जगह वे ही हमारे प्रतिनिधि हैं। बहसों, सेमिनारों और गोष्ठियों में उन्हीं का बोलबाला होता है, शिक्षा, टैक्नॉलॉजी में उनका एकाधिकार है और विचार-संस्कृति के वे ही एकमात्र संवाहक हैं। राष्ट्रीय, अंतर्राष्ट्रीय और ब्रह्मांडीय प्रतियोगिताएँ आयोजित करके वही तय करते हैं कि सौंदर्य और सौंदर्यशास्त्र क्या हैं ? सारे संचारमाध्यमों से वही हमें बताते हैं कि वास्तविक साहित्य वह है जो अंग्रेजी में लिखा जा रहा है, बाकी सब कचरा है। वही देशी-विदेशी पुरस्कार लूटकर रचनाओं के स्तर और महत्त्व स्थापित करते हैं। सरकारी, गैर-सरकारी साधन-संसाधन उन्हीं और सिर्फ उन्हीं के लिए हैं, सारे प्रचार-प्रसार—विज्ञापन और पब्लिसिटी...जनता या देश के कल्याण के नाम पर हजारों करोड़ के बजट हैं और वे सब उन्हें ही खाने हैं, धूल झोंकने के नाम पर कुछ जूठन 'बेचारी जनता' को भी डाल देनी हैं। देश में जो कुछ भी कमाया या पैदा किया जा रहा है या उधारों और अनुदानों के नाम पर लिया जा रहा है—सब उन्हीं के लिए है। उन्हीं का कौशल है कि हर भारतीय नागरिक छः हजार रुपयों से ऊपर का कर्जदार है। वे राष्ट्र के नाम पर रोज देश को बेच रहे हैं। वे कुशल, दक्ष, प्रतिभावान और अनुभवी लोग हैं—हर लूट को सिद्धांत बनाना जानते हैं। दो सौ साल उन्होंने ही दूसरों के लिए राज चलाना और जनता को लूटना सीखा है, अब भी उन्हीं के लिए चला रहे हैं, अमेरिकन रिमोट-कंट्रोल के इशारों पर यह नया उपनिवेशवाद है।

यह हमारा उच्च-मध्यवर्ग है। यही कुछ लाख शिक्षित एक अरब लोगों के लिए सोचते, चिंतन करते और दिशा देते हैं। दूसरों को मेरिट और अनुभव के नाम पर खारिज़ करते हैं और खुद अपने उल्लू के पट्ठों को लाखों की घूस या कैपिटेशन-फी देकर बड़े से बड़े शिक्षण-संस्थानों, सरकारी, गैर-सरकारी नौकरियों में ठूँस देते हैं, विदेशी संस्थानों में इन्हीं के दुलरूए पहुँचते हैं, ऊँचे से ऊँचे उद्यम, अस्पताल, होटल, फार्महाउस, बिल्डिंगें, कारें—सब इन्हीं के लिए हैं। ये सरकारों और संस्थानों को ही नहीं, आपस में शेयर-बाजारों, दलालियों, दहेजों और एनजीओ संस्थाओं द्वारा आपस में एक-दूसरे को लूटते हैं, एक-दूसरे को फँसाते, मारते और भंडाफोड़ करते हैं, फिर उन्हें आपस में ही बचाते हैं। देश के बाकी लोग सिर्फ भेड़-बकरी या बेजुबान जानवर हैं—इनके लिए न शिक्षा है, न इलाज—वे गरीबी, भुखमरी, बेरोजगारी में मरने या अपराध करने के लिए 'स्वतंत्र' हैं—ताकि कल ये अपने लिए उनका इस्तेमाल कर सकें। ये मालिक और प्रभु हैं और यही वर्ग सिर्फ इनको मैनिपुलेट करता है, अपने वोटों के लिए, इनकी दयनीयता के नाम पर देश-विदेशों से भीख माँगकर खुद माल हड़पने के लिए, इनके कल्याण और विकास के लिए। अब तो खैर यह घोषित ही कर दिया गया है कि स्कूल-कॉलेज-अस्पताल आत्मनिर्भर हों और अपने स्रोत खुद तलाश करें—यानी जितनी चाहें फीसें बढ़ा दें। कल तक समाज कल्याण के नाम पर ये सारे कार्यक्रम उनके भोजन थे, आज खुल्लम-खुल्ला इनके व्यवसाय हैं।

इस वर्ग को जब भी अपने अस्तित्व के लिए खतरा महसूस होता है तो पहले इसे संस्कृति पर खतरे का नाम देता है, फिर वहाँ से भागता है या भागने के लिए विकल्प बनाता है। बंगाल में जब नक्सलबाड़ी आंदोलन बढ़ा तो सारे व्यावसायिक संस्थान और सरकारी, गैर-सरकारी परिवार दिल्ली-बंबई की तरफ भागे थे, वक्त जरूरत के लिए उन्होंने दिल्ली, बंबई में इंतजाम कर लिए थे। बिहार की कानून और व्यवस्था बिगड़ते और चारों तरफ गड़बड़ी देखकर भी यही वर्ग दिल्ली-बंबई भाग आया था—न वहाँ शिक्षा है, न सुरक्षा, इसलिए राजधानी की सारी संस्थाएँ, दफ्तर और दूसरे संस्थान बिहारियों से भर गए। अब यह वर्ग देख रहा है कि स्वयं भारत में इनका भविष्य सुरक्षित नहीं है, इसलिए दल के दल विदेशों में भाग रहे हैं—या तो वहाँ इनका कोई न कोई विकल्प मौजूद है या सीधे ही पलायन का सिलसिला है। यहाँ रखा क्या है; न शिक्षा है, न चिकित्सा—न कानून, न सुरक्षा—पैसा तो खैर है ही नहीं। क्यों रहें यहाँ ? घूस, प्रभाव, ब्लैकमेल या ताकत के बल पर पहले यह वर्ग हर संस्था, उपक्रम को दिल खोलकर भ्रष्ट करता है फिर सबसे ज्यादा भ्रष्टाचार का रोना रोता है। पचास-पचास लाख चुपचाप डकार जाने वाले ड्राइंग-रूमों में छाती कूटते हैं कि रेल, बिजली-फोन या शिक्षा विभागों में कैसा अंधेर है—बिना पैसा लिए कुछ होता ही नहीं है। नैतिकता और मूल्यों की बात भी सबसे ज्यादा यही वर्ग करता है। इसका विश्वास है कि वह स्वयं हर नैतिकता और मूल्य से ऊपर है—मगर इन सबके पालन

करने की जिम्मेदारी दूसरों पर है उनका कर्तव्य सिर्फ़ उसे पालन कराना है, उपदेशों से या डंडे से। वस्तुतः नैतिकता, मानवता और मूल्य अपने आपको और यथास्थिति को बचाने वाली ढालें या दूसरों को मारने वाले हथियार हैं। राष्ट्र, संस्कृति, कला, उत्कृष्टता और योग्यता को बचाए रखने की एकमात्र जिम्मेदारी भी इसी वर्ग की है—वह अगर इस जिम्मेदारी को न उठाता तो दुनिया रसातल में चली जाती। हर स्रोत, सुविधा और साधन पर एकाधिकार किए यही वर्ग वंचितों और दलितों को चुनौती देता है कि लोकतंत्र में सब स्वतंत्र है, अगर उनमें दम है तो खुली प्रतियोगिता में हमारे बराबर आ जाएँ, कौन रोकता है। बचपन में हमारा प्रिय खेल था कि छोटे-छोटे पिल्लों को पानी में डाल देते थे; जैसे-तैसे तैरते हुए वे किनारे पर आते और बाहर निकलने की कोशिश करते तो उनके पंजे हटाकर फिर वापस उन्हें पानी में लौटा देते...मुझे लगता है, आज भी यह खेल जारी है। हर क्षेत्र में इनकी अपनी एक आचार-संहिता है, वही मूलतः इस वर्ग का 'सुरक्षा चक्र' है, इसमें प्रवेश कर सकना आसान नहीं है। उन्होंने उसे इतना अधिक संस्थानीकृत (इंस्टिट्यूशनाइज) किया हुआ है कि वह लगभग अटल, अपरिवर्तनीय और स्वयंसिद्ध हो गई है। उसे लेकर कोई सवाल नहीं उठाया जा सकता, या तो आप इसमें हैं या नहीं हैं। इन्होंने न शिक्षा का समाजीकरण होने दिया है, न संस्कृति का—हर क्षेत्र में एक अलग तरह का जातिवाद है जहाँ कुछ मालिक बनाने वाली संस्थाएँ हैं, कुछ सेवक। पिछले पचास सालों में शिक्षा-संस्कृति, व्यवस्था बदलने की मानसिकता के केंद्र नहीं, यथास्थिति को स्थायी रूप से बरकरार रखने के मोर्चे हैं—गाँव शहर के प्राइमरी स्कूलों के विद्यार्थी कभी भी प्रशासनिक संस्थाओं या आई.आई.टियों में नहीं आ पाएँगे...वहाँ नए-पुराने अभिजातों, नव-धनिकों का एकाधिकार है।

मैंने पिछले संपादकीय में इसी बात पर जोर दिया था कि यह मध्य वर्ग, सामंती मूल्यों और आधुनिक स्थितियों के द्वंद्व के चलते ही गतिशील दिखाई देता है। पिछले पचास सालों में इसने न तो किसान और जमीन के रिश्तों को बदला है न परिवार और स्त्री के—मोटे रूप में श्रम या उत्पादन के साधनों और सिस्टम को जैसा का तैसा बनाए रखे हुए उन पर अपना कब्जा बनाए रखा है। इसलिए हर कहीं वही वर्ण-व्यवस्था है—यानी दलित और औरत मूल निर्णयों में केवल बाहरी परिधि पर हैं। इधर इन दोनों ही वंचित वर्गों में बदलती स्थितियों के कारण जो सामाजिक-राजनीतिक चेतना आई है उसे कुचलने के लिए 'भारतीय संस्कृति' का ट्रंप-कार्ड चलाया जा रहा है। अपने लिए उदार औद्योगिक, देशी-विदेशी नीतियाँ हैं, मल्टीनेशनल और ग्लोबलाइजेशन (भूमंडलीकरण) हैं; उनके लिए भारतीय संस्कृति की अतीत यात्राएँ—अंधविश्वास, सामंती विषमताओं का धार्मिक स्थायीकरण—हर विदेशी वस्तु का अधिग्रहण और हर परिवर्तन-कामी विचार को विदेशी कहकर उसका बहिष्कार ...पिछले सौ सालों में इस वर्ग ने मानवतावाद, लोकतंत्र, मार्क्सवाद—हर विदेशी

विचारधारा का सिफ कीर्तन किया है, अपने समाज और व्यक्तित्व में समाए सामंती वर्णवाद को बदलने की कोई गंभीर कोशिश नहीं की—बल्कि उसे धर्म या परंपरा के कवच-कुंडल पहनाकर गौरव और स्थायित्व ही दिया है।

समाज को बदलने की प्रतिज्ञाएँ लेकर आए इस राष्ट्रीय बोर्जुआ वर्ग का प्रशिक्षण विशेषकर इंगलैंड में हुआ था। कांग्रेस का तो सारा नेतृत्व यहीं से आया था—चाहे वह गाँधी हों या नेहरू-पटेल। जनता के बीच 'धूल फाँकने' वाले जवाहरलाल नेहरू के कपड़ों का पेरिस में धुलना हम सब सुनते रहे हैं। दूसरे विचार वाले भी अलग नहीं थे। कुलीन वामपंथी बुद्धिजीवियों का वर्ग-चरित्र समझने के लिए यहाँ एक उदाहरण देना ज़रूरी है। हम सभी जानते हैं कि वामपंथी विचारों का प्रारंभ तीसरे दशक में राजा-जमींदारों के उन उत्साही नौजवानों ने किया जो ऊँची शिक्षा के लिए इंग्लैंड गए और वहाँ के तत्कालीन मार्क्सवादी माहौल में प्रबद्ध हुए। वे सद्‌भावी युवक थे और मार्क्स के वैज्ञानिक विचारों से अपने देश की स्थितियों को बदलना चाहते थे। बोल्शेविक क्रांति और सोवियत रूस का मॉडेल सामने था और सारा यूरोपीय बुद्धिजीवी वर्ग मार्क्सवादी था। नेहरू-गाँधी तक इससे अछूते नहीं थे। वहाँ से लौटे मेधावी युवाओं ने सचमुच यहाँ आकर अद्‌भुत त्याग-तपस्या का परिचय दिया, सारी सुख-सुविधाएँ छोड़कर मजदूरों को राजनीतिक रूप से जागरूक और संगठित किया। इस सारे प्रशिक्षण के बावजूद वे किस तरह अपने अभिजात स्रोतों से मुक्त नहीं हो पाए—यह उदाहरण उसी पर प्रकाश डालता है। वे खुद जरूर मजदूरों-गरीबों में काम करते थे, मगर उनके घरों-परिवारों में वही सामंती वातावरण था। सोच में वे वर्गविहीन थे, मगर संस्कारों और अभ्यासों में सामंती मानसिकता से मुक्त नहीं थे। 'उद्‌भावना' पत्रिका के एक लेख में प्रो. कुँवर पाल सिंह ने इसी वर्ग-कुंठा पर एक लेख लिखा और उसमें कुलीन वामपंथियों और ज़मीनी कार्यकर्ताओं के अंतर्विरोधों पर टिप्पणी की।

के.पी. प्रारंभ से ही अलीगढ़ विश्वविद्यालय में हैं और यह भी सच है कि आदि-वामपंथियों का सबसे बड़ा गढ़ अलीगढ़, इलाहाबाद ही रहे हैं। कुँवर पाल सिंह शुरू से ही धर्मनिरपेक्षता की लड़ाई लड़ते रहे हैं। वे अल्पसंख्यकों के प्रबल पक्षधर माने जाते हैं। दर्जनों बार जान-जोखिम में डालकर उन्होंने कट्टरपंथियों से लोहा लिया है, मगर घोषित वामपंथियों की कुलीन मानसिकता की आलोचना करते ही अलीगढ़ी वामपंथी भड़क गए। इरफान हबीब जैसे प्रबुद्ध व्यक्ति ने आरोप लगाया कि के. पी. सांप्रदायिक और बी.जे.पी वादी हैं। शायद इससे अधिक हास्यास्पद कुछ हो ही नहीं सकता था। यह है इस कुलीन (शुरफा) वर्ग का मूल-चरित्र। वे सबकुछ बर्दाश्त कर लेंगे पर अपनी कुलीनता और वर्ग-चरित्र की कोई आलोचना सहन नहीं करेंगे। अपनी वर्गवादी यथास्थिति को बचाए रखने में दोनों संप्रदाय बेहद चौकन्ने हैं। खासतौर से मुस्लिम समाज आज भी यही मानकर बैठा है कि हिंदू अंतर्विरोधों से लड़ना, मगर मुस्लिम सांप्रदायिकता, कट्टरपंथीपने और जड़ता का अंध-समर्थन ही धर्मनिरपेक्षता

है—वे अल्पसंख्यकों की घेटो-वादी असुरक्षा के लिए धार्मिक अपरिवर्तनशीलता और कट्टरपने को ही अपनी सुरक्षा समझते हैं।

साहित्य और संस्कृति के क्षेत्र में इस वर्ग ने जो 'अपना' सौंदर्यशास्त्र विकसित किया है वह और भी अधिक जड़ और यथास्थितिवादी है। विश्व-साहित्य के घनघोर अध्ययन के बाद उन्होंने जो कला-मूल्य या साहित्यिक आस्वाद-बोध अर्जित किया है उसे वे लगभग अपरिवर्तनीय और शाश्वत मानने की द्विधाहीन बौद्धिकता में जीते हैं। उदाहरण के लिए कहानी, कविता, उपन्यास की कलात्मकता को लेकर उनके मन में कुछ मानक मूल्य हैं; भाषा से लेकर कथन-भंगिमा तक उनके कुछ पैमाने हैं, अगर रचना उन पर खरी उतरती है तो महान् है वरना फूहड़, अधकचरी इत्यादि है। वे कभी यह प्रश्न नहीं करते कि क्या उनके ये पैमाने शाश्वत हैं ? उनमें कोई परिवर्तन हो ही नहीं सकता ? क्या उनसे अलग साहित्यिक उत्कृष्टता का कोई आधार ही नहीं है ? वे यह भूल जाते हैं कि अभी सौ साल पहले तक उस काव्य-रचना को फूहड़ ही समझा जाता था जिसमें रस-अलंकार; नायिका-भेद, धर्म या जगण-मगण का सम्यक निर्वाह न हो—और वहाँ सबसे ज्यादा गैर-मौजूं थी खड़ी बोली। छायावादी युग में हम देखते हैं कि वह सारा काव्यशास्त्र अप्रासंगिक हो जाता है और प्राचीन भारतीय रस-मीमांसा न उस कविता को समझा सकती है, न नाटक को। छायावाद की जड़ें वस्तुतः योरोपीय रोमांटिक कविता और काव्यशास्त्र में हैं—जिन्हें समझने के लिए पश्चिमी पुनर्जागरण की पीठिका को समझना, भारतीय काव्यशास्त्र के मुकाबले ज्यादा जरूरी है। रामचंद्र शुक्ल इत्यादि कबीर और संत साहित्य के जिन कवियों को अपनी अभिजात मानसिकता के चलते फूहड़, गँवार, खिचड़ी भाषा के कवि कहते हैं और उनके सुने-सुनाए ज्ञान को, बाकायदा कुलीन पाठशालाओं से प्राप्त विद्वत्ता के मुकाबले लतियाते हैं, वही कबीर आगे चलकर निराला, रवींद्रनाथ, हजारीप्रसाद द्विवेदी, राहुल जैसों के दिशा-दर्शक बनते हैं। अभी बहुत दिन नहीं हुए छायावादी संस्कारों में पले कवियों को, प्रगतिवाद या नई कविता व्यर्थ और बकवास लगती थीं—'कामायनी' का विद्वान्, 'अंधायुग' को समझने में नितांत असमर्थ था—मुक्तिबोध का तो खैर सवाल ही नहीं उठता। मेरे कहने का मतलब सिर्फ इतना है कि साहित्य-कला के जिन मूल्यों को आज का अभिजात प्रबुद्ध वर्ग शाश्वत और अंतिम माने बैठा है वैसा हमेशा से नहीं रहा है और सौंदर्यशास्त्र की सारी अवधारणाएँ आमूल बदली हैं। बदलाव के इन झटकों को पुराना रसिक कभी आत्मसात नहीं कर पाया। कविता के मुकाबले कथा-साहित्य चूँकि अधिक समाज-सापेक्ष्य है इसलिए ये झटके वहाँ उतने विकट नहीं दिखाई देते, वरना ओ. हेनरी और मोपासां के मुकाबले चेखव से लेकर शुक्सिन की कहानियों या दोस्तोयव्स्की-टॉल्सटॉय, लारेंस के बरक्स मार्खेज, कुंडेरा की कथा-रचनाएँ दो अलग दुनियाओं की रचनाएँ हैं। प्रेमचंद, प्रसाद, यशपाल क़ी कहानियों का पाठक संजीव, उदयप्रकाश की कहानियों को आसानी से नहीं पचा

सकता। पुरानी कथा-चेतना को नई कहानियाँ भी कहाँ स्वीकार हुई थीं ? यही दिक्कत हमें जनवादी कहानियों को लेकर आज स्वयं महसूस होती रही है। मेरे कहने का मतलब सिर्फ इतना है कि पश्चिम के, विशेष रूप से यूरोप और उत्तरी-अमेरिका की कला-परंपरा में पले-बढ़े बुद्धिजीवी के लिए अगर आज का दलित या स्त्रीवादी साहित्य फूहड़ और कलाहीन लगता है तो सबसे पहले अपनी कला चेतना के उन स्रोतों का विश्लेषण करने की जरूरत है जिनकी गोद में बैठकर हम बदलती हुई सचाई को स्वीकार नहीं कर पा रहे हैं। हो सकता है उनकी सौंदर्य-चेतना का लक्ष्य न रस-निष्पत्ति हो, न निर्विकल्प-समाधि--न कला सौंदर्य का वह आनंद या तुष्टि हो जो एक उत्कृष्ट सिंफनी, एक महान् काव्य रचना से हमारे अर्जित संस्कारों को उपलब्ध होता है--वहाँ न 'अंधेरे में' और 'ब्रह्म राक्षस' का वह बौद्धिक संत्रास हो--हो सकता है उनकी रचनाएँ यातना, संघर्ष और आत्मसम्मान के सपनों से सीधे-सीधे जुड़ी हों--कोई फर्क नहीं पड़ता कि वे सिर्फ उनकी आत्मकथाएँ हैं और उनमें आगे सिर्फ दुहराव भरी एकरसता ही है। अमेरिका का नीग्रो और पूर्व उपनिवेशों का अफ्रीकी साहित्य दसियों वर्षों से इन्हीं आरोपों की अग्नि-परीक्षाओं से गुजरा है और आज स्थिति यह है लगभग सारे नोबेल या बुकर पुरस्कार उन्हीं रचनाओं को मिले हैं जिन्हें परंपरावादी बौद्धिक न रचना मानेगा, न रचनाकार...उधर मराठी के दलित-साहित्य की ऊर्जा के सामने वहाँ का कुलीन-साहित्य स्वयं हाशिए पर सरक गया है।

जब अशोक वाजपेयी जैसे विचारक यह शिकायत करते हैं, कि साहित्य में विशेषकर कविता में शब्दों की संख्या बहुत सीमित होती जा रही है तब वह अपने अनजाने ही उस संवेदना के सूखते जाने की शिकायत कर रहे होते हैं जिसके स्रोत कहीं नहीं हैं--न अपने जनजीवन में, न पश्चिम के उत्तर-आधुनिक विमर्श में। चूँकि पश्चिमी उत्तर-आधुनिक और विखंडनवादी बहस ने अपने बीच से कविता को लगभग बिल्कुल ही निष्कासित कर दिया है इसलिए वहाँ विचार तो मिल सकते हैं शब्द नहीं। यहाँ अशोक की यह आत्म-स्वीकृति काफी हद तक ईमानदार है कि उनके पास सीमित शब्दावली यानी निरंतर छीजती संवेदना है जहाँ या तो दुहराव है, किशोर देह-धर्मिता है या फिर है अनंत मौन...दुखद यह कि वे अपनी बीमारी की जड़ को नहीं देखना चाहते...सिर्फ शब्द गिनाते हैं।

मुझे लगता है कि यह सुविधाभोगी मध्यवर्ग का अपना काव्यशास्त्र है और इसके संरक्षण की चिंता मूलतः किन्हीं कला-मूल्यों की चिंता नहीं, उस वर्ग की अस्तित्व-रक्षा है जो इस सारे बौद्धिक-विमर्श की सुविधा देता है। संस्कृति वैसे भी हवा में जन्म नहीं लेती। एक विशेष समय, वर्ग और समाज में ही कोई संस्कृति जन्म लेती, बढ़ती और परवान चढ़ती है। चूँकि संस्कृति एक बौद्धिक अभ्यास, संस्कार या लत भी होती है इसलिए उत्कृष्टता का आदर्श मॉडल बनकर अगली पीढ़ियों की बौद्धिकता को नियंत्रित, निर्धारित करती रहती है। इस मध्य वर्ग ने साहित्य-कला

के क्षेत्रों में जो संस्कृति विकसित की है, वही उसका बौद्धिक कवच है। महत्त्वपूर्ण यह भी है कि साहित्य-कला के क्षेत्र में उत्कृष्टता के मूल्यों की रक्षा करने वाले खुद भी स्वीकार नहीं करना चाहते कि वे सांस्कृतिक मानकों की रक्षा के नाम पर किन वर्ग हितों की रक्षा कर रहे होते हैं। वे इसे निरपेक्ष, स्वयंभू और स्वायत्त समझने के लिए मजबूर हैं। ईमानदारी की बात तो यह है कि मैं स्वयं इसी मध्यवर्गीय संस्कृति की उपज हूँ और मुझे भी कला-संस्कृति के वे ही उत्कृष्ट मूल्य आकर्षित, प्रभावित करते हैं–मगर अब मैं अपने आपसे पूछने लगा हूँ कि क्या मेरा यह कला सौंदर्य-बोध, शाश्वत और अपरिवर्तनीय है या मैंने इसे इन सौ सालों के प्रशिक्षण से अर्जित किया है ? इन सबसे बाहर या अलग क्या सचमुच कोई कला, साहित्य है ही नहीं ? जो कुछ भी है वह फूहड़, अकलात्मक और अधकचरा है ? मेरी इस कला-चेतना में पश्चिम के संपन्न देशों का योगदान क्या है ? पश्चिम, मुख्य रूप से अमेरिका जब स्वयं इन कला-मूल्यों की शल्य-क्रिया कर रहा है तो मेरा उन्हीं से चिपके रहना कहीं उसी वर्ग के संरक्षण की चिंता तो नहीं है जो इस सारी बौद्धिक ऐय्याशी का उपभोक्ता है ? तब क्या मध्यवर्गीय मानसिकता सिर्फ एक सामाजिक सचाई नहीं, संस्कृति और कलागत सचाई भी है–जहाँ की चिंताएँ व्यापक चाहे जितनी हों, अपने वर्ग की जड़ता और उदारता–दोनों का प्रतिनिधित्व या वकालत करती हैं–जहाँ एक जगह वह घनघोर वर्णवादी है तो दूसरी ओर उन्मुक्त भूमंडलीय...बिना धुरी छोड़े, एक विश्व-व्यापी लालसा में जीवित कभी-कभी कलावादियों से यह पूछने को भी मन करता है कि एलियट 'स्पेंडर' एजरा पाउंड या उनसे भी पहले रैंबो, मलार्मे, बोदलेयर, रिल्के जैसे कवियों से जिनकी कला-चेतना और काव्य संस्कार बने हैं, क्या अब पाब्लो नेरूदा, वोल शोयंका, अन्ना अख्मातोवा, सिंबोर्स्का को पढ़ते हुए उन्हें झटका नहीं लगता ? वे उसी सहजता से उसे पचा लेते हैं या कहीं कोई 'गीयर' बदलना पड़ता है ? हो सकता है पश्चिमी बौद्धिक आतंक के नीचे अपनी अनालोचकीय स्वीकृति या समर्पण के चलते वे उस सबको सराहने के लिए मजबूर हों जो पश्चिम धूमधाम से प्रचारित प्रसारित और पुरस्कृत कर रहा है, मगर कथा-साहित्य के क्षेत्र में मैं जरूर जानता हूँ कि चिनुआ-अचेबे, न्गुगी वा थंग-वो, जेम्स बॉल्डविन; रिचर्ड राइट या टोनी मॉरिसन निश्चय ही अपने मूल्यांकन के लिए पहले से एकदम अलग मानदंडों की माँग करते हैं–यानी उन्हें समझने के लिए अफ्रीकन, अश्वेत उभारों और स्त्री-विमर्शों को समझना, कला की स्वायत्त परंपरा को समझने से ज्यादा जरूरी है। पहले हम रचना को सिर्फ एक कलाकृति के रूप में पढ़ते-सराहते थे–आज उसे अपने समाज की खिड़की के रूप में भी देखते हैं। हमारे आस्वाद की शर्तें निश्चय ही आज वे नहीं रह गई हैं जो सौ साल पहले थीं।

जिस पश्चिम से हमारी सारी बौद्धिक और कलागत समझ निर्धारित-नियंत्रित होती रही है आज तो वहाँ भी सारा परिदृश्य बदल गया है और इसे पहचानने के

लिए नवीनतम 'साहित्यिक धमाका' अरुंधति राय के उपन्यास 'दि गॉड आफ स्मॉल थिंग्स' को लिया जा सकता है। हमारे साहित्य, कला-संस्कृति को लेकर पश्चिम की दिलचस्पी दो-तीन सदी पुरानी है। वे हमारी महानताओं और प्रतिभा से अभिभूत हैं और शुरू से ही इस महानता के विभिन्न चमत्कारों का आविष्कार करके स्वयं अभिभूत होते रहे हैं। बड़े-बूढ़े हमेशा छोटे बच्चों में अपनी 'महानता' की झलकियाँ देखकर गद्गद होते हैं। यह अभिभावकीय मनोविज्ञान है। पिछली सदियों में यूरोप ने इसी सरपरस्त 'महानता' पर तालियाँ बजाई थीं। आज पश्चिम सारे पहले के उपनिवेशों की प्रतिभा का पुनराविष्कार कर रहा है। यह भी उनकी ही उदार-निष्पक्ष महानता है कि वे हमें विश्व-स्तरीय मान्यता दे रहे हैं मगर क्या यह भी सच नहीं है कि हमारी रचनाओं की कलात्मक गुणवत्ता के मुकाबले उन्हें रचनाओं में हमारा उभरता समाज ज्यादा दिखाई दे ? आकर्षित उन्हें वह कर रहा है, भाषा और टैकनीक के प्रयोग कम। पारखी वे हैं और हर माल पारखी की मानसिकता या जरूरत के अनुसार ही 'स्वीकृति' पाता है। हम वही माल पेश करेंगे जिसे पारखी की निगाह पास कर दे। यह माल की अपनी गुणवत्ता के मुकाबले पारखी की पसंद का कौशल अधिक है। कृति की न्यूनतम जरूरत एक निर्दोष और प्रयोगशील भाषा तो है ही, साथ ही वह समाज भी है जिसे विक्रम सेठ शादी के लिए लड़की देखने के बहाने घूम-घूमकर विस्तार से दिखा रहे हैं। बुकर-प्राइज देने वाले अंग्रेजों को अरुंधति रॉय की भाषा की चौंकाने वाली ताज़गी, तकनीकी प्रयोग कितना प्रभावित-आकर्षित करते हैं, मैं नहीं जानता, मगर निश्चय ही केरल की हरियाली लदी प्रकृति, अपनी पूर्व कॉलोनी की स्मृतियाँ (नॉस्टेल्जिया), टूटते-बिखरते बोर्जुआ कुलीनों की जिंदगी के साथ अपनी एरिस्टोक्रेसी के विघटन का आइडैंटिफिकेशन (साधारणीकरण) उन्हें ज्यादा 'अपना' लगता है। पारखी की स्वीकृति के लिए अरुंधति ने सारे लटकों का खूबसूरत प्रयोग किया है—वही विघटित होती पश्चिम-निर्भर एरिस्टोक्रेसी अब अपने ही समाज-देश का हिस्सा बनना चाहती है—इसलिए शेष जनता से उसके संबंध प्रेम-घृणा के हैं—पीठ से झाड़ू और मुँह पर हांडी बाँधकर समाज के हाशियों की गुमनामियों में रहने वाले शूद्रों के प्रति अम्मू परिवार में बेहद करुणा है, वह उन्हें मानवीय सम्मान देना चाहता है, मगर नंबूदरीपाद जैसे 'दोग़ले' नेताओं के 'बहकावे' में आकर वे सबके सब कम्युनिस्ट और नक्सलाइट बन रहे हैं—उन्होंने हमारी अचार-जैम फैक्टरी को भूत-महल में बदल डाला है—इस दुविधा की स्थिति से विद्रोह करती है अम्मू और शूद्र वैलुथा से शरीर संबंध बना लेती है—इन संबंधों का विवरण इतनी काव्यात्मक संवेदना से लिखा गया है कि 'लेडी चैटर्लीज लवर' की याद दिलाता है। मुझे यह भी लगता है कि इस एरिस्टोक्रेसी को तोड़ने के लिए अरुंधति कम्युनिस्ट आन्दोलन को जिम्मेदार मानती है और इसे क्षमा नहीं कर पाती। यानी अपने ही 'दूसरे हाथ' पुलिस से पिटवाकर वैलुथा की हत्या करा डालती है फिर आत्महत्या कर लेती है। हो सकता है अम्मू

का अपनी आत्मा के परिष्कार का यह एक तरीका हो—यानी अपराध-बोध से मुक्ति के रूप में वह वैलुथा को प्यार करती हो। इस तरह यह एक वर्ग की जटिल मृत्यु की कहानी है। उधर कहानी के नैरेटर हैं जुड़वाँ भाई-बहन—'कैचर इन द राई' के बचपन को जीते हुए इनसैस्ट (एक ही रक्त संबंध के बीच सैक्स) हो सकता है पश्चिम के पारखियों को समाप्त होते कुलीन वर्ग के यही रोमांटिक विद्रोह बहुत नए लगे हों...चाहे केरल का कम्युनिस्ट आंदोलन हो, या व्यक्तिगत स्तर के विद्रोह, अरुंधति राय हर जगह रोमानी है...क्योंकि हर जगह पारखी की कसौटी उसकी कलम को संपादित करती है। मगर दुनियाभर में नए साहित्यिक सौंदर्यशास्त्र की आज वह सुपर-स्टार है—पिछले दिनों की ब्रह्मांड सुंदरी ऐश्वर्य राय की तरह, अकूत धनराशि, सारे संचार माध्यम, सारे पुरस्कार—यानी रूपर्ड मर्डोक की सारी कंपनियाँ उसे उछाल रही हैं...

साफ है कि आज हम दो अलग दुनियाओं में रह रहे हैं; एक ओर यह मीडिया-हाइप है और दूसरी ओर अपने समाज के भीतर के अंतःसंघर्ष...यानी पश्चिमी पारखियों के लिए ताराशंकर के 'गण देवता', मानक बंद्योपाध्याय के 'पदमा नदी के मांझी', विभूति की 'पाथेर पांचाली' या तकषि शिवशंकर पिल्लै की 'रस्सी' का केरल, 'मैला आंचल' का बिहार , 'सावधान नीचे आग है' का कोयलांचल, 'रागदरबारी' का उत्तर प्रदेश, महाश्वेता के 'जंगल के दावेदार', कृष्णा सोबती का 'जिंदगीनामा', मन्नू भंडारी का 'महाभोज', मैत्रेयी पुष्पा के 'इदन्नमम' और 'चाक' का बुंदेल-ब्रज क्षेत्र जैसी रचनाओं का शायद अस्तित्व भी नहीं है—क्योंकि उस कुलीन मध्यवर्ग में इस समाज को निहायत अपरिचित दुनिया की बात बना दी गई है। व्यक्तित्व और अस्तित्व के संघर्ष आज दो विरोधी दिशाओं की ओर गतिशील हैं। एक की गतिशीलता को सारे संचार-माध्यम उछाल रहे हैं, दूसरे की गतिशीलता अपने समाज की भीतरी बनावट को बदल रही है। और बदलाव की इस 'वामपंथी' चेतना को चूँकि अमरीका खारिज कर चुका है, इसलिए परोपजीवी मध्यवर्ग को भी इससे जान छुड़ानी है। उनके इतिहास का अंत क्या और क्यों है, यह वे जानें, मगर हमारे इस मध्यवर्गीय इतिहास का अंत है उस 'सामंतवाद' का अंत, जहाँ वर्ग-विषमता, ग़ैर-बराबरी की सांस्कृतिक और धार्मिक एयाशियों के वर्चस्व को तोड़ती सामाजिक चेतना का भौतिक सचाई में रूपांतरण हो रहा है।

मेरी तेरी उसकी बात, 'हंस', नवंबर 97

कलात्मकता के प्रस्थान-बिंदु

बात यहीं से शुरू की जा सकती है कि 'प्रगतिशील लेखक संघ', 'जनवादी लेखक संघ', 'जन संस्कृति मंच' या 'भारत भवन' के सेमिनारों, गोष्ठियों, परिचर्चाओं, संवादों के अनेक आयोजनों के बीच 'संगमन' और 'कथाक्रम' (किसी हद तक 'हंस' के वार्षिक कार्यक्रम) जैसे प्रयास क्यों अचानक 'महत्त्वपूर्ण' होने लगे हैं ? क्यों सभी तरह के कथाकार बेझिझक इनमें शामिल होते हैं, डेढ़ या दो दिन समस्याओं और मुद्दों से जूझते हैं और 'बात को और दूर तक जाना था' के असंतोष के साथ वापस लौटते हैं--अगले आयोजन की प्रतीक्षा में इस बार लखनऊ में आयोजित (8-9 नवंबर) 'कथाक्रम' में सभी झंडों और पीढ़ियों के कथाकार थे। शायद कथा के घाट पर इतनी बड़ी भीड़ बीसियों बरस बाद हुई थी--विषय था 'प्रतिबद्धता और कलात्मकता'। क्या इस परिदृश्य को आज की राजनीति की तरह, साहित्य के संयुक्त-मोर्चे के रूप में देखा जा सकता है ? मगर शायद यह सरलीकरण है।

वस्तुतः स्थिति दूसरी है। लगभग सभी मंचों और संघों की प्रतिबद्धताएँ (राजनीति ?) इतनी अधिक पूर्वघोषित हैं कि 'कलात्मक खुलाव' की गुंजाइश वहाँ प्रायः दिखाई नहीं देती। उनके समापन भी प्रस्ताव-पारित करने जैसे सुनिश्चित होते हैं। फिर उनकी प्रतिबद्धता किसी एक विधा के लिए नहीं, समग्र साहित्य या संस्कृति के लिए होती है। वहाँ समग्रता की छाँह में विशेषीकृत की तलाश, कहीं अलग अस्मिता की तलाश भी बनने लगती है। किसी भी ठप्पे (ब्रांड) को अस्वीकार करते हुए लेखकीय अस्मिता को पुनःपरिभाषित करने की छूट भी, हो सकता है इन नए आयोजनों के पीछे के उत्साह को समझने में सहायक हो...लेकिन इससे भी बड़ा दबाव शायद यह है कि हर गंभीर लेखक अपने समय और समाज को समझने की प्रक्रिया में ही अपनी प्रासंगिकता को भी समझना चाहता है; बने बनाए साँचों को अस्वीकार करते हुए। अपने को कहीं जोड़ने/बाँधने के साथ मुक्त होने की द्वंद्वात्मकता ही अपने 'होने' को परिभाषित करती है।

'कथाक्रम' में भी सवाल को लगभग इस तरह उठाया गया मानों प्रतिबद्धता और कलात्मकता दो विरोधी बातें हैं और एक के साथ होना अनिवार्यतः दूसरे को अस्वीकार करना है। शुरू से ही लेखक दो हिस्सों में बँट गए थे कि क्या जो कलात्मक है वह प्रतिबद्ध नहीं है, या जो प्रतिबद्ध है उसे कलात्मकता की ज़रूरत नहीं है ? प्रतिबद्धता को अभी तक चूँकि समय और समाज के प्रति वामपंथी रुझान के रूप में देखा जाता रहा है इसीलिए लगभग वामपंथ की आलोचना, उसकी अपर्याप्तता, अमानवीयता और असफलता की सूचियाँ भी पेश की गईं। निर्मल वर्मा का यह पुराना शग़ल है। वे अपनी बात किसी भी प्रतिबद्धता के खिलाफ बोलने से शुरू करते हैं, शीघ्र ही भूल जाते हैं कि वामपंथी प्रतिबद्धता या लेखकीय स्वाधीनता के बारे में बोलते हुए वे 'दक्षिणपंथी सांस्कृतिक राष्ट्रीयता' की वकालत कर रहे होते हैं। अमानवीयताओं और नृशंसताओं की सूची यहाँ भी बहुत लंबी है और वह सब बीते इतिहास का भयावह दौर नहीं, वर्तमान के नरक की निरंतरता में है। नाज़ी-गैस-चैंबरों या सोवियत कंसेंट्रेशन कैंपों के लोमहर्षक यातना चित्रों के वृहदाकार एनलार्जमेंटों की छाया में, अपने यहाँ जलती हुई दलित बस्तियों, नरसंहारों, सांप्रदायिक विध्वंसों और घर-घर होते स्त्री-वधों को आसानी से भुलाया जा सकता है। चूँकि 'सांस्कृतिक राष्ट्रवाद' में व्यवस्था ऊपर से थोपी हुई नहीं लगती, सदियों के दौरान स्वयं समाज के अंदर से निर्मित है, इसलिए एक 'खुलेपन' का भ्रम देती है। कुछ के लिए उसके साथ जुड़ना दक्षिणपंथी प्रतिबद्धता नहीं होती। फिर इतिहास और भूगोल की दूरियों से बोलना 'स्वतंत्रचेता' होना है, अपने यहाँ के वर्तमान पर बोलना 'ख़तरा मोल' लेना।

उसी प्रकार छायावादी उच्छ्‌वास (नायेविटी) में गोविंद मिश्र ने बताया कि साहित्य का उद्देश्य सामाजिक यथास्थिति में हस्तक्षेप करना नहीं, सौंदर्य की खोज करना है। इसका जवाब ममता कालिया ने बाद में यह कहकर दिया कि 'मुक्त पूँजीवाद ने तो आज मीडिया में हिंसा का अपना सौंदर्य भी विकसित कर लिया है।' गोविंद ने अपनी सौंदर्यवादी दृष्टि का प्रस्थान-बिंदु मदर टेरेसा से भेंट को माना जब वे कलकत्ता में उनसे मिले तो मदर ने हाथ पकड़कर कहा कि 'सौंदर्य ही संसार को बचाएगा' काव्योक्ति के रूप में बात खुबसूरत थी और सुंदरता के प्रति उनकी आस्था को व्यक्त करती थी। साहित्य को एक उदात्त लक्ष्य से भी जोड़ती थी। इस पर मैंने पूछा था कि "सौंदर्य संसार को जरूर बचाएगा, मगर स्वयं उस सौंदर्य को कौन बचाएगा ? क्या दुनियाभर की कुरूपताओं, विकृतियों और चारों तरफ से होने वाले प्रदूषणी हमलों के बीच सौंदर्य बचा रहेगा ? कैसे बचा रहेगा ? स्वयं मदर टेरेसा, अपने त्याग, समर्पण सेवा से जिस तरह सौंदर्य को बचा रही थीं, उसके पीछे की आस्था गोविंद को क्यों दिखाई नहीं दी ? मानव-कल्याण के लिए प्रतिबद्ध जीवन का यह उदाहरण नहीं तो क्या है ? अगर उन्होंने इसके लिए सेवा का रास्ता चुना है तो मेधा पाटकर ने संघर्ष

का। सौंदर्य भी तो तभी तक है जब तक जीवन है, बिना संघर्ष के न जीवन बचेगा, न सौंदर्य।''

सही है कि इन सारे सवालों को यह कहकर खारिज़ किया जा सकता है कि ये तीस-चालीस साल पुराने हैं और उन्हें ही धुनते रहने की बजाय लेखकों को नए सवालों से जूझना चाहिए। ऐसे चुस्त फ़िकरे फेंकने वालों के सामने भी यह साफ नहीं था कि उन नए सवालों के रूप और क्षेत्र क्या हैं ? सूचियाँ नई हो सकती हैं, मगर बात तो अपनी जगह बनी ही है कि साहित्य के लिए क्या इन सवालों से जूझना ज़रूरी है या यह साहित्य का धर्म है ? मेरी समझ में पुराने होने से ही सवाल अप्रासंगिक नहीं हो जाते।

जिस तरह जीवन को लेकर हर युग और व्यक्ति ने क्या और क्यों के सवाल उठाए हैं, उसी तरह हर नई स्थिति में साहित्य भी अपने सवाल उठाता रहा है। वह कभी अपना उद्देश्य जानना चाहता है तो कभी प्रासंगिकता की बात पूछता है, साहित्य की इस 'हवि' को किस देवता के चरणों में निवेदित करूँ ? कस्मै देवायः ? मेरे लिए प्रतिबद्धता और आस्था का सवाल लगभग एक है और इसे मैंने 'एक दुनिया समानांतर' की भूमिका में भी रेखांकित किया था। बाद में अनेक लेखों में भी यह बात आई है कि आज के समय में साहित्य की प्रासंगिकता या ज़रूरत क्या और क्यों है ?

राजनीति, इतिहास, समाजशास्त्र, अर्थशास्त्र, चिकित्सा, मनोविज्ञान, दर्शन विज्ञान, टैक्नॉलॉजी, पर्यावरण, यानी ज्ञान-विज्ञान के अनुशासनों की अपनी अलग सुपरिभाषित और सुनिश्चित धारणाएँ हैं, उनके अपने इतिहास, शोध, औजार और उपलब्धियाँ हैं—क्या साहित्य, कला, संस्कृति की वैसी सुस्पष्ट धाराएँ और धारणाएँ हैं ? इन ज्ञान-धाराओं में व्यक्ति और समाज के हर पहलू पर जितनी गहराई में जाकर काम हुआ है, क्या वैसा ही कुछ दावा साहित्य भी कर सकता है ? या इनसे अलग साहित्य ने ऐसा कुछ खोजा है जो उसे स्वतंत्र अनुशासन के रूप में स्थापित कर सके ? उसकी उपयोगिता क्या सिर्फ इतनी ही है कि ज़िंदगी के इन गंभीर कामों में लगा या निर्णायक समस्याओं से जूझता आदमी मनोरंजन और ताज़गी के लिए साहित्य और कलाओं की तरफ आए ? तब क्या साहित्य मात्र पलायन है ? पलायन के दूसरे क्षेत्र, यानी धर्म और साहित्य में अंतर कहाँ है ? धर्म भी तो हारे-थके आदमी को आत्मा की शांति या मलहम प्रदान करता है। फिर साहित्य ही क्यों, धर्म क्यों नहीं ? या सिर्फ धार्मिक साहित्य ही क्यों नहीं ?

आज से चालीस-पैंतालीस साल पहले भी सी.पी.स्नो ने विज्ञान और संस्कृति की इस समानांतर दुनिया की बात उठाई थी और दोनों के बीच बढ़ती दूरियों को लेकर चिंता व्यक्त की थी। जहाँ तक मुझे याद है कि उसने अपनी 'टू कल्चर्स' की स्थापना में इन दोनों के अंतरावलंबन पर ही ज़ोर दिया था। मगर बात सुलझी कहाँ ? दो संस्कृतियों की यह भयावह सचाई किसी न किसी रूप में आज हम सबकी

चिंता का केंद्र है कि इस उपयोगिता/उपभोक्तावादी संस्कृति में हम कहाँ और क्यों हैं ? रास्ते दो ही हैं : अपनी अकिंचनता के आतंक में हम सीधा सरल निष्कर्ष निकाल नें कि आज के समाज में चूंकि हमारी जरूरत नहीं है इसलिए हमें विलुप्त होती प्रजातियों वाली अपनी नियति को स्वीकार कर लेना चाहिए या फिर यह मान लेना चाहिए कि साहित्य का क्षेत्र भी सिर्फ धर्म और मनोरंजन का पलायन-क्षेत्र है, न इससे अधिक न इससे कम। जीवन की असली लड़ाइयों से हारा-थका आदमी फुरसत के दो क्षणों में यहाँ आकर अपने को ताज़ा करता है ताकि फिर जाकर अपने मोर्चों पर जूझ सके...तब क्या पुराने सामंतों से लेकर आज तक साहित्य की सिर्फ यही उपयोगिता है ? अपनी सारी महानताओं के बावजूद हम सिर्फ एंटरटेनर (मनोरंजनकर्ता) हैं ? हमारा सारा तामझाम या व्यापार सिर्फ दूसरों की जूठन या इधर-उधर से उड़ाये माल से ही चलता है ? यानी समय और समाज को ढालने वाले शास्त्र दूसरे हैं, साहित्य नहीं।

ज़ाहिर है कि अपने आपको इस तरह देखना बहुत अपमानजनक लगता है। झुँझलाकर हम कहते हैं कि नहीं, न हम किसी के पिछलग्गू हैं न उपजीव्य। हम स्वतंत्र और स्वायत्त हैं। समाज और व्यक्ति से जुड़ने के दबाव में हम क्यों ज्ञान-विज्ञान की दूसरी धाराओं पर निर्भर करें ? प्रतिबद्धता का प्रार्थना-पत्र लेकर हम ही जाते हैं और अनचाहे ही ऐसे क्षेत्र में फेंक दिए जाते हैं जहाँ हमारा काम सिर्फ तालियाँ बजाना और हाय-हाय करना है। साहित्य में स्वतंत्रता की यह तलाश अपनी एक स्वायत्त और आत्मनिर्भर दुनिया की परिभाषाएँ खोजने की ज़िद पैदा करती है। हम राष्ट्र से टूटकर या तो अपना अलग 'पाकिस्तान' चाहने लगते हैं या राष्ट्र के बीच ही 'स्वायत्त खालिस्तान' और कुछ न हो तो अपना एक मठ या आश्रम। जहाँ हम कलात्मकता की अपनी शर्तों पर रचनाओं को नागरिकता या स्वीकृति दें। ऐसे में 'कलात्मकता' हमारे उस स्वायत्त साहित्य राज्य का संविधान बन जाती है। दिक्कत यह है कि यह संविधान भी न ऐसा सुस्पष्ट रूप से परिभाषित है, न इतना शाश्वत कि मन में इसकी रूपरेखा सुनिर्धारित हो गई हो—वह हमेशा से बदलता और नया होता रहा है—कभी-कभी तो किसी भी देश-काल से आया नया नागरिक, (रचना) पहले की सारी कला समझ को खारिज या परिवर्तित कर देता है। सब कुछ इतना व्यक्तिनिष्ठ है कि कलात्मकता की कसौटियाँ मनःस्थिति के हिसाब से रोज़ बदलती हैं। ऐसे स्वायत्त राज्य की कल्पना कीजिए जहाँ न तो भूगोल स्पष्ट हो न संविधान—या इतना अमूर्त हो कि हर क्षण बदलता हो। वहाँ हर व्यक्ति अपने आप में भूगोल भी हो और संविधान निर्माता भी। ऐसा राज्य या तो अराजकता (कैयास) में बदल जाएगा या किसी एक की डिक्टेटरशिप में। इसके अलावा उसकी कोई रूपरेखा नहीं बनती। अमूर्तन की स्वायत्तता, भौतिक अस्तित्व का अस्वीकार है—वह मनुष्य और जीवन-विरोधी होने के लिए अभिशप्त या 'प्रतिबद्ध' है।

मानव विकास और कल्याण की दुहाई देते हुए ज्ञान-विज्ञान की जितनी भी धाराएँ 'स्वायत्त' हुई हैं, वे मानवता के नाम पर हाड़-मांस के आदमी से इतनी दूर चली गई हैं कि अंततः मनुष्य विरोधी हो गई हैं। विज्ञान वहाँ जाकर सिर्फ संहारक शक्तियों का गणित बन जाता है, अर्थशास्त्र आँकड़ों का खेल, राजनीति हत्या-षड्यंत्रों का अखाड़ा और इतिहास राजा-सम्राटों की जय-पराजय सूची। अमूर्तनों की इन स्वायत्तताओं में या तो मनुष्य कहीं होता ही नहीं है और अगर होता भी है तो सिर्फ एक अवधारणात्मक स्थिति बनकर—वह भी अपनी अंतरिक्ष यात्राओं में प्रस्थान-बिंदु की तरह। उन आध्यात्मिक ऊँचाइयों पर पहुँचकर आप भले ही शुद्ध-प्रबुद्ध 'आत्मरूप' होकर भौतिकताओं से ऊपर चले जाते हों—दुनिया वहीं अपने नरक में बनी रहती है। व्यक्ति की यह मुक्ति किसी दूसरे को मुक्त नहीं करती—सिर्फ अपने जैसे अशरीरियों को अपने स्वायत्त देश में आने के निमंत्रण और प्रलोभन देती रहती है। यह प्रेत-लोक की स्वायत्तता है।

स्वायत्त अमूर्तनों की प्रतिबद्धता, जीवन में अनास्था पैदा करती है। उपयोगिता और तत्काल फलदायी उपभोक्तावाद में साहित्य की प्रासंगिकता को लेकर शुरू हुई अनास्था क्रमशः जीवन या अपने होने की अर्थहीनता तक ले जाती है। तब हम अपनी सार्थकता अतीत के अमूर्तनों और वर्तमान के अंतरिक्षीकरण में देखने लगते हैं। मुझे लगता है कि सोचने की यह दिशा हमें, न चाहते हुए भी, इन्हीं अंधी गलियों में ले जाएगी।

शायद यहाँ दूसरी तरह सोचने की जरूरत है।

कलात्मकता अंततः एक विशेष 'ढाँचे' (कंस्ट्रक्ट) का ही दूसरा नाम है। फिर वह भले ही रचना के अंदर से उगता हो, या ऊपर से दे दिया जाता हो। दूसरे शब्दों में द्रव को विशेष प्रभाव के लिए सबसे सही और पारदर्शी पात्र में बाँधने की तकनीक, रचना के संदर्भ में भाषा की साधना। कोई भी अनुभूति, आभास या उद्भास उस समय तक रचना नहीं है जब तक कि वह भाषा में व्यक्त न हो। बल्कि बिना भाषा के हम शायद किसी अनुभव को भी आत्मसात नहीं कर पाते—शब्द रूप से भी पहले। भावों को शब्द देना, अनुभूत या अमूर्त को भाषा में ढालना ही नहीं, उसे मूर्त करना है, यानी एक रूप देना है। भाषा में अव्यक्त को पकड़ने की इस प्रक्रिया को हम जो तरतीब और तर्क देते हैं—यह तरतीब और तर्क ही रूप के व्याकरण हैं। चाहें तो इन्हें 'नॉर्म्स' कह लें। यानी कलात्मकता के कुछ नियम होते हैं, हो सकता है वे बहुत लचीले और हर क्षण बदलते रहने वाले हों। सृजन-प्रक्रिया में, नीत्शे के अनुसार चाहे जितना कुछ इण्ट्यूटिव (सहजबोध) या अज्ञेय होता हो, हमारा सारा प्रयास उस अमूर्त और अज्ञेय को शब्दों में पकड़ने और फिसलते जाते बोध को वापस समेट लेने का ही बना रहता है—इसी को कहते हैं 'शब्द सिद्धि' यानी सही भाव के लिए सटीक शब्द की तलाश—भाव को सही शब्द देना और भाषा में अभिव्यक्त करना।

शब्द या भाषा, समाज की संपत्ति है, वह हमारे भीतर भी है और बाहर भी। वह हमारे बिना भी रही है। उसका जन्म संवाद की ज़रूरत से होता है। हम उसे चाहे जितना निजी या आत्मतत्त्व बना लें—वह एक ऐसा बाहरी (सामाजिक) उपकरण है जिसकी मदद से हम अपने होने को महसूस (रियलाईज़) करते हैं और इस अनुभूति या अपने 'भीतर' को बाहर लाते हैं—यानी 'शब्द' संवाद बनता है। शब्द का एक सिरा हमारे पास है तो दूसरा 'अन्य' के। इस तनी डोरी पर हमें नट की तरह बाहर-भीतर जाना पड़ता है। कहने का मतलब यह है कि अभिव्यक्ति—अन्य-निरपेक्ष नहीं होती—वह संप्रेषण भी होती है। भाषा का होना समाज-सापेक्ष्य होना है। यानी भाषा एक साथ ही आत्मबोध, संवाद, संबोधन सभी कुछ है। चूँकि अभिव्यक्ति, दृश्य-अदृश्य 'अन्य' को संप्रेषित होने (या होने की आकांक्षा) के लिए संबोधन है, इसलिए बेहद निजी, विलक्षण या विशिष्ट होते हुए भी सामान्य या अन्य-बोधी बनती जाती है। भाषा रूप लेते ही सामाजिक या सामुदायिक हो जाती है। इस सार्वजनिकता के बीच ही विशिष्टता की रक्षा का नाम है कलात्मकता। रचना का माध्यम व्यक्ति हो सकता है, मगर वह अपने स्रोत और लक्ष्य दोनों में सामाजिक सृजन है, इसी तथ्य की स्वीकृति को हम रचना में आस्था कहें या प्रतिबद्धता—फर्क कहाँ पड़ता है। हाँ, समस्या तब उठती है जब हमारी आस्था स्वयं साहित्य में न हो और हम प्रतिबद्धता और कलात्मकता को अलग-अलग या एक-दूसरे के प्रतिपक्ष की तरह देखें।

रामायण-महाभारत या पुरानी क्लासिकल रचनाएँ अगर आज भी हमें अभिभूत या उद्वेलित करती हैं, तो सिर्फ इसीलिए कि वे प्रतिबद्ध कलाकृतियाँ हैं। वे मुनष्य के अपने होने को स्थापित और बने रहने के न्याय (अधिकार) की माँग करती हैं। जब हम कहते हैं कि साहित्य हमें 'स्वतंत्र' करता है या 'हृदय की मुक्तावस्था का नाम ही कविता है' तो हम, ईश्वर, राज्य, समाज या नैतिकताओं से मुक्ति का न्याय माँग रहे होते हैं। यही मुक्ति एक समय में आत्मा का आनंद या ब्रह्मानंद सहोदर कही जाती थी, आज वह बात और आगे जाती है कि क्या यह अस्वीकार, व्यवस्था और यथास्थिति का प्रतिरोध नहीं है ? सांसारिकता से छूट सकने पर ही तो उस आनंदलोक की यात्राएँ शुरू होंगी। साहित्य, इस निजी मुक्ति में अन्य को शामिल करने का निमंत्रण है—दूसरे भी इस मुक्ति में सहभागी हों, यह माँग ही साहित्य की मूल चेतना है, इसे निजी को सार्वजनिक बनाना भी कह सकते हैं। निजी होना भी सामाजिक संदर्भों में ही संभव है। 'व्यक्तिवाद' दूसरों से निरक्षेप होने का अधिकार माँगना नहीं, तो क्या है ? मगर रचनाकार अपने लिए ही नहीं, दूसरों के लिए भी न्याय माँगता है, क्योंकि भाषा में ही उसका अस्तित्व है। जैसा कहा गया, भाषा अभिव्यक्ति भी है और आमंत्रण भी। रचना बनते ही निजी न्याय की माँग, दूसरे के लिए न्याय माँगने का कारण बन जाती है—क्योंकि इस न्याय में दूसरे को शामिल करने की आकांक्षा है। अंतर्भुक्त न्याय या अधिकार की यह माँग ही जब रूपाकार

लेने लगती है तो आस्था या प्रतिबद्धता में ढलने लगती है। रचना की शर्त कलात्मकता है, मगर रचना मात्र अपने आप में आस्था है—वह एक्ट ऑफ फेथ (अनुष्ठान ?) है (अधिकार चाहे वह अभिव्यक्ति के लिए ही क्यों न हो) इस तरह न्याय माँगने का दूसरा नाम साहित्य है।

मगर बदलते समय में कलात्मकता का सौंदर्यशास्त्र भी बदला है और न्याय माँगने (यानी प्रतिबद्धता) के क्षेत्र भी बदले हैं। साहित्य, मनुष्य की अवधारणा से अधिक जीवित मनुष्य के लिए न्याय की पुकार है।

'साहित्य मनुष्य मात्र के लिए है' एक वायवी वक्तव्य है जबकि सचाई यह है कि अपने देश, समाज, भाषा में होने या बँधे होने के कारण वह कुछ को ही संबोधित होता है—मगर सबकी नुमाइंदगी का दावा करता है। वह अपनी तरफ से 'सब का' होता है, मगर सब का 'अपना' नहीं होता। वह अधिक से अधिक लोगों का अपना हो सके या जिनके लिए है उनके जीवन का हिस्सा भी बन सके, इसके लिए उसे उनके रोग-शोक, हर्ष-विवाद से भी जुड़ना होगा, उन्हें सहभोक्ता बनाना होगा। यह उनकी भौतिक अवस्थिति और मानसिक स्थिति जाने बिना संभव नहीं है। यहीं बदलते कला-बोध और कलात्मकता को साधने की जरूरत है। क्योंकि न प्रतिबद्धता स्थिर तत्त्व है, न कलात्मकता अपरिवर्तनीय। दोनों के प्रतिमान हमेशा बदले हैं। जो पहले कलात्मक था, वह आज फूहड़, सामंती और बासी लगता है। या जो एक वर्ग के लिए कलात्मक है, वह दूसरे के लिए अपरिचित, या अश्लील है। कम से कम अस्वीकार्य तो है ही।

मार्क्सवाद के अस्वीकार के साथ प्रतिबद्धता-मात्र का विरोध करना, लगभग साहित्य को अस्वीकार करने जैसी बात है। क्योंकि अगर साहित्य, व्यक्ति या समाज के लिए न्याय और स्वतंत्रता की माँग है, तो यह माँग न मार्क्स के साथ शुरू हुई थी, न उसके साथ समाप्त होगी। मार्क्स से भी पहले, हजारों सालों से आदमी न्याय की माँग करता रहा है, यानी अन्याय के खिलाफ लड़ता रहा है—व्यक्तिगत और सामूहिक दोनों स्तरों पर। मार्क्स ने किया सिर्फ इतना कि न्याय की इस लड़ाई को एक तर्क और तरतीब देकर दर्शन बना दिया। जैसा कि कहते हैं, सेब तो न्यूटन से भी पहले न जाने कब से गिरते रहे हैं। मार्क्सवाद नहीं होगा तो क्या अन्याय के खिलाफ़ लड़ाइयाँ खत्म हो जाएँगी ?

मार्क्सवाद का नाम लें या न लें, लेकिन क्या यह सच नहीं है कि आधी दुनिया साम्राज्यवादी महत्त्वाकांक्षाओं की शिकार सदियों से रही है। पहले सैन्य-शक्ति के सहारे लूटा जाता था, आज पूँजी के बल पर लूट का ग्लोबलाइजेशन हो रहा है। खुली अर्थ नीति का मतलब है लूट की अप्रतिरोध छूट—इस 'विश्वविजय' को आसान बना रहा है—मीडिया, सांस्कृतिक आक्रामकता—अंग्रेजी की एकछत्रता। ऐसे परिदृश्य में क्या सारी कलात्मकता, एक विशेष निरंकुशता को स्वीकार्य बनाने की रणनीति

नहीं लगती ? साहित्य के स्वायत्त होने की माँग—इस सबसे अपने को स्थगित या अनुपस्थित करने की वकालत के सिवा और क्या है ? दूसरे शब्दों में इस सारे प्रदूषण या ज्ञान-विज्ञान की अन्य धाराओं के 'शूद्रत्व' से अपने 'शुद्धत्व' को बचाए रखने का वर्णवादी अहंकार भी इसे कह सकते हैं। जहाँ यातना, संघर्ष और स्वप्न नया सौंदर्यशास्त्र गढ़ रहे हैं उस ओर पीठ करने की कला भी इसे कह सकते हैं। अगर रचना का जन्म वेदना और करुणा से हुआ है तो उसकी सीमाएँ सिर्फ़ 'आत्मकरुणा' और 'आत्मदया' तक नहीं हैं। अपने-आपका अतिक्रमण भी कला की अनिवार्य शर्त है—अपनी करुणा से दूसरे तक पहुँचना, मदर टेरेसा को सुंदर भी बनाता है और कलात्मक भी। वह स्थिर सौंदर्य नहीं, गतिशील और जीवंत सौंदर्य है—फूल-पत्ती, आसमान, समुद्र को सराहने से आगे की यात्राएँ यहीं से शुरू होती हैं।

मेरी तेरी उसकी बात, 'हंस', दिसंबर 97

(इस टिप्पणी में पचीस साल पहले लिखे गए लेख 'साहित्य की प्रासंगिकता' और जनवरी '98 के अंक में विशेषांक पर आने वाले तापस चक्रवर्ती के पत्र से कुछ सूत्र लिए गए हैं।)

स्मृति-दंश

मध्यवर्गीय स्त्री-पुरुष संबंधों के जिन बदलावों और तनावों ने नई कहानी आंदोलन के रूप में (सन् 50-60) साहित्य के सारे मुहावरे को बदला, वह युग हिंदी सिनेमा में आया सन् 65 के बाद 'न्यू वेव' या 'समानांतर सिनेमा' के नाम से। इन्हीं 'नए तुर्कों' में सबसे तेज-तर्रार युवक था—बासु भट्टाचार्य। लगभग तीन दशक की आधादर्जन फिल्मों में वह स्त्री-पुरुष संबंधों की अनेक बारीकियों का अनुसंधान करता रहा—'तीसरी कसम' के अनकहे गीतात्मक (लिरिकल) प्लेटोनिक प्यार से लेकर 'आस्था' की शारीरिक बेवफाई तक उसकी खोज में कहीं भटकाव नहीं है। इस दृष्टि से वह मृणाल सेन की तरह एक प्रतिबद्ध फिल्मकार था, जिसने अपनी अभिव्यक्ति के लिए अपनी शर्तों पर फिल्में बनाईं। 'तीसरी कसम' (रेणु) और 'पंचवटी' (कुसुम अंसल) के सिवा हर फिल्म की कहानी भी उसकी अपनी है। (अमृता प्रीतम के साथ इंदिरा गाँधी पर बनी फिल्म शायद अधूरी ही रही।)

भयानक बातूनी और अड्डेबाज आदमी था बासु भट्टाचार्य। वह चार-पाँच घंटे की महफिल में एकमात्र वक्ता होता था। बासु चटर्जी से ठीक उलटा। मेरी घनिष्ठ दोस्ती चटर्जी से रही—'सारा आकाश' के समय से ही। (वे 'तीसरी कसम' में मुख्य सहायक थे), मोहन राकेश और धर्मवीर भारती भट्टाचार्य के निकट थे। इसलिए अक्सर ही बैठकें होती थीं। विमल राय की बेटी रिंकी के साथ जब वह कलकत्ता, दिल्ली, बंबई 'भाग' रहा था, तो राकेश के साथ उससे नाटकीय मुलाकातें हुईं। संपन्न बाप की बेटी और पाँव जमाने के लिए संघर्ष करता युवक, 'टूटना' की इस कहानी को मैं बासु भट्टाचार्य के रूप में दुहराते जाते देख रहा था। वह उन बिरले फिल्मकारों में था, जिन्होंने एक युग के हिंदी और बंगला साहित्य को आत्मसात कर लिया था। बेहद जीवंत, डायनेमिक और आर्टिकुलेट, और हाँ, झगड़ालू। उसने शायद ही कोई ऐसी फिल्म बनाई हो, जिसके बीच ही निर्माताओं से झगड़ा न हुआ हो—वह जिंदगी और फिल्म दोनों को अपनी शर्तों और झखों के हिसाब से 'बनाना' चाहता था।

विमल राय के तीनों सहायकों—ऋषिकेश मुखर्जी, गुलज़ार, बासु भट्टाचार्य में वही सबसे अधिक मौलिक था।

इधर दिल्ली में अनेक शामें हमने साथ बिताईं। उनमें शानी के घर शेखसराय के हंगामे की अभी भी याद है। आखिरी चार साल पहले हौज खास में हमारे घर, उस दिन वह आत्मस्वीकृतियों की मनःस्थिति में था।

नई कहानी संवेदना के इस मौलिक फिल्म-निर्माता ने 20 जून, 97 को हम सबसे विदा ली। अब शायद अच्छी और डुबोने-झकझोरने वाली कहानियों को स्क्रीन पर 'लिखने' वाला दूसरा कोई कथाकार नहीं रह गया—निर्मल वर्मा की तरह अपनी भीतरी समस्याओं से ही जूझता और अपने बाहरी संसार से एकदम निर्लिप्त, असंपृक्त ...वह मध्य वर्गीय भावनात्मक बेचैनियों का कलाकार था। श्याम बेनेगल और गोविंद निहलानी से पहले उसने अपनी फिल्मों के नाम ('तीसरी कसम', 'अनुभव', 'आविष्कार', 'गृहप्रवेश', 'आस्था') और संवाद साहित्यिक हिंदी में देने का साहस किया था।

अंतिम क्षण...

हिंदी-पत्रकारिता के शलाका-पुरुष सुरेंद्र प्रताप सिंह (एस.पी. सिंह) आज ही हमारा साथ छोड़ गए। राहुल बारपुते, राजेंद्र माथुर के बाद एस.पी.स्वतंत्र भारत के सबसे समर्थ और हमारे दृष्टि-सम्पन्न पत्रकार थे। उन्होंने दूरदर्शन माध्यम में भी अपने कार्यक्रम 'आज तक' को अंतर्राष्ट्रीय ऊँचाइयाँ दीं। वे बारह दिनों से कोमा में थे। 'हंस' परिवार इस आकस्मिक धक्के से मर्माहत है।

•••